廢柴么女勞碌命 2

風 文創 1264

雁中亭 著

目錄

第二十六章 平安獲救……005
第二十七章 隨心所欲……017
第二十八章 花樓競標……029
第二十九章 離經叛道……041
第三十章 好戲上場……053
第三十一章 扭轉印象……065
第三十二章 使臣來訪……077
第三十三章 各懷鬼胎……091
第三十四章 當眾挑釁……103
第三十五章 權衡輕重……115
第三十六章 自告奮勇……127
第三十七章 強力說客……139
第三十八章 形勢險峻……151
第三十九章 心有所感……163
第四十章 瘟疫爆發……175
第四十一章 刮目相看……187
第四十二章 蓄意煽動……199
第四十三章 謠言擴散……211
第四十四章 引蛇出洞……223
第四十五章 遠離朝堂……235
第四十六章 有孕在身……247
第四十七章 人心浮動……259
第四十八章 無處可藏……271
第四十九章 父憑子貴……283
第五十章 爭儲工具……297

第二十六章　平安獲救

趙瑾往後縮了一下，語氣裡加了些恐嚇的元素。「你、你是誰？既然知道本宮的身分，還不趕緊將本宮放了？若是皇兄知道你如此膽大包天，你定要掉腦袋！」

誰知那男人竟是笑了，他湊近趙瑾，幾乎是貼著她的臉頰道：「就是那個連儲君都生不出來的聖上？他自己都沒多久好活了，哪裡顧得上妳這個妹妹？」

趙瑾臉上的表情滿是恐懼，戴著面具的男人掐著她的臉，低聲蠱惑道：「不如，公主和我生一個，我助我們的孩子登上九五之尊的位置，如何？」

饒是演技再爐火純青，在聽見這麼離譜的事時，趙瑾還是沒忍住在心裡狂罵對方祖宗十八代，她迫切想看看這面具下究竟是長了張什麼樣的臉，臉皮竟然能厚成這樣。

自古以來，別說是公主了，被擄走的女子都沒幾個有好下場，只是大多數是被流言蜚語所殺，她們清清白白的心，死在得救之後的異樣眼光與閒言碎語裡。

趙瑾不知道今日這一齣對方打的究竟是什麼主意，但不妨礙她想給他來個斷子絕孫的套餐。

趙瑾這會兒已經在心裡給這個男人配藥了，但表面上還是裝出畏懼的模樣。在力量上，她沒勝算，就算僥倖能從這屋子裡出去，也未必能從外面的守衛眼皮子底下逃走。

最穩妥的辦法，是等待救援。堂堂公主在皇宮門口被擄走，最遲等到駙馬返家也該發現了。

趙瑾頭一次意識到，身邊沒幾個會武的人到底有多不方便，她畢竟不是每次都能游刃有餘地思考自救之道，眼前這魁梧的男人，一個就能抵上兩個她。

眼下，趙瑾不斷往後退，手往袖間摸去，那男人卻抓過她的手腕，將她往前拖了兩步，甩向屋內的床榻上。

「橫豎妳這肚子都要生一個，生駙馬的，不如生爺的……」

趙瑾撞在床緣上，腰腹猝不及防被磕了個正著，這一刻，嬌生慣養的趙瑾連想殺人的心都有了。

手中捏住一個小瓷瓶，趙瑾看見男人欺身過來時，她正要動手的那一瞬間——屋頂「砰」的一聲巨響，上方的磚瓦噼哩啪啦地往下掉，一把長槍自屋頂插了下來，恰好刺中那個男人的胸膛。

從背部直穿透心臟……這種情況下，趙瑾光是看一眼，就知道他沒救了。

片刻後，從屋頂上方跳下了一個同樣捂得嚴嚴實實、只留一雙眼睛在外面的男人，他一身黑衣，躍下來時彷彿沒有染上一粒塵埃。

趙瑾擔憂自己小命的同時，還不忘羨慕一下高手的武功。

然而，最有存在感的，當數橫躺在她面前的那具新鮮屍體，鮮血從傷口處洶湧地流了出來。

趙瑾覺得自己的血液凝固了一般。

在生老病死面前，沒人能比醫生更麻木，可眼睜睜地目睹一個人被當場刺死，這種畫面在趙瑾眼中還是挺衝擊的。

出了這麼大的動靜，外面的人不可能沒聽見，一時之間，眾人拿著武器闖了進來。

趙瑾看到自己活了這麼久都沒見過的一幕：從天而降的男人，手執長槍，在她面前表演什麼叫做「以一敵十」，那叫一個氣勢逼人。

由於震驚，趙瑾說不出話來，那頭紫韻幽幽轉醒，就被滿地的屍體嚇得尖叫起來，隨即被趙瑾捂住了嘴巴。

那神秘人解決了所有人後，回頭看了她們主僕兩人一眼，那雙眼睛有些說不出的眼熟，但絕非趙瑾認識的人。

只見那人單膝跪在趙瑾跟前，輕聲道：「臣救駕來遲，還請殿下恕罪。」

這聲音同樣陌生，然而趙瑾看著那雙眼睛，卻忽然脫口而出。「唐世子？」

跟前的人還沒站起身來，聞言，他抬起了頭，摘去臉上的遮掩，露出一張略帶野性的臉。

他與唐韞修生得相似，然而兩兄弟之間有許多不同之處，譬如世子在邊疆戍守多年，在風吹日曬雨淋下，膚色略深了些，容貌和身形也粗獷了點，但眉眼倒是如出一轍，生得頗為勾人。

「殿下認得臣？」這下輪到唐韞錦愣住了。

趙瑾心想，你們兩兄弟這雙眼睛，確實不是那麼難辨認。

「唐世子什麼時候回京了？」趙瑾問起了正事。

戍守邊疆的將軍毫無聲息地返京，怎麼看都不像是什麼好事。

唐韞錦朝趙瑾行禮作揖道：「今日方到。」

說來也巧，唐韞錦在宮門前撞見形跡可疑的人，又看見趙瑾上了馬車，便一路跟著，幸虧他這麼做了，不然後果不堪設想。

聽著唐韞錦說的話，趙瑾沈默了一下，悄悄收好了自己袖間的東西。

多虧唐世子來得及時，再晚一點，那人就輪不到他來殺了。

趙瑾沒殺過人，但是方才那個情況，她若是不動手便會遭殃，她寧願死的是別人，而非自己。

當然，現在有人罩著，華爍公主頓時「嬌弱」了起來，她抹了把不存在的眼淚，又驚又懼地說道：「幸得世子相救，本宮在此謝過……」

唐韞錦看著遲鈍地「驚嚇過度」的弟妹，難得不知道該說些什麼，只道：「臣已派人去通知韞修，他很快便會趕來。」

在駙馬以及官兵趕到之前，這唐世子……不知道從哪裡突然拖出了個肉團子，塞進趙瑾懷裡。

「殿下若怕，抱點東西壓壓驚。」

趙瑾低頭跟懷裡的小孩大眼瞪小眼，這孩子看著可愛，肉也生得結結實實的，只是這……是從哪裡變出來的？

魔術嗎？

沒等趙瑾發問，懷裡的人類幼崽抬眸看著陌生的面孔，神情中帶著疑惑與茫然，又轉頭看著兩步之外的唐世子，嘴一嘟，沒有任何預兆，猛然放聲大哭。

「爹——」

幼崽腦袋上有不知從何處沾上的草屑，臉上的肉掛上了豆大的淚珠，滴溜溜的眼睛一直追隨親爹，看起來弱小無助，還有點小可愛。

唐韞錦身為戍守邊疆的將領，他的膚色與趙瑾懷裡的幼崽形成鮮明的對比，由此可見，大將軍在養孩子方面也挺精心呵護的。

幼崽剛開始是有些怕生，然而在意識到眼淚也沒辦法重回親爹的懷抱後，便漸漸認命，最後哭累了，窩在趙瑾的懷裡睡著，肉乎乎的臉上還掛著晶瑩剔透的淚珠，實在令人憐惜。

起初趙瑾不適應懷裡多了這麼一個小肉團子，但抱著抱著，幼崽靠過來貼貼的模樣，很難不讓人心軟。

除了這個孩子，唐世子看起來是孤身一人。

趙瑾還沒看明白這一齣，畢竟戍守邊疆的將領無詔回京是重罪，何況是這樣大搖大擺地出現在皇室成員面前，就算現在彼此沾親帶故，也不代表趙瑾能替他兜著。

在其他人尚未到來之前，趙瑾瞧見唐韞錦低頭檢查那些死者的盔甲以及物品，隨後那雙與唐韞修有幾分相似的眸子變得越發冷淡。

趙瑾問了一句。「世子，這些是何人？」

好端端的準備回家，卻莫名其妙被人綁架，趙瑾無論如何都要問個清楚。

在蹲下檢查了一番後，唐韞錦沈默了會兒，隨後才緩緩轉頭，回答趙瑾的問題。「回殿下，從裝扮與配飾看，應當是唐家軍。」

唐家軍，這三個字落在趙瑾耳中，有那麼一瞬間，她甚至懷疑自己聽錯了，唐家軍的將領就站在她面前，他卻說這遍地的屍體屬於他手下的唐家軍。

趙瑾在宮中這種隨處埋著地雷的環境中活了二十年，當然明白事情沒那麼簡單。

有人藉著她或唐家的身分在下棋，今日若無唐韞錦，那麼她或唐家……包括永平侯府，都會成為被利用的棋子。

不僅是唐韞錦本人，軍隊同樣不能無詔回京，唐韞錦這條命都未必能留下，更何況是他手上的兵權。

換個方向想，若這些是真的唐家軍，那唐韞錦下手如此狠辣，也令趙瑾忍不住心底生寒。

只是如今唐韞錦是救命恩人，她懷裡還抱著人家的兒子，這個連睡夢中都下意識地用小手抓住趙瑾袖子的幼崽，成功地讓人卸下不少防備之心。

約莫過了半炷香的時間，外頭傳來密集的腳步聲，唐韞錦忽然對趙瑾道：「殿下，臣還有事，可以煩勞殿下將孩子交給韞修嗎？」

趙瑾還沒反應過來就點了點頭，唐韞錦倏地從她眼前消失，大概是藉著房屋或樹木作為掩護吧。趙瑾心生羨慕的同時，開始煩惱懷裡的小肉墩若是醒來看不見他的親爹，是不是又該哭鬧了。

這麼點糾結的過程中，有人瞧見了他們，趙瑾抬眸看去，只見領隊找上門的人正是唐韞修。

他匆匆忙忙地趕來，直跑到趙瑾面前才停下腳步，他探手拂了一下她臉頰旁的髮絲，方才那盆水，完全將趙瑾的妝容與髮型給毀了。

唐韞修前前後後確認趙瑾並無受傷後，終於鬆了一口氣。「殿下可還好？」

趙瑾道：「沒事，只是……」她低頭看了那睡得酣甜的小肉墩一眼。「他怎麼辦？」

唐韞修將孩子從趙瑾懷中接了過來，睡得正熟的幼崽猛然驚醒，還沒睜眼就要哭了，然而他的叔叔將他摟進更寬厚的懷抱，伸手拍拍他的背和屁屁，輕易地又將他哄睡了。

趙瑾嘆為觀止。

駙馬用實際行動展現了自己在帶孩子方面的天賦異稟。

兩歲的幼崽就這樣被親爹扔給叔叔跟嬸嬸，等他再度醒來時，就處在一個全然陌生的地方。

這裡不是邊疆，身邊也沒有爹娘，雖然是個男孩，但隱約能瞧出是個哭包，幼崽一張口，眼看著就要哭了，下一秒嘴裡卻被塞了個奇怪的東西。

孩子順著天性下意識地一咬一吸——咦？

溫熱的牛乳順著奶瓶流入嘴裡，幼崽的眼睛睜圓了些，透著驚喜和好奇，再吸一下後，幼崽的雙眸徹底亮了。

趙瑾就站在兩步之外看著幼崽喝奶。

奶瓶當然不是這個朝代的東西，只是莫要小瞧了人類的智慧，趙瑾從前沒往這方面考慮過，只是近兩年不得不思考，日後若是有了孩子，怎麼養可是個問題。

雖然幫忙帶孩子的人不少，但輔助物品自然是多多益善。

趙瑾花了大錢，找人做出不少有點像又不太像的小玩意兒，這個奶瓶算是其中最像樣子的了。

奶嘴的材料不知是趙瑾淘汰了多少東西才弄出來的，原料主要是南方運回來的天然橡膠，那一帶才能找到橡膠樹，只是這種小玩意兒目前還是難以量產，正好府上來了個幼崽，便讓他用了。

兩歲的孩子已能自己抱著奶瓶喝奶了，唐韞修就在旁邊看著，對幼崽手中的奶瓶也滿是好奇。

「殿下，這是何物？」唐韞修覺得相當新奇，這瓶子的形狀跟讓幼崽吸食的部位，有些像……女子胸部。

趙瑾回答道：「叫奶瓶，讓孩子喝奶的。」

簡單易懂。

唐韞修是個不太有道德感與愛心的叔叔，他看著幼崽喝得津津有味，於是手賤地往前推了一下瓶底。

幼崽被推了個猝不及防，愣了一下，奶瓶從嘴裡滑出來，他的嘴角沾了些奶漬，一雙圓滾滾的眼睛落在唐韞修臉上，十分認真地打量了起來。

這張臉有點眼熟又不太眼熟，像他爹又不像他爹，幼崽只是靜靜地看著，好半天沒喊人，最後像是有點尷尬，視線往旁邊轉了一下，落在趙瑾身上。

牛乳不喝了，他抬手向趙瑾道：「抱抱。」

幼崽長得有幾分像他爹，四捨五入也像他的叔叔，又正逢年幼時，一張可愛的臉足以秒殺眾多擁有母性愛的女子。

然而，這點可愛在唐韞修看見自己剛娶上沒幾日的妻子伸手去抱他時，瞬間蕩然無存，他看著那個幼崽自顧自地伸出雙手環住趙瑾的脖子，湊上去貼貼。

一隻茶裡茶氣的幼崽。

「唐煜，你多大了，怎麼還黏著人不放？」叔叔忽然開啟了教育模式。

隨後，在趙瑾不解的目光中，唐韞修從她懷裡接過了幼崽，將他放在地上站好。

「你這麼重，累著你嬸嬸可如何是好？」

過去一直被親爹抱著、扛著、揹著的幼崽眼神迷茫，不發一語。

趙瑾也沈默了一下，正想開口說句「莫要對小孩過於苛刻」，可這時候唐韞修轉過頭來了。

他淡淡笑了一下，道：「殿下，天色不早，該準備歇息了。」

趙瑾還沒來得及說點什麼，便看見唐韞修吩咐人照看好自己這兩歲大的姪子，半點都沒有捨不得。

行，趙瑾收回視線，在幼崽戀戀不捨的目光下，走出了臨時準備的嬰兒室。

家裡第一次來了個這麼小的幼崽，趙瑾便吩咐姜嬤嬤多去看看，確保一切沒問題。

今日紫韻這小姑娘跟著趙瑾結結實實受了驚嚇，加上被下了兩次迷藥，如今精神還恍惚著。

趙瑾請了府醫看過，說是沒事，就是要休息一下，於是紫韻這個貼身侍女便暫時退場休息。

偌大的公主府，只有駙馬隨著公主到了浴間。這裡當然有其他侍女，而且數量還不少，然而在伺候公主這件事上，駙馬覺得不需要假手他人。

「殿下當真沒有受傷？」唐韞修問。

這句話是在趙瑾寬衣解帶前問的，趙瑾猶豫了一下，回了句。「沒有。」

下人們早就備好了水，此時浴間內正水霧繚繞、熱氣蒸騰。

身為皇室成員以及最受寵的公主，趙瑾自然擁有享受的資本，她這浴間不僅有浴桶，甚至還有個浴池，只是她此刻沒心思泡在浴池裡。

褪去衣衫之後，趙瑾泡入浴桶中，然而該看見的，唐韞修都已看見。

他的手輕輕按在趙瑾腰腹處，問道：「疼嗎？」

趙瑾輕輕「嘶」了一聲。

白天撞在床緣上那處早已瘀青，若不是脫下衣服，趙瑾也不太在意這點痛楚，如今一看，確實是有些觸目驚心。

不僅是腰腹處，部分皮膚也受了點小傷，她沒想到自己竟然脆弱成這般。

「殿下金枝玉葉，回來時便該上藥的。」唐韞修的語氣滿是疼惜，他用掌心舀起水，指腹由上往下順著她的肌膚一寸一寸地往下移。「我再看看還有沒有別的傷，等會兒一道給殿下上藥。」

這掌心與指腹跟著水流，像帶著火般到處點燃。

周圍寂靜，除了水聲，趙瑾只能聽見唐韞修的呼吸聲，就在她耳後，格外有存在感。

她往後仰了下腦袋，抬眸看向駙馬那張臉——方才濺了一下水，如今唐韞修那張俊美的臉上還掛著水珠。

「唐韞修，過來些。」趙瑾開口，這會兒是連自己的喘息聲都能聽見了。

駙馬聽話地湊過去低下頭，水裡的人上前張口含住了他的唇瓣，唇齒輕輕廝磨著。

唐韞修的自制力在這一刻潰不成軍，原本是伺候人沐浴，後來連人也伺候起來。

兩個人都洗了一次澡，只是待他們出去時，水已經涼了。

第二十七章　隨心所欲

寢室內紅簾帳暖，房門緊閉，昏黃的燭光下，暖流橫生。時不時有些低低的抽氣聲響起，雪白的肌膚敞露在空氣當中，一隻大手就這樣按在嬌嫩的皮膚上，揉搓了一下又一下。

趙瑾終於開口道：「唐韞修，輕點，疼……」

上個藥而已，用那麼大的手勁做什麼？

「殿下這傷若不用點力揉，瘀青散不去，會疼得更久。」唐韞修絲毫不憐香惜玉，力道一點也沒減輕。

趙瑾只得忍著。嬌生慣養真的要不得，一點磕磕碰碰就能讓她疼成這樣。

不知道過了多久，唐韞修終於停下動作，他說道：「是我沒照顧好殿下，讓殿下身陷險境。」

他頓了一下，想撫上趙瑾的臉頰，可一想到手上沾了藥，又停住了。

「今日之事並非你的過錯，」趙瑾輕聲道：「不必心生愧疚。」

這一齣，趙瑾自己也沒看出究竟是什麼人在唱什麼戲，說句認真的，涉及朝堂的事情，一概與她一介公主無關。

雖然離譜了些，但對這個朝代而言，女人最適合的角色，便是個華麗的花瓶。

這件事在隔天的朝堂中果然被搬到了檯面上，只不過談論的重點不是華爍公主，而是唐韞錦。

戍守邊疆的將軍忽然回京，並非凱旋，也不曾聽聞聖上下詔，不是別有居心是什麼？一輪針對唐韞錦的彈劾砲火猛烈——聖上高坐在龍椅上都覺得聒噪的程度。

永平侯身為父親，在這樣的聲討中保持沈默，倒不是他想明哲保身，兒子是他的，不管關係好不好，彼此榮辱與共。

此時此刻，重要的不是文官們的口誅筆伐，而是聖上的態度。

聖上若覺得唐韞錦別有用心，那他便是別有用心；聖上若覺得沒有，那便是沒有。

永平侯此人不是個合格的夫君，也不是個合格的父親，但他絕對是個合格的臣子——君王之心，揣測不得。

「行了，」終於，龍椅上的趙臻似是不耐煩了，開口打斷了吵吵鬧鬧的臣子們。「像什麼話？朝堂比菜市場還吵，你們可將朕放在眼裡?!」

此話一出，原本吵得不可開交的官員齊齊低頭道：「聖上恕罪。」

趙臻冷哼一聲道：「朕不恕罪，還能將你們都砍了不成？」

「唐韞錦回京這事——」高座之上的趙臻話鋒一轉，輕聲道：「朕允了的。」

一句話，朝堂瞬間安靜。

「現在朕想問，是什麼人能在皇宮門口綁架武朝的嫡長公主，誰有這樣大的能耐？」

一片寂靜，無人敢吭聲。

方才致力於彈劾唐韞錦的幾個文官此時低下了頭，生怕惹聖怒，只是他們都清楚，聖上這平靜的語氣下，是怎樣的心境。

不知道過了多久，御史大夫高峰往前走一步道：「稟聖上，唐世子回京雖有聖上的旨意，然臣聽聞擄走華爍公主的那批人身著唐家軍盔甲、佩戴唐家軍物品，這難道是別人栽贓陷害的不成？」

御史大夫高峰，身為險些與聖上結為親家之人，他這番話說出來未免有點槓精的意思。

若讓趙瑾來形容，歷代冒死進諫的文官，在聖上眼裡都是槓精般的存在。

趙瑧果然有點不高興。「那些都是假的唐家軍。」

唐家軍是聖上手中的一把利刃，他們與其他軍隊的不同之處，不僅僅在於武力高強與軍紀嚴明，還在於氣勢。

死的那些人活像地痞流氓，不用唐韞錦親自去辨認，光是聖上瞄一眼就能看出不同來。

可想而知，這場栽贓陷害主要是試探唐家在聖上心裡的地位，聖上若信唐韞錦，那唐家軍是真是假都不重要；聖上若不信，假的也會變成真的。

朝臣哪裡聽不懂聖上話裡的包庇之意，高峰不禁冷汗涔涔，但聖上到底沒說什麼，而是將矛頭指向大理寺。

「楚槐安，朕給大理寺一個月的時間將事情查清楚，否則你這大理寺卿可以換人了。」

楚槐安，大理寺卿。

大理寺的官員肩上頓時揹負了沈重的包袱。此案不破，他們遭殃；可此案一破，興許又有其他麻煩了。

聖上大怒，然而身為當事人，趙瑾此時此刻在盯著府上突然多出來的人類幼崽吃飯。

唐煜這孩子除了第一日鬧騰了些，之後便接受了自己要在叔叔、嬸嬸家暫住的命運。他非常不將自己當成外人，動不動就伸手向侍女們討抱抱，他這麼招人喜愛，小姑娘們很難抵擋住他一波波的可愛攻擊。

趙瑾嘖嘖稱奇，這幼崽不太像親爹，反而像他的叔叔，小小年紀便一副招搖的模樣，簡直太懂得利用自己的優勢了。

唐煜小朋友到公主府的第三日，親爹終於來接人了，唐韞修與他的兄長迎來了闊別幾年的重逢。

「韞修，長高了。」

剛一見面，唐韞修就得到了兄長的一記重搥。

唐韞修默默後退一步，將自己年方兩歲的冤家姪子遞了過去。「哥，你兒子，還你。」

兩人之間的對談，沒一個字是多餘的。

被叔叔抱在半空中的幼崽滿臉迷茫，但眼前便是親爹，他雙手一伸撲了過去。

「煜兒，在這裡過得怎麼樣？」唐韞錦問兒子。

聞言，他兒子害羞地嘿嘿笑了聲道：「嬸嬸，好看。」

說完就窩進親爹懷裡，徒留親爹與親叔叔面面相覷。

唐韞錦大概能理解弟弟迫不及待送走自己這兒子的心情，再待幾日，怕是要上演叔叔打姪子的好戲了。

於是唐韞錦沒多說廢話，兩兄弟也未多聚一會兒，唐韞錦便抱著兒子回到永平侯府——說起來，他才是永平侯府真正的主人。

世子妃沒跟著返京，一來是舟車勞頓，二來是世子這趟不過是回來參加弟弟的婚宴，並不打算久待，只是途中耽誤了，最後也錯過了時間。

孩子一走，公主府的小姑娘們跟失了魂似的，那依依不捨的模樣，看得唐韞修直蹙眉。

他看了趙瑾一眼，趙瑾的神色平淡，吩咐紫韻將這幾日幼崽用的東西都送去永平侯府。

看不出是喜歡還是不喜歡孩子，但唐韞修記得趙瑾說過孩子對她來說可有可無，唐韞修大概能明白，趙瑾對孩子的態度，大概取決於孩子本身討不討喜吧。

送走了孩子，被綁架後心中也沒留下陰影，華爍公主又過起了優哉游哉的日子。

不僅僅是她，唐韞修這個除了駙馬頭銜以外什麼都沒有的紈袴子弟更是如此。成親不到半個月，之前的狐朋狗友便找上門來。

這日傍晚時分，駙馬與公主用膳後，小廝突然進來通報。「駙馬爺，府外一位自稱是您同窗好友的孫公子求見。」

孫公子……

唐韞修頓了一下，隨後轉頭對趙瑾道：「殿下，我去去便來。」

趙瑾不甚在意地讓他去了。

公主府門外，自稱是駙馬好友的孫育銓鬼鬼祟祟地說：「駙馬爺，如今可是飛黃騰達了啊，做皇親國戚的感覺如何？」

這位孫公子，確實是唐韞修那群狐朋狗友中比較排得上號的，雖是商賈之家出身，但有位妹妹嫁給某個三品官當正妻，妥妥的高嫁，以至於娘家人的身價跟著水漲船高，加上孫公子向來揮金如土，自然在京城貴公子圈裡混了個眼熟。

只不過孫公子多少有點勢利眼，大概是誰身分高就和誰玩的那一類人，這不，唐二公子「嫁入」皇室後就找上門來了。

「孫公子，有事？」駙馬的態度不算熱情。

對此，孫公子並不在意，唐韞修畢竟一直這般，好歹現在是駙馬爺，高傲些也是正常的。

「駙馬爺成了親果然不同了。」孫育銓前一句還是調侃，後一句便壓低音量，說起了正事。「今夜，漫香樓的花魁姑娘摘榜，您不去看看？」

摘榜，是指姑娘們上臺表演、爭奇鬥豔，最後由客人們砸錢，勝者成為花魁。意思就是說，誰能讓客人多花一點錢，誰就贏了。

漫香樓今夜注定熱鬧非凡，放在過去，唐二公子定然是要往前湊一湊的，只是如今，他神色似有遲疑。

孫育銓立刻露出揶揄的笑容道：「駙馬爺，該不會是成親之後懼內吧？」

說著，他又很「貼心」地道：「怕也是正常的，畢竟那可是公主殿下……不過，聽聞漫香樓的姑娘都十分豔麗，您當真不去？」

男人生性風流，自古以來，即便是駙馬，也不是沒人去過花街柳巷，只要公主睜一隻眼、閉一隻眼，這便不算什麼事。

這句話似乎有了效果，唐韞修面無表情地說道：「去倒是可以，只是要等等。」

「等什麼？」孫育銓反射性地開口問道。

「我帶個人。」

哦，帶個小廝是吧？孫育銓等了半天，終於看見唐韞修從公主府門裡再度走出來。

只是他手上似乎牽著人，是女的，再往前一步，那穿戴華貴的女子跨過門檻走了出來，五官精緻、氣質非凡，孫育銓看見時不禁愣住了。

在這詭異的氛圍中，孫育銓脫口而出。「駙馬爺，這是?!」

只見駙馬眉眼含情，輕聲道：「這是華爍公主，我的妻。殿下也想看花魁摘榜，有什麼意見嗎？」

「沒、沒有……」

他哪敢有意見啊？可是，哪有人帶夫人去逛青樓的！

漫香樓是京城最出名的幾家青樓之一，規模不是最大，但客流量卻最高。如果讓趙瑾來分析，就不得不提到漫香樓的經營策略，什麼饑餓行銷在這裡都被玩爛了。

華爍公主踏入這花柳之地時沒有任何喬裝打扮，她的駙馬也一樣。

一個除了妓女以外基本上沒有其他女子出沒的地方，忽然出現了一個衣著華貴的少婦，她的夫君跟在身邊，還有幾個侍女和侍衛，實在很難不引人注意。

漫香樓的老鴇懷疑這貴氣逼人的女子是來捉姦的，然而牽著她的手的，分明是她的夫君。

所以……這群人是來做什麼的？

老鴇身邊恰好有個身分不低的紈袴子弟，原本他正摟著姑娘喝酒，剛好往下一看，整個人瞬間清醒了。「趙瑾怎麼來這種地方？」

「王公子，您認識那姑娘啊？」老鴇馬上打聽起來。

京城到處都是達官貴人，就算做的是不太光彩的生意，也得四處結交人脈，最起碼不能得罪人。

王公子急忙轉過身，生怕樓下的女子看見自己的臉，他壓低聲音對老鴇道：「那人妳可得罪不起，若不是來找碴的，就小心伺候著吧。」

「這般厲害？」老鴇心裡直打鼓，低聲問道：「那姑娘總不會是皇親國戚吧？」

王公子一樂，說道：「還真讓妳猜著了。」

他掩著臉，紙扇一合，指著下面的女子道：「看到沒有，宮中妃嬪都不敢惹的主兒，太后之女，當今聖上的胞妹，武朝的嫡長公主——華爍公主。」

老鴇不禁瞪大了眼。公主殿下來她這漫香樓了？

這還沒完，王公子又道：「她將自己的駙馬也帶過來了，不會是妳這漫香樓有駙馬爺以前的相好吧？」

話不說還好，這一說，老鴇的目光就下意識地落到駙馬身上——還真有點眼熟，心涼了。

老鴇屁滾尿流地下樓想求饒，花魁摘榜夜不重要了，滿屋子的客人也不重要了，若是這漫香樓被砸，損失該有多慘重？之後也無處求償啊！

然而就在老鴇即將趕到公主面前時，她便聽見有個不長眼的人逞了口舌之快。「喲，這是哪家的美嬌娘，不在家裡伺候夫君，跑到青樓來做什麼？」

老鴇腿一軟，差點跪了下去，然而公主沒開口說話，只一個眼神看向那多嘴的男人，沈靜中自帶讓人心裡犯怵的寒意，那男人的神色頓時收斂了一些。

見狀，老鴇揚起笑臉上前說道：「哎喲，咱們這小樓何德何能讓公主殿下大駕光臨啊，不知殿下今日造訪，有何吩咐？」

華爍公主嘴角微揚，笑道：「本宮聽聞漫香樓今夜舉辦花魁摘榜，特來一睹姑娘們的芳容，不行嗎？」

老鴇一愣，一時無法從趙瑾的笑容當中反應過來。

這樣動人的容貌，就這麼成了座上賓，誰還有心思看姑娘們爭奇鬥豔？

若不是事先得知了趙瑾的身分，老鴇說不定也會說些不得體的話，這花容月貌放在她這漫香樓，必定是名動金甌的絕色啊！

老鴇沒說話，就見公主朝旁邊的侍女使了個眼色，侍女便掏出了一個錢袋子。

漫香樓的老鴇本來還想著哪裡能收公主的錢，結果那侍女一打開錢袋子，她不經意瞥了一眼——金色的。

要不……還是收吧。

「殿下大駕光臨，小的這就為您準備最好的位置。」

人在金子面前真的毫無抵抗力，其他人就算沒看到那個錢袋子裡面裝著什麼，也都明白，這女嬌客定是撒了大把銀兩。

「今夜這花魁摘榜，都有哪些姑娘？」趙瑾隨口問了句。

「殿下稍等，等會兒便將姑娘們的畫冊都給您送過來。」老鴇說著，喚了兩個機靈的小廝到趙瑾身邊伺候，隨後便告退，看樣子是去安排姑娘們上臺了。

皇室的身分再加上趙瑾捨得砸錢的氣勢，讓她在姑娘們出來之前就成了漫香樓的財神爺——老鴇都恨不得她是男兒身的程度。

「對了，」趙瑾翻看著姑娘的畫冊，還不忘跟旁邊的小廝確認。「待會兒是看上哪位姑娘便能給她打賞，若是看上的姑娘成了花魁，價高者便可成為姑娘的入幕之賓，本宮可有理解錯？」

小廝結巴著答道：「回、回殿下，沒錯。」

趙瑾點點頭表示懂了。她這個位置的視野不錯，還能隱隱看見幾位遮遮掩掩的皇室子弟或官員。

皇室人口本就不算興旺，就算華爍公主平日再不喜歡參加團體活動，總會有些場合躲不掉，一個人認不出她，還能個個都認不出她？何況她身旁還有一個婚前就十分高調的駙馬。

來這種地方，自然並不光彩，然而騷人墨客與青樓名妓結交，並不算稀奇，說不定還能傳出幾段風流韻事。

只不過，被公主看見又是另外一回事了，公主若是什麼時候向聖上打了小報告，他們腦袋上的烏紗帽能不能保住都是問題。

一路跟來還蹭上了好位置的孫育銓簡直目瞪口呆，他看了趙瑾一眼，又看了一臉平靜甚至還有些寵溺的唐韞修一眼，最後再看了公主府出來的侍女與侍衛們一眼，發現這些人當中似乎只有他覺得如今這一幕有多不可思議。

華爍公主不僅自己翻看畫冊，她還招呼旁邊的駙馬一起看。

駙馬跟著翻看，看了兩、三個，不知注意到了什麼，忽然探手為公主挽了一下臉側的碎髮，雖未開口說話，眼中卻是含情脈脈。

第二十八章　花樓競標

孫育銓突然覺得自己不應該待在旁邊，他應該窩在桌底，然而這些侍女跟侍衛都跟眼瞎了似的，瞧不見他們主子的互動。

他開始後悔今日找駙馬來青樓了，誰能想到竟會勾一贈一？駙馬來了，公主也來了。

就在這時候，漫香樓的亮光忽然暗了下來，所有人紛紛往臺子的方向看了過去。

伴隨著一陣悠然的笛聲，一道桃紅色的身影抓著空中的綢緞飛躍下來，動作格外瀟灑輕盈，曼妙的身材從輕紗中透出來，姑娘臉上蒙著紅色面紗，神秘中帶著性感——第一個就吊足觀眾的胃口。

下一個姑娘是抱著琵琶出現的，穿著鵝黃色的長裙，看起來格外有大家閨秀的風範。

接下來是弱不禁風的類型，男人看著都忍不住心生憐惜。

華爍公主看得目不轉睛，轉頭跟駙馬商量。「唐韞修，漫香樓的規矩是一人只能為一位姑娘打賞，等一下我打賞丹霜姑娘，你打賞依昕姑娘。」

唐韞修沈默了片刻，最後開口問道：「殿下兩個都喜歡嗎？」

趙瑾誠實點頭。

「可這花魁之位，只有一個。」唐韞修說出事實。

趙瑾道：「哦。」

追星都能雙擔或多擔，如今是選花魁，她還不能同時選倆了？

眼看公主殿下一臉不以為然，一邊的孫育銓默默舉手道：「殿下，草民也可以……」

然後他就被趙瑾安排了個阿茜姑娘。

華爍公主這牆頭不是隨便選的，頭一個看的自然是長相與身材，其次方是才藝。

漫香樓能在京城眾多青樓中占有一席之地，除了行銷到位，姑娘們的模樣確實是好。

「奴家依昕為諸位獻曲一首。」

隨後，抱著琵琶的姑娘便在臺上彈奏起了琵琶，身後還有伴舞，臺下不少男人都摟著一個美人兒，盯著臺上姑娘看的雙眸不老實，在懷中女人身上的手也不安分。

這種場面自然落入趙瑾眼中，只是她瞧見這一切時，眸色平靜得猶如一潭死水，不起一絲波瀾。

「殿下若是不喜，便別看那邊。」這時候，唐韞修忽然抬起袖子為她輕輕掩了一下。

趙瑾收回目光。「無事。」

短短一瞬間，她對自己的處境有些說不出的惆悵。既身為女子，又怎麼可能對這場景不生出一點漣漪來。

琵琶演奏完畢，有個書生模樣的人立刻站起來鼓掌道：「好！此曲只應天上有，人間難得幾回聞！」

老鴇上臺道：「各位客官可別光顧著看，若是喜歡的話，就給我們家依昕打賞，今夜這花魁之位能不能落到她頭上，就看各位的努力了。」

話音未落，有個男人馬上高喊道：「五百兩！」

這個價格不高不低，只是對尋常人家來說，夠嗆。

趙瑾聽見這話，忍不住蹙眉，只怕又是哪個拿著家中錢財來揮霍的富二代，於是她……輕踹了駙馬一腳。

片刻後，駙馬無奈妥協，認命地舉起了牌子，在眾目睽睽下道：「一千兩。」

「一千五百兩。」

很快就有人接著喊價，在場的人不僅有富商，官二、三代以及皇親國戚，這算是小錢了，起碼單位是銀子，還不到黃金的地步。

漫香樓像是玩真人秀般蒐集娃娃，不同款式的女子幾乎培養了個遍，這讓看過選秀節目的趙瑾非常滿意。

美中不足的是，除了她以外，漫香樓的客人只有男人。京城的富婆如此之多，她們是一點都沒把握住。

這時候依昕姑娘的打賞金額已經被喊到八千兩了，與駙馬競爭的，是一個官二代，母親的娘家是商賈出身，出錢出力地將他爹拱上了個不大不小的官位。不出意外，再過兩年，他家兄長便能踏入官場，身為不用肩扛大梁的次子，自然是能揮霍就揮霍，能瀟灑就瀟灑。

公主怎麼了，駙馬又如何？出現在這種花街柳巷，到時候傳出去也不知是他家丟人還是皇室丟人。

然而，碰上別人還好，誰讓他碰上的是整個皇室裡最不成器的一對夫婦。

趙瑾眼睜睜看著別人跟她槓起來，她能忍？皇室紈袴的名號她甘心讓給別人不成？

於是駙馬面無表情地繼續往上加。「一萬兩。」

老鴇想給他們夫妻倆跪下了，這大手筆，這揮金如土的氣勢，顯得整座樓裡的男人都弱爆了！

此刻，她真情實意地希望今晚的姑娘們能好好下點功夫，將華爍公主這位財神爺給留下來！

駙馬這氣魄，別說是老鴇，臺上的依昕姑娘都不禁往樓上看了一眼，即便隔著好一段距離，她也能瞧見那桌坐著一對面容姣好的男女。

男子那相貌，很難不讓人心生好感，於是她讓人去打聽了一下。根據婢女得來的消息，那是最近風頭正盛的駙馬爺，而他身旁的女子，是華爍公主，是他的妻。這打賞下來的錢，都是從公主腰包裡掏出來的。

依昕心裡好像有什麼可愛的小動物「砰」一聲撞死了，又有什麼更可愛的小動物活了過來。

八、九千兩還好，只是超過一萬兩之後，眾人就有些顧慮了。接下來的姑娘還沒看呢，荷包裡的錢就這麼全揮霍出去了？這可不划算。

於是到駙馬這一萬兩為止，依昕姑娘有了個漂亮的開頭。

下面來了一位吟詩作對的姑娘，可惜華爍公主不特別感興趣，她對這種文化水準高的姑娘沒感覺，任由下面的騷人墨客為姑娘吼啞了嗓子，她也不為所動。

這位姑娘的打賞金額也被喊到八千兩左右，只是在八千兩之後，便無人再出更高的價格。

一旁的孫育銓看起來十分心動，趙瑾平靜地看了他一眼，倒也沒強人所難。「若是打賞這位姑娘，便自己掏腰包，孫公子明白嗎？」

孫育銓不敢說話。

按公主殿下方才一砸就是一萬兩的架勢，他若是砸少了，豈不是沒看頭？於是他守護住了自己的錢袋子，沒幹出不理智之事。

今夜上臺表演的姑娘不算多，但個個皆是貌美如花、多才多藝，趙瑾等啊等，終於等到開場那位身穿桃紅紗衣的美豔嬌娘。

丹霜姑娘果然沒讓人失望。在悠揚的琴聲中，她身形婀娜、眉目含情，舞動著輕紗下若隱若現的軀體，面紗後的表情欲語還休，拿捏住了在場眾多男人……還有女人的心。

不怪男人愛看，女人也愛，駙馬看著沈迷其中的公主，不覺抿唇道：「殿下，她就這般好看？」

趙瑾反射性地點頭。這還不好看？

成婚沒幾日的駙馬在那一刻，覺得自己就像是被得手後不再被珍惜的可憐人，糟糠之夫即將下堂。

丹霜姑娘一舞結束，朝樓上、臺下的觀眾行禮，隨後緩緩摘下了面紗——媚眼如絲、丹唇一點紅。

趙瑾心道：衝了。

別說是唐韞修，就連孫育銓瞅見公主這熟門熟路欣賞美人的架勢，都不禁甘拜下風。

一個男人尚且不能為妻子一擲千金，但在這紙醉金迷的花街柳巷卻可以，華爍公主瞇著眼睛瞧著人心的失衡，輕輕扯了一下嘴角。

下方的男人們爭先恐後地想在丹霜姑娘面前留下印象，趙瑾抬手示意了一下旁邊的小廝，小廝彎腰低頭，隨後震驚地瞪大了眼睛，似乎難以置信，於是低聲和趙瑾又確認了一番。

確認無誤後，小廝帶著七分震驚、三分不解地高聲道：「華爍公主為丹霜姑娘打賞一千兩——黃金！」

前面的數字剛說出口時，還有人嗤笑一聲，然而這聲嗤笑還沒完，就僵在了臉上。

老鴇腿一軟，懷疑起自己的耳朵。

原本正在媚惑眾生的丹霜姑娘被吸引了注意力，她抬起頭來，修長的脖頸呈現出好看的弧度，更顯美麗動人。

小廝那一聲，很難不引人注目。不說金額，但說這一聲「公主」，有幾人能被稱為公主？

原本只有一小部分人知道那名女子是武朝嫡長公主，如今卻是所有人都知道了。

一千兩黃金，這是什麼概念呢？大概是華爍公主這一喊，直接就是第一位出價的依昕姑娘的巔峰那種程度。

這還沒完，丹霜姑娘擁有獨特的魅力，有個不長眼也不服氣的皇室子弟，約莫是和趙瑾有舊仇，出價道：「二千兩黃金。」

趙瑾笑了，那人看起來有些眼熟，大概是參加過她婚宴的冤家晚輩。

「華爍公主打賞丹霜姑娘三千兩黃金——」

這氛圍似乎有種魔力，又有財大氣粗的人開口。「四千兩黃金。」

趙瑾這回不用別人替自己開口了，清冷的女聲響起。「五千兩黃金。」

她站了起來，就站在欄杆前，用睥睨眾生的姿態看著臺下眾人。

丹霜姑娘終於看清了為自己一擲千金的女子長什麼模樣，對方長了一張讓她這位有望登上花魁之位的女子也自嘆弗如的臉，讓人很難不動心。

趙瑾這一聲五千兩黃金，終於惹惱對面那個皇室子弟，對方猛然站起，也到了欄杆前，大放厥詞。「趙瑾！妳一介女流之輩，來青樓湊什麼熱鬧？妳不嫌丟人，我還替聖上嫌妳丟人呢！」

這氣急敗壞的一番話，換來了一聲輕嗤。

「怎麼，砸錢砸不過本宮，就說本宮女流之輩？」她語氣淡淡，聲音不算小，起碼大部分人都能聽清楚，她的目光落在丹霜姑娘身上，嫣然一笑道：「也不夠在美人面前丟人的。」

這一聲「美人」猝不及防地落入丹霜姑娘耳中。

她長這麼大，誇她美的人多得數不清，然而那些人總是帶著不懷好意的打量，彷彿她這張臉與這具身體能帶來什麼消遣，可今夜卻突然被一位身分尊貴的女子帶著欣賞的目光說了聲「美人」。

「撲通」，似乎有什麼跳動了一下。

那皇室子弟似乎被刺激到了，口不擇言起來。「妳有錢了不起啊！這錢還不是從聖上那邊、從國庫掏出來的！」

此話一出，與他同行之人被嚇了一跳，不顧身分之差撲過來捂住了他的嘴。「公子慎言啊！」

這話若是傳到聖上耳裡，倒楣的可不是他一個人！

趙瑾倒沒有被戳破的心虛感，看向對面那個大冤家的目光也不同了，說不出是什麼，興許帶著兩分同情，又興許是麻木。

她笑了聲道：「算了。」

那位皇室子弟被身旁的人攔下後，似乎冷靜了下來，等想清楚其中利害後，瞬間冷汗涔涔。只盼今夜這一齣不要傳到他父親耳中，也不要傳到聖上耳中——怎麼可能呢？這裡又不只趙瑾一個人。

沒人出更高的價，五千兩黃金，足夠她給在場所有人留下深刻的印象。

接下來的姑娘表演得再好，除了趙瑾安排給孫育銓打賞的那位阿茜姑娘以外，她沒再花一分錢。

然而不知為何，那些姑娘們突然都生出了這樣一個共識：能被公主殿下看上是多大的福氣啊，能讓她花錢，她們今夜的努力才不算白費！

只可惜，到最後，能從華爍公主這裡拿到打賞的，只有三個人。

這三個人當中，丹霜姑娘一人得到的打賞，就幾乎是其他人的總和了。當然，她得到的不僅僅是趙瑾的打賞，還有其他人的。

華爍公主，順理成章地成為了花魁的入幕之賓。

直到老鴇滿臉春風地宣布了這個消息後，臺下的男人才意識到，他們原本是想看花落誰家，結果最後竟被一個女人搶盡了風頭？

老鴇不覺得奇怪，她賺得盆滿缽滿，哪裡顧得上其他，這會兒正諂媚地討好著今夜的金主。

身為花魁的入幕之賓，華爍公主進去不到一炷香時間便出來了，這讓老鴇不禁懷疑丹霜姑娘是不是說了什麼惹公主不痛快。

「殿下可是有何不滿？」

「無。」趙瑾扯了一下嘴角。「讓姑娘們都好生歇息吧，本宮今日砸了這麼多錢，妳若還讓她們接客，小心本宮砸了妳的樓。」

這番話不輕不重，卻是實實在在的威脅。

老鴇的嘴角僵硬了些，點頭哈腰回道：「是，都聽殿下的。」

待眾人出門後，方才沒跟著進去的孫育銓壯著膽子問：「殿下方才和丹霜姑娘說了什麼？」

華爍公主勾唇道：「沒什麼，談點生意而已。」

談怎麼將人挖過來。

華爍公主在京城繁華地區盤下了一棟空樓，近兩個月以來一直讓人忙著裝修，如今已快修葺完畢，陸陸續續有人搬了進去，每日都會從裡面傳來悠揚的琴聲。

她要開樂坊這件事沒瞞著唐韞修，但駙馬針對一點表示不解。「殿下的意思是，此樂坊男女都接待，且公子與姑娘們不賣身？」

趙瑾頷首道：「有什麼問題嗎？」

唐韞修問：「若是客人進店之後，將那裡當成一般青樓，應當如何？」

隨後唐韞修就見趙瑾嫣然淺笑，用最無害的表情說出這話。「打斷腿就好了，我賠得起。」

唐韞修點點頭道：「殿下說得對。」

華爍公主暗中挖角這件事終究是不道德，她開樂坊之前的愛好，是四處逛花街柳巷，自己逛便算了，還帶著駙馬一道為其他女人揮金如土。

幾個青樓的老鴇看趙瑾的眼神，都像是在看什麼金餑餑，全然不知這位主兒背著她們在挖臺柱子。

華爍公主這般放肆的婚後生活，果不其然遭到一干朝臣彈劾。

一個二十歲的公主同時被幾個大臣彈劾，不知道的還以為她仗勢欺人、罔顧人命了，然而聖上一看奏摺：華爍公主流連青樓，有辱斯文，有失皇室風範。

真是嫁人了都不安生，又或者說是嫁人了才如此肆無忌憚。

既然要清算踏入青樓的人，趙臻將目光落在下方的臣子們身上。「諸位愛卿所言，是指公主去青樓不行，還是去青樓不行？」

朝臣們用膝蓋想，都知道聖上要給華爍公主開脫了。

最為頭鐵的一位御史大夫呂謙上前一步。「稟聖上，華爍公主此番實在有失皇室風範，一介女子怎可出入花街柳巷？」

這話說完，他很快又補充道：「公主殿下雖不須似皇后娘娘母儀天下，但無論如何也該是天下女子的榜樣，若其他女子有樣學樣，這風氣如何了得？」

趙臻點了點頭道：「依照呂愛卿所言，朕該如何罰華爍公主？」

呂謙像是聽不出聖上言下之意般，作揖道：「依臣之見，應當讓公主殿下禁足半個月以為懲戒。」

禁足，聽起來不痛不癢，看起來就是想給公主一個小小的教訓罷了。

「禁足半個月怎麼夠？」趙臻主動加碼。「應當再罰她幾個月的俸祿，讓她拿錢去揮霍無度！」

低著腦袋的朝臣們有些不懂聖上的意思了，這到底是要罰還是不罰？

然而這下可輪不到他們來反應了，趙臻開口道：「來，公主踏足青樓，罰俸祿與禁足，既如此，諸位愛卿誰踏足過青樓的，給朕老老實實地站出來。」

第二十九章　離經叛道

啊？諸位大臣們面面相覷。

「天子犯法尚且與庶民同罪，如今既覺得公主言行不妥，那諸位是認為自己比公主更高人一等嗎？」趙臻當眾發難。「不僅如此，你們所有人，包括家中的兒子與兄弟，凡入青樓者，不可再參加科舉，不可入朝為官。」

這番話，算是捅了諸位大臣的心窩子。

「聖上息怒。」

眼看所有人都跪了下來，趙臻臉上才慢慢浮現冷色。「朕雖在宮裡，但可不是一無所知，民間以同青樓名妓吟詩作對為時之所尚，你們當中有幾人敢說自己入朝為官前或為官後沒入過青樓的？」

趙臻又道：「既說公主出入青樓有失皇室風範，諸位愛卿就沒想過會墮了自己的風骨？」

「稟……」

「別給朕提什麼男女有別、男人出入青樓很正常，是妻妾不夠多還是不夠美？」趙臻根本不給他們反駁的機會。「朕也是男人，會不知道你們心裡想什麼？」

這時候，眾人才意識到，聖上是真的怒了，然而最離譜的是，在這幾句狀似詭辯的話語中，他們竟然隱隱覺得有些說不出的合理？

「你們一個個像是約好了到朕面前彈劾公主，朕還以為她做了什麼傷天害理的事，結果就是去青樓給幾個名妓花了點錢，怎麼，你們哪位府上的公子阮囊羞澀砸不了錢，還不讓別人花了？」

聽這話，聖上像是一直都知情。

也是，這京城中的各種風吹草動，怎麼可能瞞得過聖上？

今日這一齣，說起來，更像是一群不知所謂之人在聖上面前演一場戲。

「行了，到此為止。」趙臻終於放過他們。「太傅留下，其他人給朕趕緊滾。」

看著便心煩。

朝臣們基本上是拖著軟掉的腿離開大殿的，方才聖上那番話的攻擊範圍有多大就別提了，有幾個生怕晚節不保的官員已經馬不停蹄地打算回去教訓兒孫了。

尤其是那些個皇室子弟，他們看不清楚，他們的爹難道看不明白？聖上就是明著偏袒華爍公主，只要她以後不犯大事，這輩子都不用愁。

也是奇怪，嫡長公主的身分固然尊貴，可聖上自己有女兒，平日倒不見他如此縱容。

正因為如此，才越發襯托得華爍公主獨特。

朝堂中發生的事，如何能不傳出去？用不了半日時間，聖上的金句名言就傳遍了整個京城。

那些打算參加科舉考試的文人簡直嚇破了膽，生怕踏足過青樓這件對男子來說再尋常不過的事，日後會成為自己的絆腳石；至於經營青樓的人，也擔憂自己這樓突然被聖上下旨給封了。

這些日子以來，華爍公主是結結實實地在幾家青樓上花了不少錢，真金白銀砸下來，沒感情也砸出感情來了。

女子逛青樓怎麼了？

人家貴為公主，又是花容月貌，尚能對一介妓子以禮相待，連當入幕之賓時看見姑娘手上磕了個口子都能注意到，相對於那些想花小錢當大爺的臭男人，她可好了不知多少倍！

因此，這件事一鬧起來，她們埋怨的並非逛青樓的公主，而是那些好管閒事的男人們，錢給得沒人家多，還偏愛指手畫腳。

最好笑的是，因為這一齣，還真有女子跟風踏入青樓消費。先有膽子進去的那一批，是富有且夫君早亡的，她們有錢沒處花，又不希望日後便宜那些沾親帶故之人。

得益於華爍公主帶的頭，老鴇和姑娘們早就有了經驗，看見女客人便一臉諂媚地迎上去，務必讓人賓至如歸。

被聖上當眾留下的太傅聞世遠在御書房內嘆道：「聖上今日所言，是否有些衝動了？」

坐在椅子上的學生並不吭聲，用沈默來反駁老師的教誨。

聞世遠年過七十，聖上也過了知命之年，他們已不再年輕。曾經躊躇滿志，卻已接近人生落幕的年紀，只是不得不提醒自己再撐下去。

「聖上。」聞世遠又嘆了一口氣。

「老師……」四下無人，趙臻也用了年少時的稱呼。「朕還活著，他們便敢當著朕的面欺負瑾兒，朕若死了，瑾兒當如何？安悅、安華她們又當如何？」

若是聖上有自己的皇子，且得以登基，那麼只要皇室的女眷無謀逆之心，憑著那層血緣關係，都不會過得太差。

聞世遠的年紀大了，殷切道：「臣只盼聖上早日選定儲君，好讓江山穩固。若是從宗室挑選，如今年紀大些的，怕是都有了記性。」

說到這裡，聞世遠稍稍頓了片刻，又道：「依臣拙見，若想避免聖上憂心之事，華爍公主之子，最為合適。」

唐轀錦兄弟不入宋家族譜，而是入唐家族譜，偌大的唐家只剩下這兩個嫡系子孫，一個鐵骨錚錚、忠心耿耿，一個又對公主癡迷得很，聖上自然信得過。

然而，孩子又不是想有就能塞進肚子裡面去的。

「您也和母后一般想法嗎？」趙臻問。

「臣的出發點與太后娘娘不同。」聞世遠垂頭拱手道：「太后娘娘希望儲君出自華爍公主腹中，是為了母族榮耀和聖上；而臣期盼的，則是社稷安康。」

太傅的話，聖上如何聽不懂？只是他這兄長當得實在過於無用，竟然要身為公主的妹妹來一起扛這個重擔。

話說到這裡，聞世遠又忍不住嘆道：「若當初太后娘娘誕下的是皇子，便好辦多了。」

即便再放蕩不羈、不成體統，有他們這些老臣守著，還能讓這江山沒了不成？

然而，這世間沒有太多「如果」。

趙瑾當然不知道，她這肚子，盯著的人更多了。

自朝堂上聖上大怒之後，彈劾華爍公主的人確實少了許多，其他那些添亂的，聖上就當看不見。

轉眼間七、八日過去了，聖上的暗衛傳回了更加離譜的消息：華爍公主在京城開了家樂坊。

樂坊、教坊司、青樓，這樣的字眼總是容易讓人生出些不好的聯想，在面對冤家妹妹時向來勸自己能忍就忍的聖上終於忍不住了。

趙臻當下拍案而起。「將趙瑾給朕綁進宮來，她最近是越來越無法無天了，朕不罰她，她自己心裡沒半點數？」

暗衛哪敢說話。

還在一展鴻圖大業的華爍公主還沒來得及處理好樓內的布置，就被人擄走了——擄進宮裡。

在看見聖上那一瞬間，趙瑾稍微反省了一下，確認自己最近有沒有闖禍。

然而左思右想，她實在不明白，又或者說是心裡沒數，只得硬著頭皮打了招呼。「臣妹……參見皇兄。」

趙臻冷冷地盯著她看。「朕讓妳嫁人，夫婿也讓妳自己挑，妳在府上坐不住，要去青樓，朕也忍了。朕在朝堂上替妳罵了多少人，結果妳轉頭就開樂坊？朕的臉都被妳丟盡了！」

原來是這件事。趙瑾道：「皇兄，臣妹這樂坊與青樓不同。」

趙臻瞇了一下眼睛。「妳倒是給朕說說，哪兒不同了？」

只見趙瑾走近了一些，整個人幾乎趴到桌上，小聲道：「皇兄，臣妹這樂坊只賣藝，不賣身。」

趙臻聞言嗤笑一聲。「妳說不賣便不賣，若是有皇親國戚看上了哪個姑娘，妳是讓還是不讓？」

說到這裡，他瞧自己的胞妹眼睛撲閃了一下，隨後羞澀一笑道：「皇兄，這不是有您嗎？」

聖上一陣無語。冤大頭竟是朕？

他當場不幹。「妳當朕整日很閒，有空給妳擦屁股？」

趙瑾覺得這事還有商量的餘地，於是她湊得更近了些，看了左右一眼，才在趙臻莫名的目光中神秘兮兮地道：「皇兄，這樂坊的盈利，您三、臣妹七如何？」

這錢，就等於保護費了。

聽到這裡，趙臻冷嗤一聲道：「朕還差妳這點小錢？」

趙瑾從未見過這般視錢財如糞土之人。「皇兄，大錢小錢都是錢，您想想國庫，未雨綢繆、積少成多終究是好事，對不對？」

聖上還想張口說什麼，結果趙瑾很快就用上了經典話術。「橫豎這樂坊臣妹都開了，皇兄您就睜一隻眼、閉一隻眼，若是日後虧本，臣妹自己便會關了。您平日關心的都是國事，臣妹這小店，何須煩勞您掛心呀？」

話說得好聽，可對聖上而言，他這本來應該尊貴的胞妹忽然多了個商販身分，無疑是自貶身價。

「真以為生意這麼好做？」趙臻哼了一聲。「朕不信妳這只賣藝的樂坊能翻出什麼天來！」

聖上雖是男人，但他就算沒跟宮中的舞姬發生點什麼，照樣能大方賞賜她們。可是一般男人若沒嚐到些甜頭，豈會拿出大把銀兩往那只賣藝的樂坊撒？

趙瑾心道：穩了。

華爍公主今日先是被擄進皇宮，之後卻大搖大擺地走了出去，全程可說是十分悠然自得。

在這裡，聖上可以張口定人生死，這樣的權勢讓人畏懼，也令人心生嚮往，包括他的生母。

太后及其母族傾其所有助聖上登基，自然有所圖，聖上的母后與聖上的妹妹，這兩者的身分對比下，後者與聖上的關係似乎更加純粹。

華爍公主當然任性，只是她的任性並非挑戰聖上的權威。她將自己放在妹妹的位置上，以親情為出發點與聖上相處，甚至還能自然地和聖上談生意。

皇家少溫情，與眾不同的人更難能可貴，這份可貴也不是誰都能模仿得來。其他公主不行，聖上的兄弟也不行，華爍公主是特殊的一個。

背靠聖上這棵大樹，趙瑾這樂坊算是順利地開了起來，那承諾好的三分利就當作是保護費。做生意的人，總不能太摳。

趙瑾為樂坊取了個簡單易懂的名字：悅娛樓。

消息很快便傳開了，名動金甌的幾個名妓，不知道什麼時候都被贖了身，全進了悅娛樓。

最重要的是，這樂坊還是當今嫡長公主開的。在眾人眼中，樂坊雖不完全與青樓畫上等號，但這臺柱子既然皆是青樓名妓，那又與青樓有何區別？

華爍公主這一齣，像是自貶身分。

消息一出，輪到眾多皇室女子炸了。她們的地位如此尊貴，竟然有人拿這樣的身分去開一間青樓？

不說朝臣彈劾，幾個公主紛紛找上了太后，態度恭敬、語氣溫和，可話裡話外都只有一個意思：望太后娘娘能管好自己的女兒。

太后雖然想為女兒說話，奈何此事確實是趙瑾做得不夠妥當，那些公主離開之後，太后便立刻將女兒宣進宮。

這次來的人不只是趙瑾，唐韞修也跟著來了。

「兒臣參見母后。」

趙瑾還沒屈膝，太后手中的茶杯忽然就重重地磕在紫木桌面上。

「荒唐！」顧玉蓮難得大聲怒斥女兒。「妳自出嫁後行事越發荒唐，今早妳的母后被那些亂七八糟的人指著鼻子罵了一通，妳可知悔改？」

趙瑾側眸與唐韞修對視一眼，唐韞修收回目光，正欲開口，結果被正在氣頭上的顧玉蓮吼住。「唐韞修，還有你！哀家指望你能讓公主好好過日子，結果你不僅不攔著她，反而助紂為虐?!」

唐韞修不說話了。

這一齣，也不算是無差別攻擊。

「妳皇兄、哀家還有整個皇室的臉都要被妳丟盡了！」

這帽子扣得實在太大，趙瑾向來是識時務者為俊傑，她馬上跪了下去，低著腦袋道：「稟母后，兒臣此舉……」

「舉什麼舉？趕緊將那樂坊關了！」顧玉蓮身為武朝地位最尊貴的女人，說話自然不容置喙。「也就妳皇兄縱著妳胡鬧！」

牽扯到了聖上身上，那可不行。趙瑾腦袋磕得響了些。「母后，兒臣懇請母后與諸位姊妹隨兒臣去悅娛樓看一眼，再做決斷。」

太后沒想到她如此冥頑不靈，然而華爍公主早就料到她這母后的強硬，立刻跪著往前挪了幾步，隨後將臉貼在太后膝蓋上，久違地撒了一下嬌。

「母后許久沒出宮了，此番去兒臣府上小住，領略一下京城繁華也好啊！」她頓了頓，又說：「一般民間女子，只要懷孕生子或有需要，母親都能到其婆家小住一段時日，母后貴為太后，去住一下兒臣的公主府又如何？」

不知是趙瑾話裡提到的「出宮」還是「懷孕生子」觸動了太后的心弦，她眸光微微垂下，落在自己女兒身上。她已過花甲之年，可女兒卻還如此年輕。

「懷孕生子？」顧玉蓮冷著臉道：「哀家倒是希望有機會如尋常婦人般伺候女兒坐月

子，妳與駙馬成親也快一個月了，肚子可有動靜了？」

一個月能有什麼動靜啊？

趙瑾在心裡腹誹，卻從這話裡聽出了「可以商量」的意思。

「母后，公主府栽了不少名花，養得不比御花園差，有些還是宮中沒有的品種，您去看看，肯定喜歡。」趙瑾乘勝追擊。「樂坊之事，咱們遲些再議，如何？」

太后哪裡聽不出女兒的心思，只是出宮這一提議，實在讓人很心動。

她這一遲疑，趙瑾馬上抓住了機會。「母后，京城最近排的一些新本子，宮中還沒有呢，您是不是聽膩了舊的？」

此時，唐韞修忽然上前一步，輕聲道：「母后，殿下所言極是，京城的戲班子最近排了不少新本子，待您出宮，我們陪您一起去看。」

自從太后住進仁壽宮以來，便從未出宮。

她是這裡最尊貴的女人，向來只有別人前來朝拜她的分，這麼多年來，確實沒見過外面的世界。

趙瑾和唐韞修這對夫妻一人忽悠一句，很快地就將原本興師問罪的太后忽悠出了宮。

久居深宮的母后突然提出想出宮看看的要求，出於孝心，聖上說不出拒絕的話，不僅無法拒絕，他還安排了眾多侍衛，以守護太后的安全。

趙瑾樂了。免費保鏢，嘿嘿嘿。

本來趙瑾想將皇后一併拐出去，然而相較於太后，皇后要顧慮的事更多，她不願向聖上提起出宮的請求。

聽聞妹妹不僅將太后拐出宮，甚至還有意將皇后也拐出去，聖上連夜修書一封去公主府罵妹妹。

趙瑾皺了皺眉。她這便宜大哥，是「雖遠必罵」啊。

太后出宮，自然是住在女兒府上，公主府迎來這般重量級的客人，陳管家可說是如臨大敵。他差人將公主夫婦院子以外最好的住處裡外收拾了一遍，並把庫房裡最名貴的擺飾都搬了進去。

趙瑾與唐韞修這兩個主人的日子照常過，該吃就吃、該喝就喝，早上起床去向太后她老人家請安，再帶太后去逛花園，之後出門領略京城風光。

趙瑾說要請太后看新戲這話絲毫不假，這一看就看了兩日。

這段期間，其他皇室女子絲毫不知，她們盼著主持公道的太后，已被敵方擾亂了心神。

第三十章　好戲上場

第三日，趙瑾說要帶太后去看別的戲，同時向她那些多年來見面次數還沒十根手指頭多的姊姊、姪女與外甥女們送了請帖。

來自華爍公主的請帖。這可是破天荒頭一回，然而地點卻在悅娛樓。

她們本來一致打算忽視此次邀請，讓那個不知天高地厚的臭丫頭去唱她的獨角戲，不料請帖底端有這樣一句：吾與太后靜候。

太后。

不得不說，這兩個字帶著某種讓人不得不屈服的魔力。哪怕心中再嫌棄悅娛樓是個煙花之地，她們也選擇赴約。

若說太后一開始還不明白她這古靈精怪的女兒在打什麼主意，待從馬車下來，抬頭看到那牌匾後，便涼涼地看了女兒一眼。

太后是什麼人，她是老了，又不是傻了，趙瑾現在打的算盤，她能看不出來？

趙瑾當然知道自己瞞不了太后，立即露出了個乖巧的笑容道：「娘，來都來了。」

人在外面，稱呼也跟著換了。

顧玉蓮被她這麼一聲膩歪的「娘」喊得頓住了片刻，隨後語氣更冷了。「妳今日是想幹什麼好事？」

趙瑾溫順道：「只是想給娘看一齣女兒新排的戲罷了。」

京城近來頗為熱鬧，隨著外邦使臣入朝來訪的日子越來越近，商販們都卯足了勁想乘機大賺一筆。

悅娛樓在這個時候開張，不僅有眾多青樓名妓作為噱頭，更開了男女一同接待的先例，已是頗為引人注目，可最離譜的是，他們竟還標榜開業前兩個月免收門票。

眾所周知，不管是什麼青樓，是進去喝酒還是找姑娘，不掏點錢出來是不可能的。這悅娛樓在開業這些天來，還真有人除了酒水以外沒花一分錢，當然，這裡也沒姑娘相陪——只有姑娘們的「才藝」作伴。

起初這種營業模式自然引發不滿，有個富貴公子哥兒直接砸了一袋銀子下去，點名要某個姑娘陪他一夜，隨後就被悅娛樓的守衛們連人帶銀子整個提著扔出門。

有個行走江湖的刺頭直接將刀掏出來拍在桌面上，然後……仍舊被悅娛樓的守衛攆了出去，還被揍了一頓。

悅娛樓的守衛，不少都是退伍的官兵。有些年紀雖然大了點，但在武力值方面絕對碾壓平日只知花天酒地的公子哥兒們，若是能打的人來找碴，自然有功夫強一點的去招呼他們。

今日，悅娛樓關門謝客。平時白天的客人雖然不多，但也有三三兩兩，這天卻是直接不做生意了。

太后就這麼被自己的女兒跟女婿忽悠進了她不屑一顧的地方，只是一進來才發現這布置與想像中不同——

室內一個高臺，下面是平均分布的桌椅，沒有那些紅、綠紗布作為裝飾，顯得素淨許多。桌椅都是上好的紅木，椅子上擺著軟墊，按照時下的風格來說，算是十分有格調了。

太后在女兒攙扶下，坐到靠近舞臺的桌子前。

悅娛樓的婢女跟小廝不少，一個個穿著一致的服裝在一旁戰戰兢兢地站著，客人來到時，又恭恭敬敬地彎腰行禮。

太后入座後，一壺上好的碧螺春便送了上來，唐韞修為太后跟趙瑾都倒過茶後，便安安靜靜地充當起背景板。

「娘，請喝茶。」

「哀家人在此處了，有什麼就快說吧。」

趙瑾還沒來得及開口，外面忽然有了些動靜。

閉門謝客一日的悅娛樓門外，先後停了不少華麗的馬車。從馬車上下來的，都是打扮精緻且雍容華貴的女眷們，單單從氣場上看，都足以瞧出她們身分上的不同。

尋常老百姓興許不認得她們是誰，但勛貴人家的夫人們若是一瞧，便能輕易認出這些是高高在上的公主跟郡主，都是純正的皇親國戚，身分之尊貴，不言而喻。

她們在簡短地朝彼此寒暄之後，不約而同地踏入了一個地方——悅娛樓。

這個地方，她們恰好皆有所耳聞，也同樣嗤之以鼻。

堂堂嫡長公主，不幹正事，偏偏開了個類似青樓的樂坊，還說是「男女一同接待」，可哪家正經姑娘會出入這樣的場所？起碼她們不會。

在旁人眼中，他們完全不明白，這些身分尊貴的皇室女眷，怎麼會突然相約到這麼個地方來。可惜今日悅娛樓閉門謝客，否則無論如何，他們都得進去跟人家攀談個幾句。

此時此刻，趙瑾看到一個接著一個走進來的人，臉上的笑容越來越大。

那些便宜姊妹、姪女與外甥女們，進來的第一時間便是向太后請安。向太后行禮是應該的，然而太后出宮已是難得一見，卻還願意到這種地方，確實出人意料。

到了此時，太后終於察覺，趙瑾這寶貝女兒，將她這母后當成了幌子。

眼下這些個公主跟郡主，只怕不是自己想來的，不過，太后沒有當眾拆臺的意思。

趙瑾淺笑，擺出了主人的姿態道：「辛苦各位姊姊前來，妹妹備好了酒水與節目，望諸位姊姊、姪女和外甥女們莫要嫌棄。」

說實話，趙瑾口中的姊妹，有些都已當上祖母，姪女皆為人母，至於到場的外甥女當中，有幾位剛出閣，有些則待字閨中。她們的母親將未出閣的女兒帶來這種場合，不過是想在太后面前混個臉熟，好在親事上能得她老人家提點。

不得不說，雖然都是公主，但是公主與公主之間又不相同。

像趙瑾，是太后之女、先帝遺腹子、當朝唯一的嫡公主；像安悅公主和安華公主，是當今聖上唯二的子嗣。

然而除了她們，還有不少是先帝在位時也默默無聞的公主，之所以默默無聞，無非是她們的母妃不受寵。先帝比當今聖上荒唐許多，有幾個公主的母妃被寵幸時不過是宮女，就算有幸懷上龍種、有了位分，地位也不算高。

這種母妃位置不高的公主，出嫁時能夠挑選的夫婿雖然不差，但終究少了些底氣。若是她們的女兒能入了太后的眼，定然能尋得更好的對象。

別的不提，趙瑾張嘴就是「姊姊」跟「外甥女」，距離瞬間就被拉近了。

甭提趙瑾做的事到底有多荒唐，她的身分就擺在那裡。

過去華爍公主從來不與任何一位公主親近，她甚至不願見人，如今臉上卻掛著親熱的笑容。正所謂伸手不打笑臉人，太后還在這兒呢，她們怎麼可能當著太后的面數落她的女兒？

上次的投訴，更像是訴苦。

有些公主的生母卑微，以前在堂堂的嫡長公主面前，是撐不起「姊姊」這個架子的，然而趙瑾先開了口，她們倒能順勢接話。

「瑾妹妹，不知今日請我們過來，所為何事？」

論排行，趙瑾在公主當中排在第十三位，可她卻是先帝唯一的嫡女，若喊聲「十三妹妹」，倒像是將她的身分喊低了，不如帶著名字喊，也顯得親近。

這句話算是問對了。

趙瑾抬手將兩邊的侍女與小廝招過來，吩咐道：「給諸位貴客安排好位置。」

得到命令後的侍女與小廝們立刻行動起來，帶頭的侍女說道：「幾位貴客請隨小的們過來，這邊為各位準備了上好的座位。」

這些公主與郡主不常出現，就算出現也不可能在這種場合，悅娛樓裡的侍女與小廝們就算經過培訓，也未必能知道哪位公主的身分更高，因此服務方面講究一視同仁。

只不過，位置上還是有講究，今日的侍女跟小廝有部分是聖上賞賜的，也就是從宮裡出來的，對公主與郡主們的臉算是有些印象，能與太后一桌的，除了趙瑾與唐韞修，便是安悅公主與安華公主，以及兩位帶了未出閣女兒前來赴宴的公主，她們的女兒也在這一桌——自然是趙瑾安排的。

她不是什麼見不得別人好的性子，既然人家願意領著女兒來她這所謂「煙花之地」，她就順便幫個忙，給人家表現的機會，想必對方會承她這個情。

待所有人都入座後，不用趙瑾吩咐，菜餚便一道接著一道送上來了。

第一道便是一盅養生湯。

湯在皇室菜譜中並不少見，尤其是趙瑾的皇兄，當今的聖上，幾乎到了無湯不歡的程度。當然，這不排除是趙瑾年幼時常常不辭勞苦、邁著自己的小短腿給便宜大哥送湯的結果。

趙瑾前世是南方人，在煮湯方面擁有相當的基礎。剛開始御廚們聽說華爍公主要創新湯譜時還算平靜，小孩子辦家家酒嘛，可以理解。然而當幾歲的小豆丁用一張平靜的臉，禮貌地拜託他們將湯裝起來，她要拎去和皇兄分享時，御廚們頓時大驚失色。

幸虧聖上比想像中還喜歡這個妹妹，他喝了，御膳房的湯就多了一種。這麼多年來，託華爍公主的福，御膳房的菜譜豐富不少。

大概是因為味道還不錯的關係，聖上根本沒意識到，自己吃了十幾年的藥膳湯。可想而知，趙瑾有多努力地為便宜大哥續命。

在外面開店，規格當然不可能與宮中相同，畢竟做生意得控制成本，不過有些菜餚，食材貴不貴不重要，味道才是重點。

秉持著太后在場，不能讓她老人家落了面子的心思，幾位養尊處優的公主試探性地喝了一口眼前的湯，一喝便頓住了。

趙瑾出生時，她們當中絕大多數人都已經出閣，又有幾人有機會品嚐華爍公主弄出來的菜餚？

這湯，味道鮮美而不腥，相當開胃。

此時旁邊的小廝開口說道：「貴客們，這是我們悅娛樓推出的養生湯，雖然是湯，卻有美容養顏的功效，可以滋潤氣色，且味道鮮美，諸位貴客若是喜歡，歡迎日後光顧。」

介紹料理的小廝是趙瑾特地挑選的，生了一張相當不錯的臉，嗓音溫潤，字字句句如春風拂面。

他是趙瑾選中的未來臺柱，若不是今日貴客登門，趙瑾還捨不得讓他提前出來待客呢。

大概是長得好看，說話都有人願意多聽的緣故，悅娛樓這小廝，算是入了貴客姊姊們的眼。

不過這個時候，安華公主趙沁突然問道：「小姑姑今日喊我們過來，只是為了請客？」

雖然問得有點突然，但確實是皇室女眷們心中的困惑，趙沁的問題合情合理。

碰巧菜上齊了，於是趙瑾笑著說道：「我前些日子讓樓裡的姑娘和公子們排了齣戲，想讓母后和各位姊姊、姪女與外甥女們一起瞧瞧，諸位對我這樓裡的營生似有誤會，今日便擅作主張，讓大家都看看我們樓裡的節目。」

只見趙瑾抬手打了個響指，方才介紹菜品的小廝便轉身離開，順著他的背影，可以瞧見他走進了一個房間。

沒多久，臺上有了動靜。有幾位小廝搬了一些桌椅與一張床到臺上，另一邊則放上假樹、假橋，東西擺好位置後，小廝們隨即離去。

正當眾人心生疑惑時，臺後的簾子被掀開，走出了兩個人，一個是小姐的裝扮，另一個是丫鬟，乍看之下很像武朝的民間戲曲。

不過她們並未畫上劇妝，只是比尋常女子妝容再精緻一些而已，一張口也不是戲曲裡的咿咿啞啞，而是尋常的說話聲。

「小姐，今日怎的看起來愁眉苦臉？」

「還不是我爹，非要讓本小姐與那嚴家的少爺訂婚……」

這個開場相當經典——富養長大的千金小姐不滿家裡決定的婚姻，準備離家出走，甚至女扮男裝偷跑，隨後在外遇見了上京趕考的書生，與之一見鍾情，兩人私定終身。

看到這裡時，不知是哪個公主突然拍了拍桌。「這種女兒，不如不生。」

父母之命，媒妁之言。在這個時代，所有人都遵循這個準則，自由戀愛堪稱異端，連太后她老人家都蹙了眉。

誰知，那位書生卻說道：「小姐本是天上月，卻甘願嫁小生一介窮書生為妻，小生幸運至此，怎能辱沒了小姐？且等小生高中，再三媒六聘迎娶。」

書生將小姐護送回府，顧及其名聲，躲在一旁看到小姐入門才安心離去。

看到這裡，年輕些的郡主點了點頭。

放榜之日，書生高中探花，他原本想信守承諾去小姐家求親，不料被一個花容月貌的高官之女看上，那高官甚至許他錦繡前程。書生沒碰過這樣的場面，一時之間沒反應過來。

臺下的貴族女眷們，已經被演員們的演技牽扯住了思緒，連太后都對這書生的選擇感到好奇。

顧玉蓮直接問起了趙瑾。「瑾兒，這書生怎麼選？」

怎麼選？

一個是高官千金跟錦繡前程，另一個是一見鍾情、私定終身的富家小姐。

「母后覺得他會怎麼選？」趙瑾不答反問。

周圍的公主跟郡主們對答案深感好奇，全都豎起耳朵來仔細聆聽。

顧玉蓮一頓，忽然淡淡地笑了，道：「哀家覺得有兩全之法。」

所謂的兩全之法，便是娶高官千金為妻，納富家小姐為妾。

此話一出，同桌的幾人臉上浮現了失落之意。

確實是兩全之法。如果她們是男子，只要這麼做，權勢與美人都能握在手裡，豈不美哉。

「小姑父會怎麼選？」這時候，安華公主趙沁突然發問。

華爍公主的駙馬，她口中的小姑父，比她還小上十幾歲。這聲「小姑父」喊得是突兀，但是比起這點，這個問題倒像讓人下不了臺似的。

趙瑾瞇起了眼，認真打量起了這位賢妃之女。

唐韞修愣了一下，才意識到那聲「小姑父」喊的是他，只是年輕的駙馬並未被這題難倒，他輕笑一聲，轉頭看了旁邊的人一眼道：「我選公主。」

在場明明這麼多個公主，然而很明顯，他口中的公主就是那一個。

駙馬的答案可謂標準，帶著女兒出席的一位公主笑著說道：「駙馬對公主可謂一片真心向明月。」

這句話算是幫忙解圍。

臺上的故事還在演，探花郎面臨選擇時，演員退場，留下一個鈎子。

此時此刻，輪到了富家千金與其家人的拉扯，老爺要讓其與某官家公子訂親，小姐坦言已有心上人，老爺一聽不過是一介書生，當下就決定棒打鴛鴦。

小姐苦苦哀求，願為愛情受苦，為了拖延訂親的日期，不惜淋雨受風寒，臉色煞白。演員貌美，演技也實在不錯，令觀眾的心跟著揪了起來。

誰也不知道，富家小姐這番付出，究竟是值得還是不值得？

在座的皇室女眷目不轉睛地看著臺上，連桌上的菜餚都顧不得吃了。

男主角沒有辜負女主角與觀眾的心。

小姐躺在床榻上奄奄一息時，新晉探花郎來府上提親。過去的商賈之家，如今卻顯得高攀了。

曾經的窮書生，如今的探花郎，拒絕了與高官結親的好事，實現與富家小姐共白頭的承諾。

看著前途無量的探花郎，老爺哪裡說得出拒絕的話？於是兩家喜結連理，成就一段佳話。

這齣戲，結束了。

第三十一章　扭轉印象

演員退到幕後，看完這場演出的人神色各異，但大多是悵然若失。

這固然是個美好的結局，但因為表演形式與其他戲曲不同，更加貼近現實，也更易引人深思。

「瑾妹妹，」隔壁桌的一位公主忽然開口問道：「這演窮書生的戲子，是何人？」

這位主兒開口一問，趙瑾的眼皮子下意識跳了一下。她倒不是認不得這位姊姊，正是因為認得，所以才有這種反應。

宜和公主，先帝貴妃之女。

這麼多年來，算是京城中最有權勢的公主之一，但她最為人熟知的，自然是公主府上的「文客」。

寫作「文客」，讀作「面首」，哪怕是趙瑾，都略有耳聞。

「皇姊是覺得我這臺柱不錯？」趙瑾輕笑道：「我前幾日將幾位公子與姑娘的畫像給皇兄看了一眼，他也誇說不錯，看來皇姊的眼光和皇兄倒是差不多。」

此話一出，不說宜和公主，其他人都明白了趙瑾的意思。她之所以能這般有恃無恐，原因便是有聖上在她背後當靠山。

她有意交好，卻不代表是能任人拿捏的包子，若是其他人，想要便要了，趙瑾管不著，可是她悅娛樓的人，卻不是開口就能討去。

宜和公主哪聽不出這番話是對自己的敲打，只是趙瑾的另一個靠山太后在場，她不可能當著趙瑾的面發難。

別說先帝駕崩多年，宜和公主的生母也在前幾年逝世，聖上雖然也是她的皇兄，但親疏有別，同父同母與同父異母，終究還是不同。

宜和公主是荒唐了點，卻不是個傻子，她笑著說道：「瑾妹妹這悅娛樓，倒是讓我有些刮目相看了。」

趙瑾順著臺階往下走，道：「我這悅娛樓可不只如此。」

在這齣戲結束之後，臺上的布置全被更換過，又出來了幾個分別抱著琴、琵琶、長簫的男男女女，他們身上的服飾主要由紅、藍、綠、黑、金幾種顏色搭配。

女的花容月貌，男的風流倜儻。

其中彈琴的男子，正是方才還站在公主們身邊充當解說員的小廝，如今行頭一換，便真是讓人看出些不同來了，不僅俊俏，那雙桃花眼還勾人得很。

樂聲繞耳，簾幕後出現一群姿態輕盈的舞姬，翩翩起舞。她們的妝容精緻，舞姿更是整齊劃一，臉上的表情拿捏得當，場景布置更是花了心思。舞至高潮時，臺上忽然出現了白色煙霧，舞姬在煙霧中穿梭，更顯婀娜多姿。

最重要的一點是，拋開以往對青樓女子的偏見，皇室女眷們竟然驚訝地發現，這舞、這曲，簡直是視覺與聽覺的雙重盛宴。

哪怕是皇宮設宴，也難以做到這種程度，可這小小的一座悅娛樓卻做到了。

一曲結束，滿座驚嘆，掌聲如雷。

下一個節目，由悅娛樓為數不多的美男齊齊上陣。

美男們在搔首弄姿方面不算過關，連駙馬平日誘惑公主的五成功力都沒有，但好歹生得不錯，又能歌善舞。

兩側溫潤如玉的公子彈琴吹簫，中間的公子穿著輕薄的布料舞刀弄劍，健碩的肌肉與剛毅的臉龐互相映襯，看得人口乾舌燥。

幾個未出閣的郡主看得小臉通紅，太后她老人家倒是一副見慣了大風大浪的模樣，絲毫不為所動。

好色乃人之常情，男女皆同，沒有例外。

幾個同樣見過大場面的公主與郡主甚至大大方方地盯著看，目光上下打量著臺上的人。

身為在場觀眾中唯一的男性，唐韞修趁所有人不注意，微微側頭在趙瑾耳畔邊咬牙切齒道：「殿下，很好看嗎？」

趙瑾默默收斂了一下自己的視線，在桌下握著唐韞修的手，拇指指腹在其左手虎口處摩擦了一下，以示安撫。

然而這點小動作似乎根本不夠，駙馬反手抓住了那隻柔若無骨的手，禁錮在自己手心。這一來一往的拉扯，全在桌布和寬大的袖子之下，表面上完全看不出來，唐韞修也迅速坐直了身子。

整個京城的青樓與南風館的陣容加起來，幾乎也敵不過一個小小的悅娛樓裡面藏著的絕色，那些表演內容，也確實與諸位皇室女眷想像中的有所不同。

又是看戲、又是歌舞，時間慢慢過去，太后也乏了。她已瞧了個明白，這悅娛樓就是個休閒娛樂之地，既不幹那皮肉生意，也不做些見不得光的營生，公主出嫁，有自己的產業很正常。

趙瑾扶著太后起身，當著所有人的面道：「諸位貴客，我先隨母后回去了，但悅娛樓的節目還未結束，願意的人可以留下來觀賞。」

晚上的節目，自然更加精彩。

有人起身離開，也有人留了下來，太后離開前問了同桌兩位待字閨中的郡主名諱與生辰八字，讓她們的生母頓時喜出望外。

太后的名號當然好用，趙瑾來了這麼一齣，皇室女眷的抗議聲就少了，雖然不至於完全沒有，但也無所謂。太后都不吭聲了，不管她們怎麼鬧，都不會斷了趙瑾的財路。

然後，悅娛樓，終於迎來了女性顧客。

悅娛樓本來就位在京城的繁華地段，這些皇室女眷光顧，又沒避著別人，不曉得多少人看見一群公主跟郡主進去了，當時是好奇，現在她們也該進去瞧上一瞧。

貴婦們生怕自己跟不上皇室女眷的潮流，也都叫上丫鬟與家丁相隨，去了一趟悅娛樓。有些地方，確實一來便回不去了，悅娛樓有了個好的開始。

華爍公主下的功夫到此為止。當老闆的人，凡事不用親力親為，否則要手底下的人何用？

算算日子，距離外邦使臣來朝，又近了些。

太后在公主府過起了舒心的日子，她在宮裡高高在上，出了宮也依舊說一不二，然而面對女兒跟女婿時，卻多了不少寬容，唯一的要求，大概是想早點抱外孫。

雖然抱外孫這個念頭的初衷並不那麼純粹，但太后動了心思，聖上又不排斥的話，只要趙瑾的肚子夠爭氣，誕下長子，便極有可能是未來的儲君。

姜嬤嬤就是太后派過來的眼線，趙瑾是人盡其才了，不過在夫妻的夜間生活方面，她確實不喜歡被人盯著。

與駙馬之間有多少愛意暫且不提，但夫妻的氣氛還算和諧，趙瑾也抱著認真的態度與唐韞修相處，若不說成親這個儀式，兩個人算是經歷了相親、戀愛、同居的階段。

趙瑾原本認為接太后出來住幾日，她那便宜大哥就該有意見了，結果太后一住便足足住了半個月。這半個月來，便宜大哥除了幫忙加強公主府的保衛工作以外，絲毫沒有要請太后回宮的意思。

這就導致一個狀況：在太后入住公主府的半個月，也就是公主與駙馬成婚不到兩個月的時候，他們迎來了宮中的太醫。這太醫不是旁人，正是前不久才見過的徐太醫。

徐太醫奉太后懿旨而來，眼前除了太后，便是華爍公主與其駙馬，他今日的任務是為他們兩位檢查身體，看在生育方面是否有困難。

在宮中侍奉多年，生育一事可說是徐太醫職業生涯的滑鐵盧。後宮多年未有新生命誕生，徐太醫給各位娘娘跟聖上調理身體，問題出在誰身上，他也都清楚。若說全然沒希望，也不至於如此悲觀，聖上這些年來的身體還算不錯，沒有子嗣，只能說是聖上與宮中的娘娘不走運。

此時此刻，徐硯心中頗為忐忑。「臣參見太后娘娘，參見公主殿下、駙馬爺。」

他恭恭敬敬地行了禮，一抬眸便對上華爍公主打量的目光，駙馬的神情看起來也格外玩味。

徐太醫默默無語，總覺得自己今日出門沒看黃曆。

顧玉蓮神色平淡地道：「徐太醫平身吧，哀家今日喊你來，是想讓你給公主與駙馬調理一下身體，他們兩人年輕，成婚近兩個月了，為何還沒有動靜？」

這話一說出口，徐太醫不自覺地觀察起了兩位當事人的神色——公主目光迷茫，顯然在走神；駙馬倒是認真聽了，但嘴角有個不太明顯的弧度，像是在看戲。

成婚兩個月沒動靜，不是正常的事嗎?!

太后，您看看這兩個當事人的態度，他們看起來有想生的意思嗎？

若不是太后的身分在這裡壓著，徐太醫甚至想一走了之。

他硬著頭皮上陣，正要將手帕放到華爍公主的手腕上時，突然聽到她說道：「徐太醫，不必這般麻煩，直接把脈吧。」

徐太醫一愣，又聽華爍公主道：「醫者眼中無男女，不必如此繁瑣。」

一句話，讓徐太醫今日出診不算一無所獲。平日為宮中娘娘診脈，自然需要避諱，但直接把脈的診斷結果會更加準確。

駙馬就在一旁，對公主的話沒有任何反應，徐太醫於是輪流替他們把脈，最後得出結論。「稟太后娘娘，公主殿下與駙馬爺身體健康，若是想要孩子，順其自然便可，毋須擔心。」

徐太醫原本聽聞華爍公主體弱，還覺得此番得抓藥好好為其調理，誰知她脈象平穩有力，他甚至覺得這位看起來弱不禁風的公主能一拳揍死一頭牛。

雖然有些誇張，可徐太醫卻能斷定，這對年輕的皇室夫婦一切無恙，以後想生幾個都可以。

太后此番是有些心急了，哪怕是徐太醫這麼個不相干的人，都隱隱能猜出太后的用意。

既然身體沒問題，顧玉蓮的視線便輪流落在女兒與女婿身上，片刻後又落在徐太醫身上。「那同房的次數方面，可有需要注意的？」

此話一出，徐太醫又是一頓。

太后身為聖上的生母，後宮中的妃嬪當然沒有對她不敬的，可賢妃與德妃某種程度上卻更討太后她老人家的喜愛。

哪怕明知生子不僅僅是女子的問題，宮中無所出的妃嬪也不得太后的好臉，包括皇后在內。

只是，如今以同樣的態度來對待女兒跟女婿，手似乎是伸得太長了。

徐硯垂頭道：「稟太后，臣以為，順其自然便好。」

人家房裡的事，瞎摻和什麼？

太后不再說什麼，而徐太醫離開之前也留下了藥方，都是尋常的補藥，也是調理身體的。

待太后返回自己的院子，趙瑾與唐韞修也回到自己房中。

「殿下不高興了？」唐韞修靠了過去。

坐在梳妝檯前的趙瑾面無表情，但他偏偏能察覺她的情緒。「不滿母后插手？」

趙瑾垂眸道：「倒不是。」

不僅僅是如此而已，她對這個朝代和社會都不滿，然而她不過是歷史洪流中的一人，她改變不了這一切。可就算改變不了，她也不會讓自己被傳統禮教束縛。

「殿下是不想要孩子，還是不想現在要孩子？」唐韞修俯身，臉貼著趙瑾的側臉，親暱地蹭了蹭。

不等趙瑾回覆，唐韞修又低聲道：「我與婚前的答覆一樣，殿下不想要，那便不要。」

趙瑾與他在鏡中對視，忽然開口道：「若永遠不要呢？我怕疼。」

女子生育，乃是鬼門關。

唐韞修沈默了片刻後，說道：「不生便不生，唐家也輪不到我傳宗接代，能與殿下白頭到老便可。何況我兄長有孩子，殿下想養的話，我去借來養一段時日？」

想到那個黏人的小肉墩，唐韞修不禁有些不樂意，但想了想，好歹是有血緣關係的親姪子，又是個男孩，他揍起來不太心疼，倒也可以。

這下輪到趙瑾沈默了。孩子這玩意兒，還能有借有還？

原本聽起來像是駙馬哄公主的話，沒幾日之後卻成真了，不過不是唐韞修借來的，而是唐韞錦親自抱上門的。

返京差不多半個月的唐世子到了該回邊疆的日子，然而就在這時候，向來活蹦亂跳的孩子卻染了病。

正是蘆絮隨風亂飄的季節，唐煜不慎染了風寒，又咳嗽不止。大夫看過了以後只說，孩子如今不適合舟車勞頓，需要靜養。

偏偏邊疆不能無大將，聖上的意思是讓世子早日返回邊疆戍守，外邦使臣將至，邊疆絕不能在此時出問題。

永平侯夫人提出將世孫留在府中照料的要求。哪怕不被兩個原配之子承認，她如今也是永平侯夫人，世子一走，世孫當然得由她照料。

唐轀錦一想，隨即將兒子裹成球，親自抱到了公主府，請求弟弟與公主代為照顧。

趙瑾看了唐世子懷中的小肉墩一眼，大抵是病了兩、三日了，不見好轉，肉都快沒了，模樣好生可憐。

待唐轀錦說完，趙瑾便道：「世子安心，本宮與駙馬會照顧好煜兒。」

若讓永平侯府養孩子，怕是有去無回。

兩歲左右的孩子生著病，禁不起長途跋涉，何況針對這種病，邊疆的大夫也不能和京城裡的大夫相提並論，於是世孫就在迷迷糊糊間被親爹託付給叔叔和嬸嬸。

太后聽聞此事後倒沒說什麼。唐家雖然不在了，但唐家的兩個兒子，一個領兵打仗，一個當了駙馬，又向來不與其他家族勢力有所牽扯，聖上器重，太后自然也看重。

看著孩子咳嗽不止，趙瑾便差人喊來府醫，府醫診斷完後蹙起眉，半晌沒說話。

古代孩子的夭折率有多高，趙瑾是知道的，五歲以下的孩子但凡是高燒一場，都有可能就此醒不過來。

府醫謹慎地開口道：「稟殿下，幼兒肺部嬌弱，世孫應當是近來受涼，加上吸入蘆絮，這才引發肺病，老夫先給世孫開些藥，服用兩日後再看效果如何。」

趙瑾聽完藥方後沒說什麼，揮手讓人退下，轉頭便對紫韻道：「紫韻，拿本宮的令牌去醫學院找徐老，讓他抽空過來一趟。」

吩咐完了以後，抱著姪子的唐韞修忽然開口問道：「方才府醫開的藥方，殿下覺得不妥？」

趙瑾搖頭道：「沒有，只是忽然想起別人說，徐太醫的父親在治療幼兒病症方面頗有心得，便打算請他老人家過來看看。」

京師醫學院開設後，徐家的名聲便漸漸往上爬，說起來，徐太醫算是借勢順利入了聖上的眼。

這個時候，懷裡的小肉墩蹙著眉醒來，他沒睜開眼，但以為抱著自己的是親爹，下意識貼得更緊，小手環住了唐韞修的脖子，呢喃了一聲「爹」，看起來睡得極不舒服，簡直是一團黏人的小可憐。

唐韞修看了，心道：算了，以後少揍兩頓。

徐牧洲匆匆地趕過來，在看見趙瑾和唐韞修守著一個孩子轉時，不禁愣了一下。

趙瑾沒等他行禮便道：「有勞徐老前來，還請你給孩子看病。」

徐牧洲看起來有點無語，可一把脈後，也蹙起了眉。

探了探世孫的體溫、又看了看他的眼睛後，徐牧洲沈吟片刻，隨後道：「在下寫個藥方，殿下可吩咐人去抓藥。」

正是這時候，外面有人通傳。「稟公主殿下、駙馬爺，永平侯府的人求見。」

第三十二章　使臣來訪

自從新婚第二日唐韞修下令後，如今公主府的人看見永平侯府的人來訪，都會先通傳才讓人進門。

唐韞修就這樣出去了，孩子落入趙瑾懷裡。

她隨便找了個藉口將在場其他人都打發了出去，原地只剩下她與徐老。

徐牧洲嘆了口氣道：「殿下想自己看個病，何必這般周折？」

趙瑾慢悠悠地為懷裡的小肉墩把脈，又掐嘴看了看孩子口中，隨後往徐老的藥方裡多添了一味藥。

「小孩體弱，須中和一下藥性。」她如此說道。

徐牧洲沒多說什麼，待他告辭之後，那張藥方便被拿去抓了藥。

唐韞修回來以後，便說明了永平侯府來人的用意，無非是說世孫是他們世子的嫡子，應當交由永平侯府照料。

然而公主府是什麼地方，趙瑾本就不是什麼講道理的人，唐韞修更不是，不給就是不給，有本事讓聖上來治他們。

眼下太后還在公主府，唐韞修搬出了岳母的名號，永平侯府的人嚇得不敢多話，很快便離開了。

與上次住在公主府時不同，病懨懨的小肉墩沒有半點活力，吃藥的時候甚至需要他親愛的叔叔來硬的，連哭的力氣都沒有。

幾日後，唐煜病情好轉，不得不接受了親爹將他扔給叔叔、嬸嬸的事實，接下來起碼有幾個月的時間，他都要留在公主府。

這麼多年來，太后沒抱過幾個孫子，如今看見有個正經的小公子在自己面前晃，催生的意願就更強了，承受壓力的……自然是趙瑾。

太后給女兒畫了一個大餅——若她的兒子能成為儲君，登上那九五之尊的位置，那她的身分將比現在更尊貴。

儲君的生母，這個名號倒是好聽，不過趙瑾從來沒打算用自己的肚子來博什麼名聲，這個「殊榮」，誰要便給誰。

趙瑾心知肚明，太后與她之間雖有母女情分，但若真要取捨，她絕對不會是太后的第一選擇。

在外邦使臣到來前，宮裡來人將太后接回宮，姜嬤嬤依舊留在公主府——這當然是太后授意，她甚至理直氣壯地插手起趙瑾的飲食。

當然，姜嬤嬤待趙瑾與唐韞修依舊恭恭敬敬，只是難免偶爾會搬出幾句「太后說」。趙瑾忍不住嘆氣，乾脆對她避而不見。

公主府，她的地盤，哪怕是「聖上說」，也得看她聽不聽。

姜嬤嬤接連幾次求見公主不得，又發現駙馬待自己並無對太后近侍的親近，終於意識到趙瑾的態度。她第一個反應是想去向太后告狀，然而公主府不是她想來便來、想走便走的地方，想入宮告狀，也得先出得了公主府。

眼下使臣即將入京，京城的守衛森嚴了不少，平常偶爾還能瞧見的謝統領直接成了空中飛人，趙瑾好些日子都沒看見他，還怪想念的。

唐煜小朋友病好後很快度過了思父念母的階段，唐韞修給兄長與嫂嫂寫信告知姪兒身體狀況，順便押著他的小姪子寫了一封歪歪扭扭的信——全篇二十字大概有十個錯別字的程度。

是的，兩歲多的小肉墩被喪心病狂的叔叔送去了學堂。

華爍公主對此表示贊同。

小孩不去上學，還能做什麼？

使臣入京當日的動靜很大，京城可說是熱鬧非凡，如果不是頂著嫡長公主這個虛名，趙瑾根本不想出門。

駙馬早早醒來，公主則是睡到日上三竿。

直到紫韻等不及，試探性地問道：「駙馬爺，今日辦的畢竟是國宴，殿下若是遲到，聖上也會生氣吧？」

早起的駙馬點了點頭道：「妳說得對。」

然後就沒其他反應了。

紫韻有時候也不太明白，殿下這駙馬爺究竟是選對了還是選錯了。

好像是對了，但沒完全對。

最後趙瑾仍舊是睡到自然醒，紫韻領著侍女匆匆地為她梳妝打扮，唐韞修似乎是閒著，在一旁給妻子餵些吃食。

這回前來的外邦使臣不外乎來自越朝與禹朝，這兩國與武朝相鄰，多年來磨擦不斷，直到現在都對地大物博的武朝虎視眈眈。

武朝皇室一向注重雅正，連帶整個官場皆是如此，甭管私底下是什麼樣，表面上都十分光鮮亮麗，待人接物方面則注重一點：以禮待人。

然而以禮待人，人不一定以禮待之。

京城中熱鬧非凡，入京的外邦使臣騎著高大的駿馬接受武朝人的注目禮，為首的男子在眾人的目光中笑了聲道：「叔父，這便是武朝人？倒是比姪兒想像中的孱弱多了。」

一旁高大白馬上的中年男人哈哈一笑道：「坤兒，你是草原最勇猛的將士，別和這些人相提並論。」

他們腦袋上戴著遮耳的帽子，唇邊留著濃密的鬍子，看起來是實實在在的外邦人長相。武朝的百姓們看熱鬧般將路邊擠了個水洩不通，駿馬上的人也看熱鬧般騎馬走了過去。

京城不允許騎馬在路上奔騰，宮中不允許佩刀入內，使臣們一一遵守，負責接待使臣的官員不禁默默抹了一把冷汗。還好，他原本擔心野蠻的外邦人會不聽他的，不肯留下武器，可他們都接受了。

既然目的已經達到，那麼對方口中那不太尊重的調笑之語，他便當自己聽不見也聽不懂。

一切，當以大局為重。

待使臣來到宮中，夜幕早已降臨，國宴即將開始，可除了該到的朝臣、王爺、公主、貴婦，還有兩個人遲遲未到。

聽到稟報說華爍公主與其駙馬還未入宮時，聖上的眼皮子輕輕跳了一下，大概是覺得他這妹妹還是一如既往地「穩定發揮」。

公主遲到而已，不是什麼大事。聖上揮了揮手，便差人去堵那不讓人省心的妹妹跟妹夫。

招待使臣的國宴按時開始。

穿著異國服飾的外邦使臣昂首挺胸地走了進來，隨後一一跪下，異口同聲道：「參見武朝聖上。」

無論是越朝還是禹朝，多年前的實力全比不過中原，然而經過這麼些歲月的韜光養晦，如今越發蠢蠢欲動。

越朝使臣在趙臻頷首後站起，目光朝在場的座位掃了一眼，沒說什麼。

這位年輕的男子是越朝鎮國大將軍之子，身材高大、身形矯健，看起來是個領兵打仗的好苗子。

「諸位貴客遠道而來，舟車勞頓，朕敬你們一杯。」趙臻開口說道，其他人隨著做出同樣的動作。

起初宴席上一片和樂融融，直到一炷香過後，歌舞暫停的間隙，狀況便來了。

越朝使臣忽然站起來，對坐在龍椅上的聖上道：「稟聖上，我等此番前來，除了促進兩國之間往來，還想向公主殿下求親，與武朝結秦晉之好。」

和親？

此言一出，四周安靜了下來。武朝哪來的公主可以和親？

不等聖上開口，丞相蘇永銘便說話了。「安將軍是否弄錯了消息，我朝現今並無待字閨中的公主，若是想和親，倒是有幾位郡主。」

丞相是皇后的生父，身為皇親國戚又是朝中大臣，他說的話確實有分量。

兩國和親，乃是常事，但對和親的女子而言卻非如此。前往外邦和親的女子，通常沒有好下場，男人們只想定國安邦，當然不在乎區區一介女子的死活。

聖上不禁蹙眉。和親一事他早有預料，對方真想結秦晉之好便罷，若有其他念頭，這和親，不過是個幌子。

聽完蘇永銘的話，越朝的安將軍道：「在下為我朝的阿穆王子求娶，阿穆王子乃是我朝的儲君，求娶的自然是貴朝的公主。」

言下之意便是，郡主配不上他們的王子。

越朝那位阿穆王子年近四十，正妃都熬死了一個，長子如今已屆娶妃的年紀，卻偏要求娶他們的公主？

蘇永銘倒是沒慣著對方，直言道：「承蒙厚愛，只是我朝如今並無適婚的公主，此事，可日後再議。」

日後再議——眾所周知，是此事作罷的含蓄說法。

安將軍像是沒聽懂這層意思，回道：「在下聽聞武朝有位傾國傾城的嫡長公主，阿穆王子仰慕已久，望能與之喜結連理。」

嫡長公主，趙瑾。

在場的武朝人，誰不知道他們的嫡長公主不久前剛剛完婚，目前正是與駙馬蜜裡調油的時候，就算是外邦人，消息也不至於閉塞至此，此番提議，是何居心？

「我朝的華爍公主已經婚配，實在不能再……」

丞相的話還沒說完便被對方打斷。「我們草原上不講究這些，女子二嫁甚至三嫁都乃常事，阿穆王子並不介意公主二嫁。」

二嫁、三嫁，不是和離，就是夫死。

聖上的臉色完全黑了，若不是皇后在身側按著他的手臂，此時怕是難以收場了。

「放肆！」御史大夫高峰猛然站了起來，他抬起手指著越朝使臣道：「你竟敢如此辱我武朝公主?!」

讓新婚的公主和離再嫁，如此輕視，眾大臣如何能忍？

然而，越朝的安將軍卻絲毫不畏懼目前的局勢，他看著龍椅上的聖上道：「聖上，阿穆王子乃是我朝儲君，日後必登上王位，華爍公主若能嫁他為妃，將貴為我朝王后。」

話說到這分上，若還聽不出越朝使臣的言外之意，就是傻子了。

這和逼婚有什麼區別？逼的還是已經嫁予他人的公主。

見武朝臣子們的神情憤恨，安將軍才慢悠悠地說道：「我朝大王願以毓城為聘，迎公主殿下入越朝。」

毓城。

大臣們全愣了一下。眾所周知，武朝跟越朝這麼多年來小紛爭不斷，一是因為越朝一直對武朝有野心，二就是因為毓城。

毓城是先帝剛繼位幾年時，兩國交戰後被搶走的一座城池，這麼多年來，都要成為武朝人的心病了。

在這種情況下，越朝卻突然提出要用這座城池來換一個公主。

朝臣猶豫，聖上也不說話。

父權社會當中，從來不會顧及一個女人的處境。別說用一個公主換一座城池，就算是用別的來換，說不定咬咬牙也可以。

在這樣的沈默當中，忽然又有人站了起來。「放肆！我朝嫡長公主豈是你想求娶便能求娶的？」

那人怒斥完，隨後又朝聖上垂首道：「聖上莫要聽此人胡言亂語，華爍公主出嫁不久，與駙馬爺感情甚篤，此人說以毓城為聘，說不定是陰謀詭計！」

開口的這人，正是當初險些成為駙馬的另一人——莊錦曄。

他的發言像是一劑猛藥，戳破了一個美好的幻想。

「莊大人，」這時有人開口道：「你方才所言有些過激了。」

誰都知道他莊錦曄差點成了華爍公主的駙馬，這番發言，像是暴露了什麼心思。

「余大人，難道武朝數十萬的大軍，需要靠一個女子替他們要回這座城池嗎？」

靠和親要回來的領地，又能守下來多久？

這個道理誰都懂，只是難免有人只想躲在象牙塔裡，想要兵不血刃便坐收其利。

禹朝使臣一言未說便瞧見了這樣的好戲，此時他們三三兩兩對視一眼，不約而同地保持緘默。

安將軍又道：「聖上，我朝阿穆王子真心求娶華爍公主，不僅以毓城為聘，甚至願向武朝獻金萬兩，以示兩朝友好。何況我朝的男兒皆是驍勇善戰之輩，擄獲一名女子的芳心有何困難，說不定公主殿下也會為阿穆王子的英姿所傾倒。」

這番誠意，說在場的武朝人毫不心動，肯定是假的。

聖上還沒表態，偌大的殿內便傳來一陣輕微的嗤笑聲，沒等眾人反應過來，原本站得筆直的安將軍，突然被人從後面一腳踹了下去。

這下子，原本還在看戲的其他越朝使臣猛然站起身，而引起這場糾紛的安將軍，在被踹了一腳後，又被人拎著領子從地上拉起來再重重扔下，這還沒完，安將軍緊接著又被一隻腳踩住了背。

女子飽含戲謔的聲音響起。「這便是你們越朝驍勇善戰的將軍啊，如此不堪一擊？還是說，你們越朝所謂的『驍勇善戰』就是這種水準？還不如本宮這『孱弱』的駙馬呢！」

眾人愣怔間，殿內踏入了一道華貴的身影。

華爍公主的打扮不比皇后低調，她身穿紅色的長裙走了進來，裙上的金色繡紋在此時顯得格外耀眼動人。

打人的唐韞修收了手，恭恭敬敬地站在一旁。

兩人絲毫沒有闖禍的自知之明，反而無視在場的眾人，輕鬆自在地向龍椅上的人行禮。

「臣妹參見皇兄。」

「臣參見聖上。」

趙臻不知做何感想，他乾咳一聲，及時收斂勾起的嘴角，又板起臉道：「放肆，今天是什麼日子，你們兩個都遲到多久了?!」

只見趙瑾道：「皇兄恕罪，臣妹今日身體不適，在府上多拖延了些時間，若是驚擾了宴席，還望皇兄見諒。」

此時華爍公主的模樣看起來嬌弱得很，絲毫看不出半分剛才囂張跋扈的氣勢。

在場有不少曾經「有幸」跟趙瑾一起在上書房唸書的郡王、世子以及官二代，看到這一幕時都沈默再沈默，似乎被勾起了什麼不堪回首的記憶。

讓他們非得看這女的演戲，還不如自戳雙目算了。

聖上手一擺，想讓他們兩個直接入席，結果越朝的使臣們不樂意了。

「聖上，你們武朝的駙馬在大庭廣眾下公然毆打我們將軍，您便這樣一筆帶過？」

「還請聖上為我們將軍作主！」

何止一筆帶過，聖上根本想假裝自己沒看見。

現在，是趙瑾的舞臺。

她似笑非笑地看著那些外邦使臣，又看了看幾步之外被唐韞修揍了的安將軍，驀地一笑。她眉眼一彎，確是美豔動人，可眸裡卻泛著冷光。

片刻後，趙瑾開了口。「幾位使臣的意思是，你們安將軍受委屈了？」

那當然是。

沒等他們開口，這位姍姍來遲的公主便道：「越朝的使臣都能在大庭廣眾下詛咒我朝駙馬，被駙馬揍一頓怎麼了？」

語調是柔和的，但說出來的話怎麼聽都是得理不饒人。

「我武朝建國至今，但凡二嫁的公主，第一任駙馬不是成親後身亡，便是和離後重傷、落魄失意，安將軍所言，難道不是在詛咒本宮的駙馬嗎？」

負責記錄皇室事宜的大人對這些事最清楚，他細細回想了一下，不說武朝的公主們二嫁的對象是誰，就算不是遠嫁至外邦和親，原先的駙馬們也都挺倒楣的。

這事，還真怪不得華爍公主說嘴。

「夠了，」趙臻終於再度開口。「吵吵鬧鬧像什麼話？」

趙臻又道：「瑾兒說的不無道理，安將軍這般驍勇善戰，想必駙馬方才並未傷到你，此事便就此作罷。」

意思就是，被打別追究，和親的事也算了。

剛剛安將軍將越朝的男子捧得這麼高，此時他若說自己被武朝的駙馬所傷，豈不是變相承認自己不堪一擊？於是他選擇忍耐，默默起身回座。

趙臻看著妹妹與妹婿，沒好氣地說道：「你們兩個趕緊給朕入座。」

不管是誰，都能聽出聖上的不耐煩，也都能聽出他的縱容之意。

別說是和親了，聖上連多罵妹妹一句都捨不得，哪個人敢再提讓他妹妹去和親的事，先將脖子洗乾淨了再說。

第三十三章　各懷鬼胎

歌舞與宴席繼續，然而梁子卻是結下了。觥籌交錯之間、話裡話外，似乎都有更值得推敲的內容。

大概是方才唐韞修當眾打人的舉動讓兩國的使臣收斂了些，他們沒再主動找碴，只是喝多了，舉止難免有些輕慢，對著倒酒的宮女動手動腳。在場的人都以大局為重，不管是將這一切看在眼裡的人，或是宮女本人，都選擇不聲張。

趙瑾的眸光落在他們身上環顧了一周，忽然輕笑。

熟悉趙瑾性情的人，這時候就該有所警覺，例如龍椅上無意間瞥見妹妹表情的聖上，又像是時時刻刻關注妻子神色的駙馬，兩人皆是眼皮子輕跳。

眼下在皇宮內，宮女們雖然被調戲了，但使臣們並無更過分的舉動，若因此大鬧，說不定會被反咬一口。這個道理趙瑾自然明白，儘管她有那麼一點想搞事，但還是按下不發。

酒過三巡，禹朝的使臣也湊起了熱鬧。

一位高大的年輕人站了起來，向龍椅上的聖上作揖道：「聖上，在下也有個不情之請。」

聞言，趙臻放下酒杯，掀起眼皮子看了過去。「聿坤世子，但說無妨。」

其他人聽到這裡，也跟著放下酒杯與筷子。

眾目睽睽之下，名為聿坤的男子拱手道：「在下仰慕貴朝嘉成郡主已久，望聖上能成全。」

別說是聖上，連趙瑾都猝不及防地愣了一下，更別提嘉成郡主的生母永陽公主了。

在場的人誰不知道，嘉成郡主如今並不在京城，而是在軍中。

作為武朝為數不多在軍營混跡的女子，嘉成郡主周玥可說是皇室女眷第一人，然而正因為如此，周玥是皇室中婚事最愁人的。

一個在軍營與男人並肩作戰的女人，就算是尋常的人家，也難免會嫌棄。

永陽公主再次在女兒的婚事上看到了希望，她似乎不在意這個女兒是否會被送去和親，對她來說，和親也算是風光出嫁。

就在眾人以為這樁婚事有得談時，趙臻突然笑了聲，道：「聿坤世子喜歡嘉成郡主什麼？」

「什麼？」聿坤明顯愣住了。

「既然是仰慕，那就給朕說說，喜歡嘉成郡主什麼。」趙臻臉上的表情難以捉摸。

誰也沒想到聖上居然提出這個問題。事實上，外邦不可能多仰慕武朝的郡主，畢竟不是公主，就算糊裡糊塗地嫁了出去，也不至於有損武朝的利益，可是聖上他偏不。

「在下從前在邊關與郡主有一面之緣，郡主英姿颯爽，在下一見便難以忘懷，望聖上能將嘉成郡主許配給在下。」

趙臻不知什麼時候手中執著東西盤了起來，半晌後，他道：「嘉成郡主，不行。」

滿殿的武朝官員，至少有半數都因為聖上這直接的拒絕而愣神。

嘉成郡主可不是華爍公主，不是聖上的親妹，她最多就是個外甥女；況且，由於參軍一事，嘉成郡主在京城的名聲稱不上多好。

「嘉成郡主乃是我朝第一位女將軍，豈是你想求娶便能娶的？」

女將軍？這句話便是同時捅了文官與武將的心窩子了。

不過，此時外邦使臣在場，朝臣都算是會看眼色，沒即刻站出來質疑，但可想而知，今夜宴席結束後，聖上的御書房會有多熱鬧。

聿坤世子這下是真的不知道該說什麼了，喃喃道：「女將軍？」

「嘉成郡主從軍以來屢次立下大功，也算是我朝的臣子，不可許配給世子。」趙臻慢悠悠道：「世子可另擇佳人。」

今晚的宴席，似乎不是從華爍公主的駙馬動手打使臣開始，而是從聖上拒絕使臣求娶郡主開始。

區區一個郡主，就算是從軍了，又有什麼重要，值得聖上這樣珍惜？

想明白這事的人不多，但想明白的人選擇不開口，沒想明白的，臉上自然浮現不滿。

「殿下笑什麼？」

別人什麼心思不知，然而在宴席上偷笑的嫡長公主卻被駙馬逮住了。

趙瑾收斂了臉上的表情。「沒什麼。」

宴席上的人，注意力都在聖上與使臣身上，顧不上趙瑾一個公主。

「聖上，在下常聞武朝百姓婚嫁皆是父母之命、媒妁之言，聖上不如問一下嘉成郡主父母之意，再做決斷？」

永陽公主的確在場，她聽不懂這唇槍舌戰中摻雜的東西，身為皇室女子，當然以皇室馬首是瞻，再想嫁女兒，她也不至於和聖上過不去。

於是永陽公主很識相地說道：「玥兒乃皇室女子，她的婚事便由聖上與皇后娘娘作主。」

聖上不肯嫁，皇后怎麼會同意？嘉成郡主絕不可能淪落到和親的下場。

當今聖上在位超過二十年，他算不算得上明君難說，只能說是無功無過，皇室女子在婚嫁上大多不會太差，既然他都發了話，那相關人等接受便是。

聿坤世子這一齣，沒有下文。

雖說越、禹兩朝求親皆以失敗告終，但武朝的文官與武將不會讓宴席的氣氛冷下去，趙瑾無法一直待在這種場合，幾杯酒下肚後，便自己出去透氣了。

趙瑾還是公主，卻非皇宮的主人；她不喜歡皇宮，但這裡算是她的家。

生活了差不多二十年的地方，趙瑾自然知道皇宮裡有些地方去不得，她出來閒逛兩圈，忙碌的宮人一看見她便行禮，趙瑾一揮手，直接讓人退下了。

再多走兩步，到了一個亭子邊，迎面走來一道高大的身影，恰好與趙瑾對上。

「見過華爍公主。」那人道。

趙瑾的目光在那人身上轉了片刻後，收回視線。「高大人。」

高祺越是年輕一輩中得聖上器重的那批人，若沒有意外，日後的前途也算光明。

「近日聽聞高大人的妹妹訂親，本宮先在此恭賀了。」

高祺越聞言一頓，沒有回話。

他的妹妹，要嫁的正是永平侯府的第三子，也就是唐韞修那已經有個庶長子的弟弟宋韞澤，按道理來說，高家小姐日後要和趙瑾成為妯娌。

只是高家小姐還未過門便成了嫡母，這樁婚事不免成為京城百姓茶餘飯後閒聊的話題。當初宋韞澤的事情是鬧得大沒錯，不過高家為了拉近跟華爍公主的關係，還是選擇把女兒嫁入永平侯府。

「殿下，」高祺越忽然抬起頭來看她。「臣有一事不明，望殿下能解惑。」

趙瑾頷首道：「但說無妨。」

「殿下當初為何選擇了駙馬爺，而不選臣？」

對著高祺越的目光，趙瑾確實從他眼中看到了不同的情緒。

原本趙瑾心裡還咯噔了一下，暗想自己是不是欠下了什麼風流債，然而她回憶了一遍過去種種，確認自己沒做過此等「喪心病狂」之事。

「高大人傾慕本宮？」趙瑾反問。

這句話一出口，本來還想說點什麼的高祺越不禁啞然。

「既然不是傾慕，高大人如今是何意？是不甘心，還是只是想當駙馬？」

見高祺越沒有回應，趙瑾又問：「當上本宮的駙馬，注定遠離朝堂，可你心有所向，難道願意就此埋沒？」

一片沈默，似乎是趙瑾這些問題的答案。

夜幕下，哪怕趙瑾是一朝公主，也該與外男保持距離。

高祺越看著那清冷的女子就這樣從他眼前走遠，方才的對話，就像一根根釘子將他釘在原地。

他回想起初見華爍公主時的場景，那日他作為伴讀站在安承世子身邊，粉裝玉琢的小姑娘大大方方地踏入了上書房的門，腦袋上紮著兩個小髻，奶聲奶氣地讓滿屋子的皇室子弟喊她一聲姑姑跟小姨。

這樣一個小姑娘，漸漸長得亭亭玉立，卻依舊古靈精怪。她與所有皇室女子不同，坐擁尊貴的身分，卻始終沒讓他察覺到她的高高在上。

高祺越很難道明自己的思緒，他興許比那些由傳聞評斷華爍公主的人要活得清醒點，卻也不得不承認，參加駙馬競選時，他的目的並不純粹。

他有自己的野心，若是有儲君，人人自然都想成為儲君的手下，可是這個儲君，終究不存在。聖上如何打算，他們完全不知道，不過聖上現今身體還頗為健朗——起碼展現於人前是這般。

這也造就了眾人都想乘機賭一把的局面。無論是當權臣還是外戚，權力，都是誘人的。

偌大的皇宮內，平時想找個人還得從這頭跑到那頭，但只想出來散個步時，卻總能遇見一、兩個不想見的人。大大方方碰面還好，就怕是不小心撞破別人的私會，比如此刻的趙瑾。

「賀郎近日為何躲著本宮？」

聽到這道女聲時，趙瑾第一時間頓住了腳步。人在吃瓜時的第一反應：閉上嘴巴，忘了呼吸。

黑燈瞎火的，若是宮女或侍衛就算了，她睜一隻眼、閉一隻眼也無所謂，但女子自稱「本宮」，男子又是「賀郎」，這……宮中的娘娘若與其他男子有私情，可是大罪。

不過趙瑾聽了兩句便認了出來，那不是宮妃，而是安華公主趙沁。

身為長輩，雖然年紀上比對方小，但算上心理年齡，她可是結結實實的長輩。此時最應該做的事，就是假裝什麼都沒聽見、什麼都沒看見。

公主養面首，在這個朝代屢見不鮮，畢竟貴為皇室，哪怕是女子，眾人也就私下指指點點而已，哪敢發難。

只是，趙瑾認出了這個「賀郎」，他是今年那批進士中的一個，目前的職位是翰林院編修。

趙瑾見過他，確實生得一張清秀的臉，可萬萬沒想到，她這個姪女竟大膽至此，敢在皇宮裡和朝廷命官混在一起。

「賀郎答應過助本宮成大事的，勿要忘了。」

「殿下放心，臣不敢忘。」

趙瑾無語。這個瓜……好像有點燙手啊。

就在趙瑾思索這個瓜到底要不要繼續吃下去時，對面一處草叢中忽然有小碎石被踢動的聲音傳來，被還在廝混中的男女察覺了。

「何人？」趙沁怒斥一聲。

那頭的人不知是害怕了還是怎的，慢慢地從草叢中爬出來，低著腦袋叩頭道：「公主殿下恕罪，奴婢什麼都沒看見、什麼都沒聽見……」

趙瑾在心裡嘆了一口氣。

這小姑娘不太聰明，既是夜晚，就該趁著夜色混入人群，此時爬出來，只有死路一條。

果不其然，賀編修與安華公主對視一眼後，眼中殺意頓現。

趙瑾指尖微動，似乎在考慮這條人命救還是不救。

不得不承認，生活在這樣一個朝代多年，儘管趙瑾的思想沒被完全同化，卻令她不得不在各方面做出妥協或加以衡量——例如她現在開口救下這宮女，便會讓自己成為趙沁的眼中釘。

他們方才口中所說的「大事」究竟是什麼，趙瑾心中有猜測，卻不敢細想。

趙瑾無意摻和這一齣，嫡長公主的身分，足夠她平安活過這一世。

她聽見了刀刃拔出來的聲音，那宮女的聲音抖得像篩子，隱隱帶有哭腔。

此時忽然有貓竄了出來，其他宮人呼喊的聲音由遠到近傳了過來，讓正要行凶的兩個人一頓。

本來這一帶人煙稀少，安華公主才敢如此放肆，然而宮中死人並非小事，若是夜深人靜掩蓋了過去，倒還好處理，可今日舉辦國宴，人多口雜的，人聲一至，她便慌亂了些。

即便貴為公主，與朝臣在國宴私通一事傳出去也不好聽，她是不會因此受到什麼太大的責罰，但賀編修就不一定了。

那宮女似乎終於反應過來，趁亂往某個方向逃走了，恰巧前方有一群宮女正要趕往殿中當值，她便混入其中。由於衣飾相同，儘管燈火明亮，後面的兩人也失去了目標。

「該死的奴才！」

趙瑾聽見她那姪女罵了這麼一句。

她也知道此時自己該躲了，不論真實性為何，皇宮秘辛一直不少，在這裡生活這麼久，趙瑾當然沒那麼單純。

那個宮女只要想活命，就不會將今夜發生的事情往外傳。

趙瑾剛走到燈火明亮處，就有人將手搭在她的肩上，熟悉的嗓音響起。「殿下。」

「你怎麼在這兒？」趙瑾抬眸，便對上唐韞修打量的目光。

「殿下出來這麼久，我不放心，所以來找您。」唐韞修垂下了眸子，那雙勾人的丹鳳眼像是會說話似的。

趙瑾一頓。「方才那動靜，是你鬧出來的？」

「我出來時碰見一隻陰陽眼的白貓，聽聞是宮中的白美人養的，宮人們忙著給主子尋貓，我猜殿下想救人，便多此一舉，殿下不會怪我吧？」

唐韞修嗓音極其溫和，趙瑾又偏偏是個心裡什麼都明白的人，他這一句反問，更像是以退為進。

兩人此時已經走到殿前，趙瑾問道：「還聽見了什麼？」

這位新上任沒多久的駙馬聞言道：「沒什麼，只不過是恰巧聽見高公子問殿下，當初為什麼不選他而選我罷了。」

趙瑾無言。所以一開始他就跟在她後面了嗎？

唐韞修俯身過來，貼著趙瑾的耳畔問：「所以是為什麼呀，殿下？」

氣息溫熱，趙瑾下意識地往旁邊躲了一下，唐韞修的唇就擦過了她的臉頰。

此時一位穿著官服的大人忽然從兩人身邊經過，像一陣風似的吹拂，還留下了一句。

「不知羞。」

趙瑾的目光朝那位大人望了過去。

「是杜太保。」唐韞修道。

是太保杜仲輝大人啊，那就不足為奇了。

說起來，趙瑾不只太傅聞世遠這麼一位老師，太保杜仲輝還有太師顧允仁都曾在她這位公主身上浪費過一些時間，然而後來他們都對自己的職業心生懷疑。

太保算是其中比較傳統，但同時頗為離譜的人，他居然妄想教一個公主明白君臣之道。

趙瑾一度懷疑是因為宮中沒皇子，讓這群本該成為太子導師的人閒得拿公主練手。

她成功地讓這些大人死心，放棄繼續對牛彈琴。

大概是因為不爭氣過頭了，以致太保到現在看見趙瑾時都來氣，今晚更是恰巧礙了他的眼，若不是顧及場合，趙瑾很可能被他原地罵一頓。

文官的風骨真是奇怪，擁護各種君王之道，卻又敢於冒死上諫。

「殿下與杜大人有交情？」唐韞修問。

趙瑾反射性地頓住了。她在心裡盤算著，自己與太保這段師生關係，他承認嗎？

看他平常對她的態度，應該也覺得丟人吧。

於是趙瑾權衡過後，答道：「上過幾堂杜大人的課。」

這話很含蓄，也顧及了太保的臉面。

「宴席就快要結束了，殿下隨我回去吧。」唐韞修道。

趙瑾點頭，兩人一同回到殿內。

這對年輕的夫妻在宴席上並不高調——除去一出場就揍使臣的舉止，他們該吃就吃、該喝就喝，也不愛和人聊天，要是有人過來結識，兩人就敬酒、說幾句場面話。

沒人不長眼地來找一個受寵的公主的麻煩，哪怕是妃嬪。

安華公主在宴席尾聲和賀編修一前一後回到殿內，她的駙馬也在席上。

趙瑾默默又乾了一杯酒，覺得這時候可以再來點花生米——實在太精彩了。

宴席上，歡聲笑語、杯盤狼藉間，不曉得混進了多少刀光劍影，趙瑾倒不是看不明白，只是這不是她一個公主該管的。

拋開男女不論，趙瑾自認沒什麼野心，她是學醫的又不是學政治的，當個混吃等死的公主很好，上面那個位置，目前她的便宜大哥還坐得穩。

趙臻之後會是誰，這種事不是趙瑾該想的。

只是……沒想到她那個姪女有這種念頭。

第三十四章　當眾挑釁

趙瑾當然明白，安華公主不是想自己坐上那個位置，她是想讓她的兒子坐。

反正目前尚無儲君人選，妃嬪再有孕的可能性極低，那麼皇室子弟皆有可能。

趙瑾這麼想著，還認真思考了一下皇室子弟裡有哪些能繼承大統的。

就拿跟她一起在上書房唸書的那幾個來說吧，稍微有點心計的，估計只有安承世子趙巍。

然而這個姪子比趙瑾的年紀大，又與母族牽扯過深，不是儲君的最佳人選。

聖上的兄弟當中，如今活著且有野心的，和他之間大多維持著表面的君臣關係。當初登基前，這幾個王爺沒少給他添麻煩，若他這個太子再軟弱點，如今坐在龍椅上的人就得換了。

只要聖上腦子正常，都不可能讓他哪個兄弟繼位，他們的兒子更沒希望，因此儲君的人選，還真只能從三位公主的子嗣中挑選。

然而，除了趙瑾之外，另外兩位公主成婚十年左右，僅有安華公主生了一個兒子，現在小世子已經被送去上書房由少傅教導。

這個情況下，安華公主會生出這種心思，趙瑾倒也能理解。

國宴結束，眾人各回各家。

外邦使臣由武朝官員護送至驛站，說是護送，不如說是另一種監視。使臣們的行動當然是自由的，但有一定的限度。

今夜兩國使臣提親都沒結果，大夥兒表面上雖然仍舊維持和睦，可日後會不會成為他們鬧事的藉口，不得而知。

聖上沒有下班的權利，他被一眾大臣堵在御書房前，原因就是今夜所說的那句「女將軍」。

女子為將，難道要讓她掛帥不成？女子怎能領兵打仗？

夜深了，聖上不願和這群文官跟武將吵架，只留下太傅一人，雙方談了半個時辰後，聖上派人將太傅送回府上，自己則跑去坤寧宮中躲清淨。

「聖上今夜怎來臣妾這裡了？」宮人來報時，蘇想容已經準備歇下。

今日不是初一或十五，聖上沒有非要找皇后的道理，雖然是少年夫妻，皇后也風韻猶存，只是過了許多年，後宮進了不少新人，皇后這個身分逐漸成為一種權威，論起受寵的程度，還比不過新妃嬪。

皇后何嘗不知道聖上是不甘心，不甘心自己在位超過二十載，最後竟要為他人做嫁衣，所以他……想要個皇子。

「皇后這裡，朕還來不得了？」趙臻直接在床邊坐下，抬頭看向蘇想容。

宮人此時早已識趣地退下，留下帝后獨處。

現在卸了妝、身著寢衣的皇后，看起來比上妝時還年輕個幾歲。

「阿容，過來。」趙臻朝蘇想容伸出了手。

皇后的閨名有個「容」字，從前四下無人時，聖上都這麼親暱地稱呼皇后。

後來，他要權衡朝政，要考慮天下，皇后這裡有溫情，也有在她身後不斷施壓的母族——身為皇后卻膝下無子，她擔不得母儀天下。

趙臻牽著蘇想容的手，室內只有微弱的燭火，他輕聲道：「阿容，就寢吧。」

然而就在聖上要湊過去時，一雙素手擋在了他胸前。

「聖上，」蘇想容的語氣溫和。「如果聖上想要孩子，寵幸年輕的妃子機率會更大，臣妾……不年輕了。」

氛圍本來還有那麼點旖旎，就這樣被幾句話破壞了。

趙臻用了點力氣，直接將蘇想容甩到床上，他俯身咬牙切齒道：「那皇后就讓朕看看，究竟是哪兒不年輕了。」

趙臻眸裡帶著狠意。「這是朕的問題，和妳有什麼關係？朕偏要從妳肚子裡出來的皇子。」

「聖上又是何必呢？」蘇想容道。

「既然結果都一樣，那朕想宿在誰宮中，便在誰宮中！」

這一夜，坤寧宮的寢殿，動靜持續到了三更半夜。

此後，聖上三天兩頭就跑去皇后那裡過夜，皇后專寵的日子，似乎又回來了。

另一頭，使臣入京的第二日，京城裡就出了狀況。

「稟殿下，咱們悅娛樓出事了！」

「何事？」趙瑾的性格倒不會一驚一乍。

她最近在帶孩子，唐煜小朋友上了學堂，趙瑾跟唐韞修兩個見習家長在督促他學習。

依他的歲數和身分，再過兩年也能入宮當皇子伴讀，然而冤枉的是，沒有皇子。

趙瑾嘆了口氣，心道難怪那些大臣著急，江山後繼無人，聖上逐漸衰老，鄰國與手足又蠢蠢欲動……

來稟報的人跪在地上，看起來更像是腿軟。「殿下，那些外邦使臣今夜來咱們悅娛樓，看上了丹霜姑娘跟菁菁姑娘，硬要拉她們作陪。小人向他們說了樓裡的規矩，結果他們不僅不聽，還打起人來了！咱們的人已先設法攔下，可那畢竟是使臣，還請殿下去主持大局！」

這話聽得讓人上火，趙瑾立即站了起來。「真是反了，把府上的侍衛叫過來，跟本宮過去看看！」

紫韻忙將人攔住。「殿下，駙馬爺還未回來，您一介弱女子，萬一不小心受傷了怎麼辦？」

駙馬爺是不著調了些，但也算武藝高強，能護住公主殿下。

聞言，趙瑾稍稍停頓了片刻，似是在思索，紫韻以為自己將人勸住了，結果聽見自家公主道：「紫韻，拿本宮的令牌入宮找皇兄，就說他妹妹被人打了，跟他要謝統領過來。」

紫韻瞪大了眼睛。這……欺君是大罪啊！

趙瑾沒看紫韻的眼神，馬上準備出門，誰知腿被絆住了，一低頭，就見一個肉乎乎的孩子貼了上來，奶聲奶氣地道：「嬸嬸，煜兒也去，保護您。」

唐煜小朋友揮著自己白嫩嫩的手臂，興沖沖地表明自己助陣的意願。

趙瑾搖頭道：「陳管家，給本宮看好他，若是字帖不抄完，不給睡覺。」

小孩子家家想什麼打架，就是作業給得少了才這樣。

唐煜小朋友臉一垮，淚眼汪汪。

然而他的嬸嬸看都沒看一眼，就領著公主府身強力壯的侍衛們出去了，看起來氣勢洶洶。

紫韻在原地愣了片刻，最後牙一咬，拿著趙瑾的令牌，叫上府上的車伕，快馬加鞭進宮去了。

欺君就欺君吧，她家公主不能被人欺負！

公主府離悅娛樓不算遠也不算近，趙瑾就算快馬加鞭也得一炷香的時間才能趕到。

悅娛樓門前有群人正在看熱鬧，這當中有些是客人，眼下外邦使臣正在裡面為非作歹，他們怕死，當然要出來。

人性就是這樣，站遠了些便覺得自己安全了，八卦之心熊熊燃起，這就導致趙瑾抵達時，現場可以說是水洩不通。

只見樓裡傳來一道粗獷的男聲，叫囂著。「不過是一介娼妓，本世子難道還碰不得了？你們武朝女子都這般會給自己立牌坊！」

不知是誰高喊一聲「華爍公主來了」，瞬間不知多少道目光投向了趙瑾。

她是公主，是高高在上的金枝玉葉，如今進入悅娛樓，便好似一朵雍容華貴的牡丹，一步步踏入那泥淖之中。

悅娛樓內的狀況並不好，已經到了拔刀拔劍的程度，衣衫不整的姑娘們躲在公子跟侍衛身後，地上有血，是悅娛樓的一個小廝的。

他不算走運，有人拔劍時，他還想著將人攔下，誰知猝不及防被一刀劃傷，此時捂著傷口躲在一旁瑟瑟發抖，身下流的血襯得他臉色越發慘白。

趙瑾出現得很突兀，她身後跟著十幾二十個侍衛，原本還在打鬥中的人都停了下來。

「聿坤世子，」趙瑾的聲音不小，語氣慍怒。「這是武朝的京城，天子腳下，你竟敢當眾行凶？」

聿坤世子看了過來，眸光輕佻，上下打量了趙瑾一番後，忽然笑了。「方才這些奴才說此處乃華爍公主所開，你們武朝的女子真是讓本世子大開眼界，連堂堂的嫡長公主都跟這些下賤的娼妓沒兩樣。」

瞧聿坤世子的臉色，顯然是喝了不少酒，但他說的話未必是醉話。他的聲音不小，起碼能傳到外面，靠近些的人總會聽見。

趙瑾蹙眉，神色冷了下來。

她明白這個朝代對女性有多苛刻，男性擁有絕對話語權，自然明白什麼話最能攻擊女人。

如今是他們主動找碴，可今夜過後，悅娛樓好不容易建立起來的名聲，將毀於一旦。將一國公主與娼妓相提並論，這是赤裸裸的羞辱。趙瑾在此時意識到，今夜，她的手中必須染血。

無論是對武朝還是對她，禹朝的世子若能完好無缺地從悅娛樓中走出去，他們終將抬不起頭來。

一朝的名聲，絕不能毀在使臣的「醉酒之言」中。

「此人辱我武朝皇室，辱我武朝女子，給本宮生擒此人，掌摑一次者，賞黃金百兩。」

趙瑾目光冷冽，殷紅的唇平靜地吐出這番話。

重賞之下，必有勇夫。

趙瑾請來悅娛樓的侍衛並非擺設，可那些人的身分卻令他們不敢放開來打。若使臣在武朝出了事，不外乎給了他國起兵的機會，屆時狼煙四起，他們便是罪人，所以沒敢下狠手。

如今華爍公主親口下令，他們便有了倚仗。

掌摑是吧？

於是，不僅是悅娛樓的侍衛，就連趙瑾帶來的侍衛都朝聿坤世子衝了過去。

此處畢竟是武朝的地盤，聿坤世子原本還在叫囂，肆無忌憚地貶低武朝的皇室女子，然而他很快就挨了第一個巴掌。他的幾個親兵面對眾多侍衛的圍攻，根本無暇顧及他的安危。

這一巴掌帶來的痛，不僅僅是皮肉上的，更是自尊心上的。

不管何時何地，當眾被掌摑對人來說都是最直接的身心雙重羞辱，尤其是這種打從骨子裡瞧不起女人的男人。

第二個巴掌。

第三個巴掌。

第四個巴掌。

第五個……

趙瑾冷眼看著原本囂張的人抱頭鼠竄。

聿坤世子手中的劍早已被打掉，哪怕他帶的都是身強力壯的親兵，也沒想過趙瑾下手這麼黑。

對趙瑾來說，禹朝的聿坤世子驍勇善戰不假，但再強的人也會寡不敵眾，何況他就帶著那幾個親兵，也敢在他國鬧事，她都不知該說他勇氣可嘉還是愚蠢至極了。

趙瑾吩咐一個侍衛將受傷的小廝扛出來，那侍衛剛搧了聿坤兩個巴掌，還有些意猶未盡。

這次較量，趙瑾不用刀槍，光憑唇舌就扭轉了局勢。昨晚國宴宮女被吃豆腐的氣她放在了心裡，現在便是對方償還的時候。

對，他國使臣的命是動不得，既然動不得，那就為他安上能動的罪名。

沒多久，被制伏的聿坤世子被兩個侍衛押著跪在地上，他抬頭惡狠狠地盯著趙瑾，臉頰腫得像豬頭。

「本世子是來武朝做客的使臣，妳怎敢這樣對我！」

「羞辱我朝公主殿下，你有幾條命賠？」聿坤又被人踹了一腳，是趙瑾帶來的侍衛，他抬手又是一巴掌搧了過去。「若不是你還有使臣這道護身符，我們殿下早就要了你的命！」

外面的人群漸漸擠到門口來看，一見行凶的歹徒被制伏，八卦之心便戰勝了恐懼。

聽見人群當中的議論聲，趙瑾忽然意識到這是個很好的機會，於是她緩緩朝躲在一旁的女子身側走去。

「殿下。」向來風情萬種的丹霜姑娘臉上掛著驚魂未定的淚痕。

她原以為他朝使臣亂來，悅娛樓便會將她們交出去，然而不僅這裡的侍衛沒有這樣做，公主殿下也沒有。

丹霜忽然想起那日殿下問她要不要換個地方時說的話。「在本宮的地盤，定然不會讓妳受欺辱。」

如今即便面臨這種場面，公主殿下依舊信守承諾。

趙瑾抬手，用手帕給哭花了妝容的姑娘們輕輕擦掉了眼淚，又替她們整理了衣物，隨後平靜道：「隨本宮過來。」

幾個姑娘跟著趙瑾來到凶神惡煞的聿坤世子跟前，趙瑾轉身看著門口的百姓，提高了音量。「此人昨夜還在宮中向聖上求娶我朝郡主，今夜竟在此強迫我朝子民並侮辱皇室，他們禹朝待我朝子民的態度，可想而知。」

聿坤世子不甘地大吼道：「我是禹朝的使臣，妳今日這般傷我，我朝大王定不會就此罷休！」

「怎麼樣，想打仗？」趙瑾目光一凜，隨後揚手搧了過去，「啪」的一聲，又是一記耳光。「你算什麼東西，也敢在本宮面前裝模作樣？禹朝沒有我朝一半大，小小的國家，也敢在本宮面前顯擺?!」

人群中不知誰突然拍手吼了一句。「打得好！」

其他人立刻附和，各種喝采聲不絕於耳。

趙瑾抬頭對旁邊幾個姑娘道：「他方才對妳們說了什麼、做了什麼，若是不忿，便趁現在宣洩，本宮給妳們兜著。」

「趙瑾，妳敢?!」

「本宮有何不敢？」

在趙瑾帶領下，丹霜姑娘抬起袖子擦乾了眼淚，冷著臉，一巴掌重重揮下。

聿坤世子哪裡受過這種羞辱？他馬上叫囂著要殺了她們這些賤人，然而換來的是一記比一記還重的耳光，看熱鬧的人甚至還替姑娘們加油打氣。

等駙馬跟紫韻帶著從皇宮搬來的救星匆匆趕抵現場時，看到的便是擁擠的人群和滿地狼藉，唐韞修心一緊，連謝統領的眼皮都跳了一下。

直到撥開人群走進去，看到被揍成豬頭的聿坤世子跟他的親兵，以及在一旁乾乾淨淨、優雅地品著茶的華爍公主時，他們瞬間陷入了沈默。

唐韞修倒是很快就冷靜下來，他看著面無表情的華爍公主，神色不掩驚訝。

謝統領的眼皮子跳得更歡了。

堂堂禹朝世子，被人按著跪在地上，雙手被反剪於身後，臉腫得差點看不出原來的相貌，那巴掌印明顯的程度，連謝統領都覺得怎麼胡說八道也圓不回來。

謝統領知道華爍公主與世無爭，對比其他皇室女子，她就像是一條躺平的鹹魚。平常不論發生大事或小事，她都紋風不動，便是事關己身，她也能很沒骨氣地去找聖上。

不難想見，聿坤世子定是做了什麼不得了的事，才會讓華爍公主下這麼重的手。

聖上與華爍公主年紀相差三十歲，讓聖上對這個妹妹多了幾分慈父之心，也不知這次的事情，聖上是否能夠不追究。

「殿下，」唐韞修有點拿不准如今是什麼狀況，但瞧見了禹朝使臣的慘狀，他便推測道：「此人衝撞了您？」

悅娛樓一個機靈的小廝立刻從人群中跑出來。「駙馬爺，您可得給公主殿下作主啊，那禹朝的使臣竟然叫囂著咱們武朝的嫡長公主連給他做妾的資格都沒有！」

堂堂嫡長公主，哪裡用得著駙馬為她作主？之所以這麼說，不過是要再次強調對方出言不遜，華爍公主是逼不得已才動手的。

小廝這話並不假，是聿坤世子方才惱羞成怒時說的，此刻證人眾多，便成了禹朝使臣羞辱公主的鐵證。

唐韞修眸色冷了下來。

這位年輕的駙馬在外的形象向來是放蕩不羈，給人的感覺不是很有威脅。雖說趙瑾平常一副嬌弱的模樣，但好歹是皇室出身，相比之下，一般人通常認為華爍公主的壓迫感比駙馬大。

這種認知原本是沒有問題的。

然而這個當下，身為駙馬的唐韞修，表現出來的態度並不是那麼無害。

第三十五章　權衡輕重

「聿坤世子這般威風，是覺得禹朝的實力，已經足以同我朝叫囂了？」唐韞修冷聲道。

謝統領眼皮子又是一跳。這對夫妻，一個一言不發，一個僅僅一句話，就將這件事上升到國與國的程度。

這如何使得？就算他們與鄰國之間多有齟齬，但如今實在不是打仗的時候。國庫並不算充裕，此時開戰，武朝的狀況並不允許。

「你們……」聿坤世子開口說話時，連聲音都沙啞了。他早已沒了一開始那威武的模樣，瞪著趙瑾道：「你們竟敢如此待我，我回去後必然稟報……」

「稟報什麼？」趙瑾驀地開口。「一個在我朝耀武揚威的鼠輩，你覺得你的國家會為了你出兵？」

趙瑾站了起來，一步步朝他走近，雙目與之對視。「我朝這些年來並未懈於練兵，你們大王若是想打，便大大方方地打過來，我朝眾多的男兒不會逃避。若是覺得本宮辱了你身為世子的尊嚴，那便好好想想，你算個什麼東西？

「你阿父可不只你一個兒子。」趙瑾慢悠悠地留下這一句，話裡有未盡之意。

聿坤世子瞳孔一縮，似乎想開口說什麼，卻又聽趙瑾道：「唐韞修，我們回府吧。」

「好。」

趙瑾今夜異常的沈默，唐韞修牽著她的手，便能明顯察覺到身邊人的怒意。

回去的路上也算萬眾矚目。

直到上了馬車，趙瑾依舊一語不發，也不和唐韞修說話，反而是一上車便閉目養神起來。

唐韞修觀察了許久，才問了一句。「殿下在生氣？」

趙瑾伸手撐著自己的腦袋，原本不想說話了，不過眼前這人竟伸手替她按起了太陽穴。

這種無聲的糖衣炮彈最容易攻破人的心防，她睜開雙眸，輕輕嘆了一口氣。

「看不出來我不想說話嗎？」趙瑾問。

「殿下不是不想說話，只是不知話該不該說罷了。」唐韞修一語中的，眼睛直勾勾地看著她。「成親快兩個月，殿下的心，似乎一直飄著，不在我這裡，也不在他處。」

唐韞修垂下了眸子。

趙瑾想說句什麼，結果唐韞修又接著說：「殿下的心，在何處呢？」

聞言，趙瑾再度陷入了沈默，為她按摩的手卻沒因此停下。

「和殿下的這門親事，是我強求來的。」俊美的駙馬輕嘆道：「哪怕殿下不喜歡我，也是應該的，可若是因為我讓殿下不開心，我如何捨得？」

趙瑾沒見過這種以退為進的人，或者說，沒見過這樣做到極致的。那張臉上的神情，最能引起女人的疼惜。

「與你沒關係，」趙瑾道：「是我自己在想事情。」

唐韞修問道：「可是那聿坤世子說了什麼讓殿下不高興的話？」

趙瑾卻搖了搖頭。「也和他關係不大。」

只是一種她在這裡活得越久，就越真切感受到的不公；是一種哪怕她身為皇室最尊貴的公主，也無法避免察覺到的歧視。

是的，不公與歧視。

這種根深柢固的社會觀念讓人無力，觀念的改變，甚至需要花費數百年的努力，何況如今眾人將這一切視為尋常，沒有改變的意願。

最顯而易見的，便是趙瑾這一世從出生起便常能聽到的長吁短嘆——她的生母，尊貴的太后，惋惜自己這個二胎並非皇子。

哪怕趙瑾不在意這個皇位是誰在上頭坐著，也不得不承認，她這一路走來，處處見到的，都是這樣的歧視。

母后在惋惜，帝師在惋惜，甚至連宮外的徐老都在惋惜。生而為女子，似乎就注定了這樣的命運。

包括出宮這件事也一樣，皇子到了年紀便可出宮建府，公主卻還得嫁人才能入住公主府。

不過，趙瑾對自己的駙馬沒意見，說句實話，唐韞修比她想像中要合心意得多了。

公主不開心，回府以後也沒多說什麼便去沐浴了，原本信誓旦旦要等嬸嬸回來的唐煜小朋友已經睡下。

至於駙馬，馬上就召來了今晚跟著趙瑾出門的侍衛。

他問：「在悅娛樓時，聿坤世子在殿下面前說了什麼？」

公主府裡的侍衛有一部分是宮中賞賜的，還有一部分是兩人婚後才雇來的，這部分的人，自然兩個主子都認。

「稟駙馬爺，禹朝世子當著公主殿下的面罵了好些難聽的話，說殿下不過區區一介女子，就算是公主，也不過是相夫教子的命，還說……說聖上不是個男人。」

說這話時，侍衛立刻跪下，垂下了腦袋，直接貼地。

其實原話更難聽，看來那聿坤世子確實是喝醉了。

一開始他興許只是想嚐嚐武朝女子的滋味，又聽聞悅娛樓的姑娘個個貌美如花，便仗著自己是外邦使臣，想闖入姑娘的閨房。結果沒想到這裡的姑娘是砸錢都睡不來的，悅娛樓的侍衛更是擋在他面前。

由於草原上的男子大多高大魁梧，「禹朝人驍勇善戰」這個刻板印象更深植武朝百姓內心，因此他們對外邦人向來忌憚。

過去外邦使臣在武朝京城內也曾仗勢欺人，只是負責接待的官員秉持著多一事不如少一事的想法，總是睜一隻眼、閉一隻眼，然而這回他們沒等來息事寧人的官員，反而等來了一個較真的華爍公主。

唐韞修問了幾句話後，便讓侍衛下去了，還不忘囑咐一句。「不管今晚聽了什麼話，都忘了。」

侍衛明白唐韞修的意思，頓了一下，立刻點頭道：「是。」

眼下趙瑾還在浴室，唐韞修卻看著房內的燭火陷入了沈默。

那位禹朝的世子，估計是走不出武朝的京城了。武朝確實是禮儀之邦，但聖上的威嚴，不是誰想冒犯便可以的。

唐韞修垂著眸子，想的不再是禹朝的世子，而是趙瑾。

兄長成親之後，偶爾會在書信中抱怨夫人性情的反覆無常，言語間皆是幸福與苦惱，如今這情況輪到了自己身上。

捉摸不透的人心，確實讓人心癢難耐。

「吱呀」一聲，房門被推開，身著素衣的華爍公主頂著一張白淨的臉走了進來，髮尾有些水氣。

趙瑾身邊沒跟著人伺候，唐韞修下意識地走過去想幫忙，結果被她推了出去。「天色已晚，快些漱洗。」

唐韞修看不透趙瑾。

不過這一夜倒是過得風平浪靜，就像是暴風雨來臨前的寧靜一般。

隔日一早，朝堂就炸開了鍋，原因是禹朝使臣說自己被武朝的嫡長公主毆打。

「華爍公主胡攪蠻纏不是第一次了。」有人站出來道：「從前都是小事，如今卻鬧了這麼一齣，傳出去對兩國關係必然造成影響，聖上此番該嚴懲華爍公主。」

朝堂之上，最不要命的其實一直是文官，這點能得到歷史的佐證，尤其是在聖上的底線跟前反覆橫跳這一點。

事關兩國，茲事體大。

有人說了公道話，表示應該先調查清楚事情的來龍去脈再做定奪，然而不知是趙瑾占據了太多特權還是其他原因，這次上書彈劾她的人，竟然比從前都要多，都快趕上彈劾貪官污吏的架勢了。

使臣被打是事實，武朝官員畏懼禹朝報復，也是事實。

龍椅上的趙臻開口問道：「諸位愛卿覺得朕該如何？」

大概是因為聖上實在寵妹妹，朝臣沈默了片刻，但很快便有人說道：「稟聖上，臣以為華爍公主此番確實有失皇室風範。」

聖上依舊沒有發表自己的看法，他的沈默，讓人大氣都不敢喘一下。

這時候，宸王趙恆先一步站了出來。「稟聖上，臣弟聽聞昨夜衝突的起因與經過有不少百姓目睹，說到底，還是禹朝的聿坤世子先挑了事，他這般不將我朝放在眼裡，若再為此處罰公主，豈不是讓其他使臣更看輕我朝？」

趙恆的意思是，不能懲罰公主。「依臣弟所見，此番不僅不能懲罰華爍公主，反而要給予嘉獎。」

晉王趙承也站了出來。「稟聖上，臣弟以為外邦使臣之所以如此囂張，不外乎是看聖上如今未立儲君，為了江山社稷著想，還望聖上能早立儲君。」

旁邊的宸王不禁愣了一下，萬萬沒想到自己這一開口，竟然讓晉王引到了這個話題上。儲君一事，向來是朝堂上的禁忌，倒不是沒人提過，而是大家都明白，這並不是聖上想聽到的話，為人臣，自然知道什麼話該說，什麼話不能說。

現在由晉王提出，朝臣們眼神不禁瞄向聖上。

確實，聖上已是兩鬢斑白，儲君的影子卻沒見著。早幾年他們倒還有念想，覺得後宮這麼多女人，總有一個能有這份殊榮，可如今，再有這份幻想就是天真了，有人甚至在背後偷偷摸摸對皇室宗親押寶。

聖上立儲君，勢在必行。

然而這番說法不是所有人都接受，太后的母族立刻站了出來。

太師顧允仁是太后顧玉蓮的親兄長，他年過七十，聲音顯得格外滄桑。「外邦正虎視眈眈，諸位大人不為聖上分憂解難，卻在此處為難聖上，請諸位捫心自問，可有擔起為人臣子的本分？」

「太師此言差矣，早日立下儲君，也是件好事，於江山社稷有利。」一位臣子開口道。

但凡涉及儲君一事，朝堂上都免不了一番唇槍舌戰，誰不知道立下儲君對武朝是好事，然而如今聖上膝下無子，就算想立，談何容易？

就算從宗室裡挑一個孩子來當儲君，那其他人就會服氣？不會蠢蠢欲動？

若從聖上最親近的人裡挑選，最合適的是安華公主的兒子，如今三歲左右的小世子。

然而安華公主的駙馬，同樣是朝中重臣的兒子，各種關係交錯，哪是一、兩句說得清楚的？

原本是商討該不該處罰華爍公主的朝堂，眼下卻成了爭論是否該立儲君的菜市場。

物極必反，過去幾乎沒討論過立儲君一事，朝臣們雖然心裡有想法，卻苦於沒有出頭鳥，這件事就一直被壓著，現在有了使臣與華爍公主這個切入點，朝臣們便再也無法得過且過地繼續忽視。

今日能談第一次，明日便會有第二次，總之，在儲君人選塵埃落定之前，這個問題沒完沒了了。

龍椅上的聖上明白這一點，大多數人也清楚，他們無非就是想要聖上表明態度。

「行了，」終於，趙臻開口道：「朝堂之上吵吵嚷嚷，成何體統？儲君一事，朕明白諸位愛卿的憂慮，此事朕自有打算，今日主要還是商議使臣一事，諸位可有異議？」
聖上的聲音聽不出喜怒哀樂，誰也瞧不出他究竟有什麼心思，然而這話還是有用，此時還不到臣子不要命、以死相逼的程度。
朝堂的紛爭，暫告一段落。
至於華爍公主的問題，趙臻道：「待朕查明此事的原委，再做打算也不遲。」
明眼人都看得出來，聖上就是偏袒華爍公主，但皇親國戚稍微受聖上寵信，再正常不過。
朝堂上的風波很快就傳到趙瑾耳中，有那麼一瞬間，她甚至懷疑起自己是不是什麼禍國殃民的妖姬，不過是打了一個敢在武朝大放厥詞的使臣而已，就算對方再不忿，也不可能讓她一個公主償命。
聖上護她，一來是維護皇室的威嚴，二來是維護武朝的威望。
那些只想著她身為公主卻總是「為非作歹」的大臣，腦子裡也不知塞了什麼。
「殿下，」紫韻匆匆地跑進來。「宮裡來人了！」
不管是民間還是皇室，都還是有「嫁出去的女兒，潑出去的水」這個刻板觀念。不過兩個月而已，於紫韻而言，宮裡的生活似乎已經成了過去式，此刻她才會這般著急。
「誰來了？」

「回殿下，是皇后娘娘身邊的靜嬤嬤。」

靜嬤嬤，還真是皇后宮中的人。

趙瑾摸不清皇后找她能有什麼事。

認真說起來，趙瑾自認自己與這個嫂子的關係還不錯，宮裡百花爭豔，她這個公主也沒摻和的能耐，大家平日都算相安無事；尤其皇后性格好、知書達禮，若放在現代，不知是多少男人夢寐以求的女神。

「奴婢參見華爍公主。」靜嬤嬤規規矩矩地向趙瑾行禮。

「靜嬤嬤，」趙瑾先是一頓，而後緩緩開口道：「皇嫂遣妳出宮，可是有什麼事？」

靜嬤嬤垂眸道：「回殿下，皇后娘娘近日難得見到殿下，心中甚是想念，想邀殿下入宮住一晚。」

「住一晚？」趙瑾愣了一下。

「是的，娘娘惦記殿下，特派奴婢接殿下入宮。」

趙瑾沈默。按道理來說，皇后就算要邀人入宮，也該是自己娘家的姊妹，不應該是她，一個小姑子。自古以來，婆媳矛盾、妯娌糾紛以及姑嫂不和都是普遍存在的問題，皇后這番邀請，確實有些耐人尋味。

趙瑾此時腳邊還坐著一個對著書本苦大仇深的幼崽，聽見孃孃要出門，他立刻抱住了趙瑾的腿。

「嬸嬸，帶煜兒一起。」厭學的小朋友這樣說。
「煜兒，將字帖寫完以後，讓你叔叔帶你出去玩。」沒同情心的嬸嬸這樣說。
「……嬸嬸不喜歡煜兒了嗎？」幼崽心碎問道。
「怎麼會？」
不過就是有點愛，但不多而已。
皇后下了口諭，趙瑾自然是要入宮的，只是不高興的人除了兩歲的幼崽，還有即將十九歲的年輕駙馬。
唐韞修倒是想陪趙瑾入宮，只是邀她的人是皇后，趙瑾屆時也會住在坤寧宮，他一介外男，不適合待在那裡。
於是公主出門時，大唐抱著小唐站在門口，眼巴巴地盯著宮裡來的馬車。
趙瑾無語。這有點於心不忍又有些丟人現眼的感覺，是怎麼回事？
進了宮門後，馬車速度慢了許多，趙瑾便有機會聽聽宮中的八卦，然而聽得最多的，竟然是帝后吵架的事。
她的便宜大哥每日都要去坤寧宮跟皇后吵架，吵了架後第二日還是翻皇后的牌子，誰聽了不說一句聖上有病？
此時此刻趙瑾還沒意識到問題的嚴重性，但已經隱隱察覺到不對勁的地方，她向靜嬤嬤旁敲側擊道：「皇嫂喚本宮入宮，真的沒其他事嗎？」

靜嬤嬤先是一頓，隨後朝趙瑾露出了一個和藹的笑容道：「殿下不必多想，皇后娘娘只是想讓殿下入宮陪伴一晚而已。」

趙瑾心頭一跳。這笑，她是越看越覺得心慌。

進入坤寧宮，見到了皇后，皇后還是和之前看到的那樣，歲月沒在這個美人身上留下太多的痕跡，她依舊美得不可方物。

「瑾兒來了。」

趙瑾行禮道：「見過皇嫂。」

蘇想容淺淺一笑，拉過趙瑾的手道：「快讓本宮看看，妳出宮這些日子，能見到妳的時間太少了，怪讓人想念的。」

這一刻，趙瑾有點信了，她的嫂子只是想念她這個「乖巧懂事」的小姑子。

直到傍晚布膳，靜嬤嬤看著菜餚一道道上齊、皇后招呼著公主吃飯時，終於試探性地開口問道：「娘娘，不再等等嗎？」

只見蘇想容神色淡淡地說：「等什麼？」

靜嬤嬤便噤了口。

第三十六章　自告奮勇

趙瑾在皇后慈愛的目光中動起了筷子，剛吃幾口，外面就傳來尖細的一聲通傳。「聖上駕到——」

聞言，趙瑾差點被魚骨頭噎死。

趙臻在看見自己的妹妹時也頓了一下。「妳怎麼在這兒？」

看起來就很不歡迎她的樣子。

趙瑾遲疑片刻後，神情迷茫地看了皇后一眼。

蘇想容道：「臣妾邀公主回宮小住，聖上有意見？」

趙臻走了過來，自顧自地坐下，隨後對趙瑾道：「等一下用完膳，妳就回仁壽宮去。」

還沒等趙瑾回話，蘇想容便說道：「臣妾想念瑾兒，特邀她今夜在坤寧宮住下。」

聖上抬眸看著趙瑾，趙瑾抬眸看著聖上。一個不爽，一個無辜。

趙瑾現在還有什麼不懂的，她就是個冤大頭，帝后吵架，她來當炮灰。

聖上在坤寧宮用完膳後，一雙眼睛便盯著趙瑾看。

趙瑾懂了，她輕聲道：「皇兄、皇嫂，臣妹先去仁壽宮給母后請安。」

在聖上的暗示下，趙瑾請過這個安後，一去不回。

那是當然，惹不起她還躲不起嗎?!

此時，外邦使臣還在京城，被趙瑾教訓了一頓的聿坤世子正在驛站養傷，聖上送了不少補品，卻無意懲罰華爍公主，甚至連向聿坤世子致歉的意思都沒有。

一開始禹朝其他使臣還叫囂著讓武朝聖上給個說法，可三番兩次無人搭理之後，他們逐漸意識到這冷漠背後的警告，加上聿坤世子那晚確實對武朝皇室出言不遜——不僅僅是出言不遜，他直接冒犯到了天子頭上。

如今聿坤世子身在武朝，禹朝那邊遠水救不了近火，正如趙瑾那天說的最後一句話：他的阿父，確實不只他一個兒子。他死了，多得是兄弟想成為世子。

武朝的官員也意識到了，這些外邦使臣就是欺軟怕硬的主兒，於是如今這些使臣們的處境有些不同了。

雖說武朝是禮儀之邦，向來是先禮後兵，然而區區外邦使臣竟敢在天子腳底下鬧事，不說武朝並非小國，他們的內政也沒外邦想像中那麼混亂。

只要當今聖上再穩坐龍椅十年，武朝便不會亂。

五十歲對聖上來說是不年輕，但也沒到阿貓阿狗都能往上踩一腳的程度。

仁壽宮，太后聽聞華爍公主入宮時還有些驚訝。

然而得知此事與帝后兩人有關後，顧玉蓮便有些不快。「妳皇兄不知怎麼回事，最近和皇后鬧了彆扭，後宮人人都在背後議論，皇后也不想點辦法。」

趙瑾愣了一下。她大概能理解太后看待兒媳時的挑剔眼光，畢竟想當她老人家兒媳的人太多了。

太后這麼多年來對皇后的態度一向平淡，倒不是皇后哪裡做得不對，而是皇后的母族手伸得太長了。

若皇后膝下有皇子，太后便會睜一隻眼、閉一隻眼，可皇后不曾生育，這份寬容便落不到皇后頭上。

德妃跟賢妃膝下各有一女，太后卻總是感到遺憾。

老實說，這遺憾怪不了別人，但這個社會潛移默化的父權思想，還是影響了太后。就算知道不能生的不是皇后，也不是宮中其他妃嬪，太后依舊不可避免地用責怪的態度看待她們。

沒人會怪罪至高無上的天子，可是只知道往他宮裡塞女人，卻解決不了問題。

趙瑾相信她的母后了解這個道理，不過她心裡清楚，太后永遠不會承認是聖上有狀況。在這個時代，只要說到生育一事的問題，生男生女怪女人，不能生怪女人，表哥、表妹、堂兄、堂妹結合生出身體有問題的孩子，最後怪的也是女人。

至於趙瑾，她既清醒又糊塗。明明清醒，卻糊塗地活著。

趙瑾在皇宮住了兩晚，第一晚住的是從前的寢殿，第二晚住的是坤寧宮。

她的便宜大哥被皇后趕了出去——假的，有密報傳來，聖上深夜召了幾位大臣，御書房的燈一直沒熄滅。

坤寧宮這邊有了一回姑嫂同寢。

皇后這床，趙瑾不是頭一次睡了，她還小的時候，就喜歡來坤寧宮串門子，有事沒事就往皇后床上躺，仁壽宮都不回去了。

她皇兄畢竟是聖上，後宮佳麗不說三千，也有不少，自然不可能每晚都宿在皇后這裡，還不如便宜趙瑾。小小的嫡長公主將自己洗乾淨塞進被窩裡，抱著香香軟軟的美人睡覺，每次都忍不住感慨：聖上好福氣。

「皇嫂，睡不著嗎？」趙瑾問。

蘇想容輕聲道：「瑾兒，妳先睡吧，本宮習慣了。」

這是……長期失眠？

熬夜容易短命，於是趙瑾睜開雙眼道：「皇嫂近日有何煩心事？」

說起皇后要煩心的事啊，那可多了。

「瑾兒，皇嫂有時候真羨慕妳，」蘇想容側身看著旁邊的小姑娘。「妳活得比皇嫂清醒多了。」

趙瑾頓了一下。「皇嫂，您是皇后。」

皇后，可說是與太后並列武朝最尊貴的女人，就算是皇后的母族，都只能尊稱她一聲「娘娘」。

可是在皇后看來，沒有母族便沒有她，如今她坐在高位之上，反哺母族也是應該的。

「皇后有皇后的煩心事，瑾兒做公主也有不開心的時候嗎？」

趙瑾沒回答這個問題，她坐起身來道：「皇嫂若是睡不著，臣妹替您按按如何？」

不等皇后表態，趙瑾的手便按上了她的太陽穴，手慢慢動了起來，皇后閉上雙眸，聲音轉小了。

「瑾兒的按法，和坤寧宮的宮人有所不同。」蘇想容說道。

「這是臣妹從醫書上學來的手法，母后也甚是喜歡。」

提起這個，蘇想容輕笑了一聲。「妳皇兄從前說妳不愛讀書，反而愛看醫書，他生怕妳拿身邊的人下手診治。」

趙瑾有些無語。原來還有這種事啊，真不愧是她唯一的哥哥。

她惦記他這麼多年，還特地借徐老的手培養出了個徐太醫送進宮，結果他就這麼看她？

趙瑾本來想說句什麼，結果察覺到皇后的呼吸變得越來越輕，她便閉了嘴，沒多久，外面有宮人緩緩靠近，趙瑾將頭探出了簾子，伸手示意來人噤口。

靜嬤嬤壓低聲音道：「公主殿下，聖上就在殿外，您看……」

趙瑾同樣輕聲道：「和皇兄說，本宮與皇嫂皆已睡下。」

靜嬤嬤眉心一跳。

這是可以說的嗎殿下？外面站著的人是聖上啊，是這個皇宮的主人！

趙瑾看她一直和自己僵持，又補充道：「跟皇兄說，皇嫂近日一直輾轉難眠，如今好不容易才睡下。」

靜嬤嬤又躊躇了片刻。

趙瑾沒理她，自己躺下了，順便做了個讓靜嬤嬤熄燈的手勢。

坤寧宮的宮人從來沒像今夜這般膽大妄為過，他們不僅讓聖上在外面站了半天，最後還出去說，皇后與華爍公主這對姑嫂已經甜甜蜜蜜地睡下了，讓他哪邊涼快哪邊去。

聖上身邊的太監想開口怒斥一聲「大膽」，卻被聖上抬手制止了，只因靜嬤嬤一句「娘娘已經幾個月沒好好睡過了」。

「朕回御書房，讓趙瑾明日來見朕。」神色不明的聖上留下這麼一句話便走了。

靜嬤嬤難得瞧見聖上這麼憋屈，愣了一下，許久都回不過神。

她身旁的小宮女說道：「靜嬤嬤，聖上方才讓公主殿下明日去找他是什麼意思，不會是想責罰殿下吧？」

「別亂說話。」靜嬤嬤回頭訓斥道：「公主殿下是聖上的胞妹，豈是妳我能隨意置喙的？」

那小宮女忙低下頭認錯。

第二日，趙瑾還在皇后的床上翻滾著，結果一醒過來，就被告知便宜大哥約談她。

不會吧、不會吧，真有人這麼小氣，老婆和妹妹睡一晚都這麼小題大作？

趙瑾不信這個邪，正打算去找便宜大哥，不料嫂子說讓她先用早膳。

盛情難卻。趙瑾美滋滋地蹭了一頓飯，才抬腳前往御書房。

她原本想過去聊天，誰知還沒進門，就聽見裡面吵吵嚷嚷的像個菜市場一樣。

御書房門口只有李公公守著，趙瑾本來還猶豫要不要進去，李公公卻堆起了笑臉道：

「殿下，您可算來了，聖上等您許久了。」

趙瑾還沒反應過來，李公公就將門推開了，裡面的聲音瞬間停了下來。

華爍公主就這樣毫無防備地與太傅、太保、太師還有幾位朝中重臣對上了視線。別人不說，教過趙瑾的那幾位大人紛紛露出了晦氣的表情。

趙瑾試探性地踏入一小步，龍椅上的男人沒說什麼，她又踏入一步，最後成功挪到一個不引人注目的位置上，那裡碰巧準備了瓜果與熱茶，趙瑾就這樣成了一個渾水摸魚的隱形人。

她出現時，幾位大人的神情都有些複雜，然而片刻之後，所有人都不約而同地選擇忽略趙瑾，繼續就方才的話題爭論起來。

「臣以為，此事必須先按兵不動。」丞相蘇永銘道：「外邦使臣還在京城，若南方水災一事走漏了風聲，讓他們以為這是什麼可乘之機，如何是好？」

「按兵不動？丞相大人說得倒是輕巧。」脾氣最暴躁的太保杜仲輝直接懟了起來。「這是水患，官員不抓緊時間治水救人，等使臣走時，黃花菜都涼了，南方成千上萬的人命，難道不是武朝的子民？」

「杜大人何須如此誇張。」又有人開口道：「眼下只有密報傳回，具體傷亡如何尚未有消息，說不定水災已經結束了……」

趙瑾一邊吃吃喝喝，一邊聽大臣議事，越聽眉頭蹙得越緊。

南方水災？

趙瑾不是什麼沒見識的人，她知道天災人禍難避，但旱澇，真的只能看命。若情況屬實，目前朝廷最該做的，便是賑災治水、撈人救命。

偏偏外邦使臣還在京城，若是此事走漏風聲，誰都不知道情況會演變成什麼樣。

大臣們的爭論，並沒有結果。

有人說應該開國庫賑災，也有人說國庫遠遠沒有充裕到可以一下子拿出大量錢財救人的程度，就算有，物資也不一定能順利運往災區。

還有人說，天災最是容易引發瘟疫，災區說不定有人沒死於洪澇，反而死在瘟疫上。

總而言之就是，缺錢、缺糧、缺大夫。

聖上在龍椅上坐著，雙眸下方隱隱有烏青，看來昨晚並未睡好，大臣們的吵鬧聲聽起來也讓人心煩。

終於，趙臻開口道：「夠了！此事稍後再議，你們先回去。」

「聖上——」

有人還想留下，聖上卻沒有任何表示。

等人都走光之後，趙臻的目光才緩緩落在這個胞妹身上。「聽聞妳昨日與皇后同睡一榻？」

趙瑾不知道該不該說一聲「是」。

「妳皇嫂近日睡不好？」趙臻又問。

這題趙瑾倒是會，她輕聲道：「許是近日憂思過重，皇嫂有些失眠。」

接下來，聖上半天沒說話。

不知過了多久，趙瑾聽見了一聲嘆息。

「罷了，妳回去吧。」趙臻放人。「駙馬都在宮外等著了，以後沒事別動不動就進宮。」

猶豫片刻後，趙瑾還是開口道：「皇兄，剛才幾位大人所談之事，臣妹有提議。」

趙臻掀起眼皮子看了她一眼。「妳能有什麼提議，說來聽聽。」

只見趙瑾道：「臣妹以為，賑災治水勢在必行，若想掩人耳目，也有辦法。」

聖上和幾位大人的談話內容，對趙瑾這樣一個平日只知吃喝玩樂的公主來說也不難懂。她在聖上的注視下緩緩道：「江南一帶是著名的繁榮水鄉，皇兄在江南甚至有行宮，若有皇室之人以遊玩為名前往，想來不會過於引人注目。」

趙瑾一說完，聖上便陷入了沈默。

半晌後，趙臻開口道：「妳這話說得倒是輕巧，京城近日已有轉涼的徵兆，如今前往遊玩，合適與否？」

「京城轉涼，江南卻是大好時候。」趙瑾輕聲提醒道。

這麼一說，聖上開始思考這個提議的可行性。「可有何人適合擔此大任？」

聖上這句話像是自言自語，也沒想著他這不著調的妹妹能給出什麼正經八百的建議，剛剛那幾句話已經夠讓他刮目相看了。

趙瑾忽然走得更近了些，身體貼著桌子邊緣，俯身靠近，壓低聲音道：「皇兄，您覺得我怎麼樣？」

「妳？」趙臻抬眸，語氣拖長了些。

「對，就是我。」

「胡鬧！」趙臻拍案而起。「朕還當妳已經長大懂事，這就給朕現出原形來了，這是妳出去玩的時候嗎？這麼大一個京城，還不夠妳逛？」

「皇兄，」趙瑾沒放棄，她在聖上暴怒的邊緣繼續道：「您也知道，整個京城就您的妹妹最無所事事，由臣妹去，最不惹人注目。」

話裡話外都是為聖上著想，可趙臻卻是冷笑一聲道：「朕的臣子都死光了是嗎，要妳一個公主以身涉險？」

言下之意，沒得談。

趙瑾倒不是想出什麼風頭，只是這麼多年來，大病小病都見識過了，卻仍未在醫學沒發展到一定程度時接觸過瘟疫。

當然，此番不一定會發生疫災，但洪災之後肯定會有各種問題，包括環境衛生在內。

趙臻正是心煩的時候，看到妹妹還在胡鬧，便再次趕人。「趕緊給朕滾，這幾天就不要隨便出門了，出門一次便給朕鬧一次事，得虧妳投胎投得好，不然不知有幾條命讓妳折騰！」

這話有點要發火的意思，好漢不吃眼前虧，於是趙瑾很乾脆地告退。

李公公就在門口守著，看見趙瑾出來了，忙迎上去道：「殿下是要出宮了嗎？」

「嗯，你稍後派人去皇嫂宮中說一聲。」

「奴才遵命，恭送殿下出宮。」李公公一向會看臉色，不然也不能在聖上身邊待這麼多年。

皇宮趙瑾算是熟悉，出宮的路上碰見了幾個閒聊的妃子，她們看到趙瑾時齊齊行禮道：

「見過華爍公主。」

「見過幾位娘娘。」趙瑾回道，隨意寒暄兩句便走了。

宮中所有人都知道華爍公主深受帝后寵愛，昨晚還是在皇后寢殿留宿，就連聖上深夜去坤寧宮時聽聞姑嫂兩人同寢，都選擇不打擾。

這算是再度刷新他們對華爍公主受寵程度的認知了。

皇宮外面，公主府的馬車果然早就在等候，車伕一看見她，立刻道：「參見殿下。」

趙瑾「嗯」了一聲，隨後撩開車簾，猝不及防地對上一大一小兩雙眼睛。

「怎麼都來了？」趙瑾問道，多少有些心虛。

回娘家一趟，另一半跟孩子都沒帶上，著實過於瀟灑。

唐韞修正捧著書給姪子講故事，這會兒放下了書，輕聲道：「煜兒說兩日不見嬸嬸，十分掛念，非嚷著要來接殿下。」

胖乎乎的孩子實在容易讓人心生憐愛，趙瑾上了馬車，隨手將唐煜小朋友撈入了懷裡。

「這兩日有沒有好好練字？」

肉肉軟軟的幼崽抱起來手感很好，趙瑾稀罕得很，摸摸臉蛋又摸摸手的，只是她摸著摸著，忽然覺得哪裡不對勁，抬頭一看，便撞上某人幽怨的目光。

唐韞修道：「殿下，我也想您。」

言下之意，似乎是對她只知道抱小的，不知道抱大的這件事有意見。

第三十七章　強力說客

馬車緩緩駛動，唐韞修問起了趙瑾這兩日的日常。「殿下這段時間在皇宮都做了些什麼，這般樂不思蜀？」

趙瑾回道：「沒什麼，陪母后和皇嫂說了會兒話。」

「剛才看見幾位大人神色凝重地從宮裡出來，可是出了什麼事？」唐韞修又問。

趙瑾一頓，隨即抬手點了一下唐韞修的唇，示意他噤口。

「應該沒什麼，可能是朝裡那些事吧。」趙瑾道，這話不知是說給誰聽的。

唐韞修安靜了下來，只有趙瑾懷裡的世孫還在好奇他的嬸嬸在皇宮裡做了什麼，話裡話外都是對皇宮的嚮往。

趙瑾對孩子倒是難得的有耐心，對他說了些宮裡的景致與趣事。

進入公主府，兩人回了房，趙瑾想換身衣裳，唐韞修也跟了到屏風後，伺候起她更衣。

「殿下方才為何不說話？」唐韞修問道。

他站在趙瑾身後，比她高上不少，修長的手指劃過她光潔的背，力道輕如鴻毛，讓人不自覺地起了雞皮疙瘩。

自抑。

趙瑾回過頭，對上那雙還算冷靜的丹鳳眼，可越冷靜，就越是令人浮想聯翩。同床共枕的夜裡，這雙眼睛的主人總是盯著她看，那時的他喉結滾動、聲音微啞，情難自抑。

「唐韞修，」沈默片刻後，趙瑾才緩緩開口道：「如今還是白日。」

「知道，」唐韞修為趙瑾披上了衣裳，又不忘纏綿地在她脖子上落下一吻，勾人的嗓音帶笑。「這不是在問殿下正經事嗎？」

趙瑾無語。她是半點沒看出來正經在哪兒。

她轉過身來，輕聲道：「今日諸位大人入宮，是為了商議南方水災一事。」

「水災？」唐韞修愣了一下。

就算他是紈袴子弟，也明白短時間內震動皇宮的水災意味著什麼。

一般來說，各地方發生災難，第一時間會由地方官員處理，解決不了的才會上報朝廷請求支援。朝廷若不能及時賑災，短時間內會死不少人，死的人一多，就會引發瘟疫，造成二次災害。

「諸位大人有商量出對策嗎？」

唐韞修很快就想通此事沒有聲張的原因，眼下不僅不能讓使臣們發現他們需要賑災，甚至還得讓他們覺得武朝興盛，然而賑災卻不是可以拖延之事。

按道理說，賑災是聖上與朝中大臣該煩心的事，無論如何都輪不到兩個遊手好閒的公主與駙馬。

此時氛圍變得微妙了些，唐韞修忽然問道：「殿下想做什麼？」

趙瑾回道：「我想去看看。」

只說想去看看，卻沒說想去做什麼。

唐韞修沈默了一會兒。他低頭，腦袋擱在趙瑾肩膀上。「殿下想以身涉險，聖上定然不會同意。」

這對夫妻，其實一點都不蠢，唐韞修很快就猜到聖上的回覆。

面對外邦使臣、對皇位虎視眈眈的王爺們，在眾多大臣與無所事事的公主跟駙馬之間，用膝蓋想都知道，這種時候誰去賑災，更能不引起懷疑。

只是，一個養在溫室裡的公主，不說她的身分合不合適，她有這個能力嗎？

災區的種種都是未知數，若是個閒散王爺倒還好說，可趙瑾是個公主。

然而，不管怎麼說，幾個國家之間不可能全然沒有聯繫，邊境的生意都在持續進行，只要彼此沒撕破臉，武朝就不可能閉關鎖國。

著急的是知道實情的人，大臣們想不出好的對策，可聖上是得了建議卻不曉得能讓誰做。

想了半天，趙瑾召來紫韻。「妳派人去太保杜大人府上通傳一聲，說本公主近日想為唐煜找個老師，稍後會帶他去府上拜訪。」

紫韻不明所以。為世孫找老師這件事倒算合理，只是按照小姑娘的印象，她能給這位杜大人的評語只有「脾氣暴躁」。

此人認真起來連聖上都懟，紫韻想到軟綿綿的小肉墩，默默感慨：世孫被杜大人罵一句，應該會哭很久吧。

太保正在府上來回踱步，不斷思索解決之道，府上的人都知道自家老爺遇到了煩心事，只是朝中有許多事不能說出口，他們便默默繞開了老爺，生怕一不小心遭受池魚之殃。

偏偏這個時候，管家來通傳。「老爺，公主府來人，說稍後華爍公主會登門拜訪。」

「華爍公主？」杜仲輝蹙眉道：「她有什麼事？」

太保雖然不如太傅那般桃李滿天下，但這麼多年來教過的學生也過百，毫不誇張地說，趙瑾真是他帶過的最差的一個！

趙瑾在杜府這裡，自然是不受歡迎的。

「和對方說，我今日身體不適，不宜見客。」

這句話話音剛落，不遠處就傳來一道略帶揶揄的女聲。「杜大人就這般不待見本宮？真是讓人傷心。」

牽著一個小豆丁的華爍公主款款走來，那孩子走路步伐小，她也遷就著，慢悠悠地前進。

一旁的管家愣了一下，誰能想到華爍公主居然是和傳話的人前後腳到的？

杜仲輝面對趙瑾時沒好臉色，他雙手作揖道：「不知公主殿下大駕光臨所為何事？臣還有公務在身，若不是什麼重要的事，殿下可下次再來。」

這就是在下逐客令了。

趙瑾卻不惱。「本宮此番前來是打算替這孩子尋一個老師，思來想去覺得杜大人十分合適，所以不請自來，還望大人見諒。」

杜仲輝的目光落在趙瑾牽著的孩子身上，結合前不久聽聞的永平侯府一事，他頓了一下，道：「這便是唐世子的孩子？」

「正是。」

太保遲疑片刻，終還是將趙瑾和唐煜請進了書房。

「殿下有話便直說，何必這麼拐彎抹角？」杜仲輝冷哼一聲。

大概是因為有孩子在場，他表現出來的模樣還算有些耐心，但也不多。

趙瑾輕笑一聲道：「老師還是像從前那般急躁。」

不提「老師」這個稱呼還好，一提杜仲輝就要炸毛了。「臣擔不起殿下這聲『老師』，還請殿下自重。」

趙瑾心想，可真是難為杜大人這臭脾氣了，這麼多年官場沈浮，居然還沒因為得罪人而丟了這頂烏紗帽。

「今早各位大人與皇兄談論之事，本宮有些淺見，不知老師願不願意聽聽？」

太保聽到趙瑾說這句話時，第一個反應是公主怎可妄議朝政，第二個反應是她到底能說個什麼東西出來，而他對後者的關心程度居然還占了上風。

不怪太保這麼想。十多年前，趙某人為了逃避這些「喪心病狂」的老師們，將學渣這個形象演繹得深植人心，以至於過了這麼多年，太保以及他的同事們對趙瑾這個學生的刻板印象仍未散去。

指望趙瑾奮發圖強，還不如期盼她現在生個孩子給他們好好教。

幸好他們之間還有那麼一絲絲師生情分在，杜仲輝道：「殿下請說。」

趙瑾道：「賑災刻不容緩，眼下無論派誰去都過於惹人注目，還請老師向皇兄提議，讓本宮以下江南遊玩為名前去賑災。」

胡鬧！這是太保最直接的想法，然而稍微冷靜思索片刻後，他竟然覺得這不失為可行之道。只是這件事與華爍公主扯上關係，感覺就有那麼一點微妙。

「殿下來找臣之前可曾跟聖上提起？」

「自然有。」趙瑾倒是沒瞞著。「若是皇兄同意，本宮如今就不會來煩勞老師了。」

太保覺得聖上不同意華爍公主這一聽便荒唐至極的提議是對的，可這個對策本身能解決當前的困境，既然公主不夠可靠，那麼除了她，還有誰合適？

認真想了一圈，太保發現沒有。

他看得出住在京城或遠在封地的王爺們沒幾個老實的，就算宸王還算能用，但他畢竟在朝為官，突然出了京城，難免引人關注。

使臣得再過一陣子才會離開京城，南方那邊再多等幾日，不知情況會變得多糟。

「老師是覺得本宮不可靠？」趙瑾以退為進。「本宮不過是幫忙領人帶些物資過去，其餘各事當然由皇兄安排的人負責，有何不放心的？」

這番話像是一語驚醒夢中人。對啊，無非是找個藉口罷了，撇除公主，偌大的京城裡還有誰能大方前往江南，又能配備眾多侍衛隨行的？到時候就算在隨行物資中多塞些東西，也不會太讓人懷疑。

太保沈默許久，似乎在思考什麼——此事非同小可，不能過於草率。

趙瑾在這時候說了一句。「老師，人命關天。」

是啊，人命關天，多等一刻，不知會害了多少人。

杜仲輝終於下定決心，他推開書房的門，朝外面的管家吩咐道：「準備一下，我要進宮面聖。」

管家一臉疑惑。老爺不久前才從宮裡回來，怎麼華爍公主來一趟，他就又要進宮面聖了？

太保說著就要抬腳走出去，結果趙瑾在他身後喊了一聲。「老師，那這個學生您是收還是不收？」

杜仲輝腳步一頓，道：「待臣有時間，會去公主府拜訪。」

言下之意便是這個學生他要了。

趙瑾低頭哄小孩。「煜兒，你要有老師了，開不開心？」

唐煜皺起了眉。

太保這趟進宮非常迅速，趙瑾出了書房的門時，杜夫人帶著兒女相迎。

她倒是與她丈夫截然不同，溫溫柔柔的，跟她說話時，都會讓人不自覺地放輕語調，兒子與女兒也是知書達禮的人，絲毫看不到他們父親身上的那股暴脾氣。

趙瑾心想，遺傳果然也是一門玄學。

太保的孫子碰巧也在，五歲的大孩子了，正好能帶著唐煜小朋友去玩一會兒。人類的幼崽不管多大，都喜歡與比自己大的哥哥跟姊姊玩，唐煜小朋友也不能免俗，趙瑾就順便在杜府喝了個下午茶，跟杜大人的幾個兒子、兒媳以及未出閣的女兒聊了一會兒。

在這個過程中，趙瑾忽然想到串門子這件事不能厚此薄彼，太傅跟太師的府邸似乎也在這一帶，日後有時間可以多上門拜訪。

趙瑾是這麼想的，殊不知她幾個冤家老師都不約而同地感受到背後吹來了一陣涼風。

傍晚時分，趙瑾才帶著唐煜回到公主府，恰好唐韞修也從宮裡回來了。

沒錯，不僅太保入宮了，唐韞修甚至先他一步入宮請旨。

在這件事情上，只有趙瑾一個人遊說顯然不夠，唐韞修雖然是不著調了些，但他畢竟是唐家人，哪怕身上沒有一官半職，聖上也願意召見。

然而聖上萬萬沒想到，他那妹妹已經不可靠了，嫁的男人更靠不住，兩個人在比誰更能胡鬧。

唐韞修著實費了好一番口舌，眼看太保杜仲輝也在外求見，聖上便想著先冷駙馬一會兒，結果杜仲輝進門第一句話就是：「臣請聖上派華爍公主前往災區救災。」

聖上無語。一個、兩個的，都想造反了是吧？

「聖上，如今不是猶豫之時，臣以為，公主殿下與駙馬爺一同南下，以此作為掩飾，最是妥當。若聖上擔心公主殿下安危，可多派些侍衛隨行。」

太保之所以這麼著急，考慮的自然不僅僅是眼前的困境。南方一帶人口眾多，又是經濟繁榮之處，水災影響的不光是人命，還牽扯到朝政，不作為的後果，極有可能讓百姓對朝廷失去信心；加上如今儲君未立，潛在的憂患何止一點，若有人利用此次的天災做文章，底下人一反，鄰國肯定乘虛而入。

更何況，這麼大的事，根本瞞不了多久，與其花心思隱瞞，不如儘早賑災。

聖上如何不明白這個道理？

就在這個時候，「病急亂投醫」的杜仲輝甚至口不擇言起來。「聖上，我朝郡主殿下尚且能領兵打仗，公主殿下自然也能臨危受命，還望聖上……」

話沒說完，杜仲輝自己便頓住了。

趙臻卻不打算給他這個反應的時間。「杜愛卿之前不還說女子為將，太過荒唐嗎？怎麼如今倒是換了立場？」

聖上與臣子之間的相處，大部分都是像這樣互相傷害，太保是之前反對嘉成郡主參軍的主力之一，這個印象一時之間無法抹除。

然而眼下情況緊急，但凡有其他辦法，太保都不可能向聖上提出如此不像話的建議。

聖上對上了臣子與妹夫組成的陣營，雙方互不相讓。

「唐韞修，朕問你，若遇到危險，你可有能力護住瑾兒？」不知僵持了多久，趙臻終於鬆口。

唐韞修垂眸道：「臣活著，殿下便安然無恙；若殿下出事，臣絕不獨活。」

聖上自然明白空口無憑，可眼前別無他法，他冷哼一聲，又問：「你們兩個，都是瑾兒授意進宮當說客的？」

唐韞修回得臉不紅、氣不喘。「殿下與臣同為武朝子民，都想為百姓做一些事，還望聖上恩准。」

話倒是說得漂亮。

至於太保，他張了張口，想說點什麼。

沒等他開口，趙臻便直接拆臺。「杜愛卿就不必再想什麼話來糊弄朕了，那丫頭是朕看著長大的，這事是誰的主意，朕還看不出來嗎？」

太保心想，聖上對自己這個妹妹倒是很了解。

趙臻沈默許久，才又開口道：「唐韞修，朕先警告你，此番若是公主出了什麼事，朕不管你哥是誰、你姓什麼，提頭來見朕！」

唐韞修跪了下去，垂首道：「臣遵旨，謝主隆恩。」

此事的決策算是定下了，然而這並非結束，反而是開始。

前往災區的物資與人力都需要準備，數量不小，又要掩人耳目，有一堆工作急著處理。不過，這不是唐韞修與趙瑾兩個人關心的事。

唐韞修出宮時，碰上皇宮輪值的侍衛，那侍衛與唐韞修有些交情，便順口問了一句。

「駙馬爺今日入宮所為何事啊？」

年輕的駙馬臉上浮現幾分笑意。「殿下忽然想下江南遊玩，我便入宮找聖上討個恩典，屆時將與殿下住在行宮。」

「……現在？」那侍衛難以置信地反問道。

唐韞修點頭道：「聖上疼愛殿下，還說要多派幾個侍衛跟著呢。」

不過一晚，此事便傳進不少人耳中。

「下江南？」賢妃高麗云愣了許久後才說道：「聖上竟然讓她一個公主住在行宮？」

只要聖上不出行，行宮便不會有人住，如今卻特地讓趙瑾住下，而且只是為了遊玩，此等殊榮，幾個公主有過？又有幾個公主能隨隨便便離京？

如今正值接待使臣之時，聖上竟大動作為妹妹準備出遊一事？

趙瑾再次成為朝臣彈劾的對象……哦，還多了一個人，唐韞修也成了被波及的冤大頭，雖然他並不無辜。

然而，這兩個被彈劾的對象連夜跑路，任由朝臣彈劾個開心。

在別人眼中，這對家長著實不太有良心，要出去玩，卻連孩子都沒帶上。

太保拖著疲憊的身軀回府，一進門，一個還沒他腿高的小豆丁頂著一張肉乎乎的臉蛋，規規矩矩地行禮道：「學生見過老師。」

杜仲輝覺得這孩子的臉有點熟但又不太熟，心道是哪家的？

一旁的杜夫人說道：「華爍公主送來的，讓我們代為照顧世孫一段時日。」

杜仲輝的臉頓時黑了一半。

先斬後奏，扯上華爍公主果然沒好事！

第三十八章　形勢險峻

帶著各種物資的華爍公主與駙馬，已逐漸遠離了京城。

此番路途遙遠，背後不知道有多少雙眼睛盯著，哪怕說是要去江南遊玩，就算大部分人不會生出其他想法，也不免有人覺得蹊蹺。眼看趙瑾與唐韞修確實往南方前進，終於令他們打消了疑心。

此時此刻，兩個國家的使臣各有各的想法。

越朝這邊——

「大人，武朝聖上居然在這種時刻放公主出京城，還如此大張旗鼓，其中會不會有隱情？」

為首的使臣聽了這句話之後，沈思片刻後道：「此事確有蹊蹺，只是我聽聞這位武朝公主並沒有什麼聲望，反而得罪了不少人，這般性子，想來成不了什麼事。」

比如和他們一起前來的禹朝聿坤世子，他的性格睚眥必報，如今雖然老實，也是因為有傷在身，之後必然會找機會報復。

華爍公主跟他槓上，不夠明智。

「大人，這華爍公主其實是個很好的導火線。」身邊的人繼續出謀劃策道：「若是華爍公主在外出了什麼問題，又恰好與禹朝的人扯上關係，想必武朝不會善罷甘休，屆時我們不就能坐收漁翁之利了嗎？」

這如意算盤打得倒是不錯。

「先靜觀其變，武朝這時候讓公主與駙馬出京，背後肯定有狀況，先派人去探一探。」

禹朝這邊——

這幾日，一直待在房內沒出去的聿坤世子脾氣差到極點，稍不順心便打罵伺候的侍女，這些侍女是從武朝京城的人牙子那邊買回來的，認真一看，便會發現她們某些角度看起來與趙瑾有幾分相似。

聿坤世子越是看著她們，便越是想起那晚的華爍公主，她神色冷豔地站在他面前，眸中不帶一絲情感，連伸手掌摑他時都不帶半點情緒，冷靜沈著到不像是一朵溫室嬌養出來的花，反而像是野外肆意長大的帶刺野花。

聽到趙瑾離京時，反應最大的便是聿坤世子。

他臉上的傷口尚未痊癒，還想著之後要找趙瑾的麻煩，結果她就這麼突然離京了？

聿坤世子看向自己的叔叔。「叔叔，那女人此時離京絕對有問題，他們武朝一定出了什麼事！」

「閉嘴！」他看穿了這個姪子的心思。「武朝公主去哪裡不是你該關心的事，堂堂一個大男人被一介女子整成這樣，真是丟盡了我禹朝的臉！」

他們該留意不是公主的去向，而是武朝內部的情況。

武朝沒有表面上看起來那般和諧，聖上到了這把年紀，卻始終沒有自己的兒子，朝中大臣一部分保持中立，一部分堅定擁戴聖上，可另外一部分，顯然私下有了其他打算。

古今成大事者，不會優柔寡斷，膽子也不會小。

歷史向來是勝利者書寫的，成王敗寇就是這個道理，他們禹朝，眼光必須放遠。

當救災隊伍逐漸往江南一帶靠近時，空氣變得濕潤起來，一開始是陰雨連綿加上降溫，接著就變成每天固定一段時間下陣雨。隊伍帶的物資必須妥善保管，像藥品跟食物都不能沾到水，所有人都小心翼翼。

隊伍的人數，則從一開始的幾百擴充到近千——有些人是分頭行動後再會合的，其中包括上百名京師醫學院出來的大夫以及學生。

徐牧洲的名號好用，不過這些人不是趙瑾找來的，而是聖上秘密向徐牧洲下的旨。京師醫學院辦到如今這個規模，包括在皇宮任職的徐太醫，背後都有聖上作為靠山，趙瑾明面上與他們沒有任何關係。

「殿下，氣溫下降了，您多穿些，別凍著自己。」唐韞修在趙瑾身後出現，為她披上一件淺綠色的襖子。

這一路上，兩人的穿著低調，但這麼長的車隊很難掩人耳目，路人輕易便能發現他們非富即貴，侍衛看起來也氣宇非凡，不像是尋常人家。

隊伍幾次碰見喬裝成普通百姓上前打探的山賊，甚至發生過幾場打鬥，然而聖上派來的侍衛不是擺設，唐韞修更是寸步不離，所以趙瑾以及物資都很安全。

為了趕路，他們很少停留，有時候就連夜間也在前進，可眼下雨實在太大了，馬車寸步難行，只得在路邊稍稍停留。

這就意味著接近災區了，途中還能看見一些災民。

此次的水災，是因為連日大雨導致江河決堤，如今雨還未停，當地的嚴重程度可想而知。

馬車內，趙瑾盯著雨幕看了許久，不知在想些什麼。

「這次的水災，想必再幾天就會傳回京城了。」趙瑾忽然道。

古代的通訊不發達，這麼大的事，聖上能提前幾日知道，已經算快了，然而有眼線的人可不只聖上。

「殿下擔心什麼？」唐韞修問。

趙瑾回頭道：「死人。」

這話有暗示的意味。天災會死人，京城那邊若是有什麼風吹草動，說不定也會死人。

唐韞修輕聲道：「殿下，盡力而為便是。」

聖上，包括知曉趙瑾與唐韞修此行目的的朝臣都只當他們是幌子，屆時賑災會由朝廷命官主持大局——沒錯，此行不僅偷渡了眾多大夫，更有朝廷命官。

「臣參見公主殿下、駙馬爺。」

這個時候，兩人身後響起一道渾厚的男聲，轉頭一看，一個魁梧的男人低頭向兩人作揖行禮。

「何大人毋須多禮。」趙瑾說道。

很巧，這位被便宜大哥外派出來賑災的朝廷命官，趙瑾有印象，她成婚之前在京師醫學院為一名產婦剖腹產子，這位何大人，便是那三個孩子的爹。

那時候他們一家剛從外地返京，結果孩子出生沒過多久，他就被聖上派來賑災，京城的何府則稱他們家老爺病了，閉門謝客。

何靳坤看著雨幕，猶豫片刻後還是開口道：「殿下，依臣看，這雨一時半刻還停不了，再拖延下去，時間會延誤太多，能否委屈殿下先趕路？」

這雨看起來確實沒有停下的趨勢。

趙瑾神色平淡道：「既如此，便聽何大人的吧。」

何靳坤低頭道：「殿下深明大義，臣替眾多災民謝過殿下。」

受聖上召見時，何大人一想到途中會有嬌滴滴的公主同行，已做好了路上要多多遷就的準備，然而出乎意料的是，華爍公主相當配合，甚至幾次覺得行進速度過慢，要求加速，完全沒有公主的架子。

獲得了趙瑾的首肯，雨猶未停，眾人便又上路了。

一路趕下來，原本要花七、八日才能抵達的地方，硬是五日不到便趕到了。

趙瑾這世畢竟是真的嬌生慣養著長大的，這具身體多少有點吃不消。不過整日都待在馬車裡，她也沒閒下來，全靠著事先帶來的幾本書打發時間。

唐韞修在旁邊看過幾眼，見是醫書，也未多問。

夫妻之間實在很難藏得住秘密，趙瑾知道有些事瞞不了多久，所以一開始就沒打算隱藏，只是需要緩衝的時間。

唐韞修是個聰明人，趙瑾心想他應該明白什麼該說、什麼不該說。

雖然早就預料到災區的狀況不好，但等真正到了後才知道，什麼叫做「流離失所」。

隊伍抵達臨岳時，當地的知府林至謙早就收到了密旨，前來接應。

堂堂知府大人捋起袖子，長袍的尾襬也紮了起來，長褲沾滿泥水，沒了一點文人的風範。

「臣參見華爍公主、駙馬爺，參見何大人。」林至謙冒雨前來迎接，又道：「近日忙於賑災，臣不免失儀，還望殿下見諒。」

趙瑾擺手，問道：「林大人毋須多禮，眼下災情如何？」

「這兩日雨小了一些，但臨江決堤，如今還未解決，目前登記在冊的死亡人數已有兩百，失蹤人口上百，安頓好的災民大多在山上的寺廟裡，城裡的房屋多數都被沖毀了，糧食頂多再撐三日，幸有殿下不顧安危前來賑災。」

趙瑾心裡明白，這些戴在自己腦袋上的高帽不過是誇大的稱讚，她並未多說什麼。

林至謙道：「殿下，臣已經為您與駙馬爺準備好落腳之處，災情嚴重，招呼不周之處，還望殿下海涵。」

很顯然，林知府將趙瑾與唐韞修當成掛名的，這也正常，畢竟聖上的密旨中沒給他們安排任務，這方面林知府倒沒會錯聖上的意思。

唐韞修上前一步道：「兩位大人可先去忙，賑災重要，我與殿下能顧好自己。」

聽唐韞修這麼說，林知府頓時安下心來。這種時候，最怕朝廷那邊派來什麼都不懂又非要指手畫腳的權貴。

趙瑾與唐韞修如此識趣，讓兩位大人都有些刮目相看。

何大人與林知府離開之前，給公主跟駙馬留下了幾個可調遣的人，物資方面多數由他們負責卸下。

趙瑾跟唐韞修被安排在衙門內住下，衙門的地勢本就比他處來得高，也是臨岳城內為數不多沒被沖毀的地方。

這樣下去不是辦法，江河決堤幾乎是每年雨季都會發生的事，治理洪水，堵不如疏。在治水這方面，武朝每年都得從國庫支出不少，但至今還沒建起疏洪設施，一來是顧慮國庫支出，二來不是誰都能接下這樣一個差事。

華爍公主一行人到了臨岳衙門時，略顯狼狽。雨未停、洪水未退，衙門不過是臨時的安置點，稍有風吹草動，他們也得跟著往上逃。

待趙瑾換了身乾淨的衣裳時，紫韻道：「殿下，外面有個自稱鄭凡的人求見。」

鄭凡？

趙瑾沒反應過來，只覺得名字有些耳熟，紫韻提醒道：「殿下，他是隨行的大夫，京師醫學院出身的。」

趙瑾點頭道：「讓他進來。」

沒多久，一個削瘦的少年走了進來，規規矩矩地朝趙瑾與唐韞修行禮道：「草民鄭凡見過華爍公主、見過駙馬爺。」

趙瑾上上下下打量了眼前的少年一番。

他的皮膚很白，白到像是有些營養不良，可五官極為清秀，毫不誇張地說，這孩子將來定是個翩翩郎君，哪怕一身粗布麻衣，也未能掩蓋其風采。

她想起這少年是誰了，徐老之前提起過他的名字，稱讚他在學醫方面是個難得的好苗子。

「平身。」趙瑾輕聲道。

鄭凡抬起了頭，目光落在趙瑾身上，同樣帶著打量與不解，只是他很快便垂下眸子道：「稟殿下，徐老吩咐草民到了災區後，聽候殿下調遣。」

唐韞修就坐在趙瑾身邊，既沒瞎也沒聾，他能聽懂少年的話，也知道他口中的徐老是誰。

京師醫學院的院長徐牧洲，是如何與當朝的嫡長公主扯上關係的？

依照少年轉述的意思，想來徐牧洲與趙瑾的交情並不一般。

唐韞修沒打斷兩人的交談，接著又聽見他花費好大功夫才高攀上的妻子沈著冷靜地問道：「鄭凡，你有何不解之處嗎？」

有，當然有。

鄭凡不是很會隱藏自己的情緒，他低頭道：「草民不敢。」

不敢和沒有，是完全不同的意思。

趙瑾道：「你不明白徐老為何讓你聽令於本宮，對嗎？」

少年抬起頭，嘴唇動了動，但終究沒開口。

不過，他的眼神透露出他很想知道答案。眼前雖然是尊貴無比的皇室公主，可公主並不懂醫，他為何要聽她的？

趙瑾並未直接回答鄭凡的疑慮，她道：「徐老的意思你已帶到，本宮也已知曉，你先和其他人一起去救人吧，若之後有吩咐，本宮會找你。」

少年猶豫片刻，最後還是告退了，外面的事情更加緊急，需要他協助。

鄭凡離開後，紫韻便去收拾給趙瑾與唐韞修的床鋪跟被褥，原地只剩下公主與駙馬兩人，林知府派遣的人站在好一段距離之外，聽不見他們談話的內容。

唐韞修率先打破沈寂。「殿下總是讓我覺得驚喜。」

瞧見趙瑾看醫書時，唐韞修只當她是有興趣，如今看來，似乎不只如此。

「駙馬也讓本宮覺得驚喜。」趙瑾依樣畫葫蘆地回了這樣一句。

正如她所想的，他們朝夕相處，有些事情很難瞞下去，尤其聖上連個清閒的官職也沒給妹夫安排，可見唐韞修平日有多閒。雖然駙馬幾乎每日都有一段時間不在公主府，可他實在黏人，連之前別人相邀逛青樓，他都要拉上妻子。

這對年輕的夫妻幾乎每夜都宿在一起，甜甜膩膩的模樣，與其他駙馬對待公主的態度完全不同。

唐韞修每日殿下長、殿下短，卻不是真的這般恭敬，夜裡鬧人得很。

不過趙瑾也不是主動的人，唐韞修算是掌握住了公主的喜好，她喜歡積極一點的人；更別說唐韞修聰明得很，不需要她多費唇舌，他便能掌握好分寸。

如今看來，這婚確實成得好。

來到臨岳城的第一天，救人的主力是軍隊，真正留下來保護趙瑾和唐韞修的其實不多，然而幾百名士兵加上上百名的大夫，竟然還是不夠用。

「殿下，都趕這麼多天的路了，您快休息一會兒吧。」紫韻心疼道。

起初她當公主與駙馬想到江南散散心，結果出發以後，行進的速度不斷加快，直到發現隊伍越來越壯大、天氣也越來越不對勁，她才從公主口中知道他們此行的真正目的是賑災。

說實話，紫韻從來沒想過這樣的差事會落在自家主子身上。

路途遙遠，紫韻小姑娘幻滅了許久才接受這個事實。殿下沒開玩笑，南方這一帶的確在鬧水災，他們所到之處皆是流離失所，令人觸目驚心。

紫韻自幼就跟在華爍公主身邊，她這個尊貴的主子從未受過苦，在甘華寺清修那兩年，日子過得雖簡樸，可聖上與太后娘娘每隔一段時間就會派人來送點東西，生怕公主過得不好。

所以紫韻覺得，公主口中所謂的「賑災」應該到此為止了。

然而趙瑾沒聽她的話去休息，反而轉過頭來道：「紫韻，妳帶上同行的幾個侍女一起去山上的寺廟分發糧食吧。」

紫韻愣了一下，道：「殿下，那您呢？」

趙瑾面色不改地說道：「我與駙馬有事，妳不用跟著。」

紫韻露出難以置信的表情。她是華爍公主的貼身侍女啊，這麼多年來幾乎沒跟公主分開過，如今身處災區，她更應寸步不離才是，怎麼能離開？

「殿下，奴婢得跟著您啊！」

小姑娘一副「天塌了」的模樣，趙瑾都怕她馬上就會哭出來。

趙瑾語氣裡帶了些無奈。「別擔心，我與駙馬只是出去看看而已，並沒有什麼危險。」

紫韻小姑娘這時候還很天真，她根本不曉得多年來自己其實沒完全認清自家主子是個什麼樣的人，因此認定公主真的不會跟駙馬去什麼危險的地方。

沒錯，她的主子是嬌生慣養的姑娘，是武朝最尊貴的嫡長公主，是太后娘娘捧在手心的女兒，是聖上都捨不得訓斥的妹妹。

既然公主這麼說，那她便放心了。

第三十九章　心有所感

趙瑾三言兩語便將小姑娘給哄好了，將人忽悠去了山上。

身後的駙馬幽幽地說了一句。「殿下等一下是不是也要將我哄去別的地方？」

趙瑾轉過頭，面無表情地說道：「你負責保護我。」

接著還補充了一句。「寸步不離。」

唐韞修滿意地點頭道：「遵命。」

外面的雨變小了，但就這麼走出去，身上的行頭肯定會再次濕透。

趙瑾與唐韞修一人撐了一把傘，要出門時遭到衙役阻撓。「殿下恕罪，林大人吩咐卑職等要保護好您與駙馬爺的安危，為了安全起見，還請殿下與駙馬爺不要離開衙門。」

兩人一聽便明白，這是怕他們夫妻倆添亂呢。

畢竟是公主與駙馬，哪怕只是磕著、碰著，只要在臨岳城裡，就是他們的責任，這讓衙役們如何能不小心對待？

若趙瑾和唐韞修真出了什麼事，他們有幾個腦袋也不夠砍，這種時候，讓這兩個祖宗老老實實地待在衙門內再好不過，就算等會兒情況有變，他們也能及時撤離。

「本宮想出去看看不可以嗎？」趙瑾淡淡地問道。

衙役的臉色變得難看了些。「殿下，這是為了您與駙馬的安全著想。」

他的話不無道理，卻左右不了兩個已下定決心的人。

「你們也一起跟著吧。」趙瑾道：「不管出了什麼事，都有本宮在，怕什麼？」

衙役們心想，有您在才更讓人害怕啊！

這話光聽就讓人不安，然而胳膊畢竟擰不過大腿，趙瑾與唐韞修看起來絲毫不惜命，衙役們只能硬著頭皮點頭。

「救下來的災民都安置在什麼地方，帶本宮去看看。」

聞言，衙役們鬆了一口氣。幸虧只是去探望傷員，若是要去看撈人，說不定什麼時候就成了被沖走的那個。

「回殿下，受傷較輕的災民如今都已安置在山上的寺廟中，您與駙馬要一起去看看嗎？」

山上地勢更高，反而比衙門這邊還安全，要是這兩個祖宗願意上去，倒不失為一件好事。

誰知接下來他們就聽見趙瑾道：「那便煩勞幾位帶本宮與駙馬去看看重傷的百姓了。」

衙役們無語。這皇親國戚也太難帶了吧！

其中一名衙役還想掙扎，問道：「殿下，該處傷員眾多，環境比較髒亂，怕衝撞了您與駙馬爺兩位貴人。」

趙瑾臉色不變地說道：「無妨。不過本宮受聖上旨意前來，竟使喚不動你們幾個嗎？」連聖上都搬出來了，衙役們哪敢不從？

趙瑾與唐韞修夫妻倆跟著幾位衙役走進了密密麻麻的雨幕當中，儘管兩人各撐一把傘，可濺起來的雨水很快便將他們的衣襬打濕，衣服算是白換了。

安置重傷災民的地方離衙門並不遠，臨岳城也只有這片土地夠高夠廣。

在這種天氣下，有些傷得重的人根本無法轉移到山上，只能集中安置在一棟房子裡，裡面連禦寒的衣物都不太夠，木柴又因潮濕而生不起火，傷者們凍得瑟瑟發抖。哪怕是南方，這種雨天，溫度也降得厲害。

趙瑾與唐韞修一進門，就聞到空氣中瀰漫著各種難以描述的味道，地上潮濕冰冷，還混雜著泥沙與血漬。

陰暗的角落裡蜷縮著一些人，許多人則是橫橫豎豎地躺著，身上的衣裳有些還是濕的，有不少人正在痛苦呻吟，他們的傷口甚至潰爛流膿了，看起來噁心駭人。

趙瑾與唐韞修等人出現得有些突兀，很多人都抬頭望了過來，他們這對年輕夫妻的穿著打扮跟一般百姓相比要好得多，與此處十分格格不入。

衙役們第一時間觀察起了趙瑾的臉色，卻發現她平靜地看著眼前的一幕，不僅是她，唐韞修也同樣面色不改。

前不久才隨著隊伍到來的大夫們正在緊急處理傷者的傷口，同時發放禦寒的棉被或襖子，忙得根本沒時間抬頭。若身體失溫，不被傷勢熬死，也會被凍死。

哪怕有上百個大夫，卻得兵分幾路，有一部分人已經上山了，有一部分隨軍隊去撈人，剩下的便是這些。

「殿下，這裡的情況您也看了，不如……」

衙役話還沒說完，便看見這位嬌生慣養的祖宗突然蹙起眉頭，目光落在角落處一個痛苦呻吟的男人身上。

那男人看起來像是活不成了，臉紅發燒、傷口流膿、咳嗽不止，他跟前蹲著個少年，只見他臉上蒙著白巾，正神色肅穆地盯著男人的傷口。

聽見身後有動靜，他下意識地回頭，看見往趙瑾這邊走，立刻喝道：「別過來！」

趙瑾停下腳步。少年的這個反應，坐實了她的猜測。

「怎麼回事？」唐韞修問。

他的視線落在那個痛苦不堪的人身上，一時之間腦子裡也有了猜想。

鄭凡冷聲道：「無關之人趕緊退出去。」

這態度實在算不上好，幾個衙役不明所以，看他衝撞了趙瑾，正想開口說他兩句，結果此時又有一人走了過來，開口問道：「怎麼了？」

一看到這人，衙役們便朝他行禮，異口同聲道：「羅大夫。」

此人是臨岳城本地的大夫，行醫十幾年，口碑頗有保障。在這種特殊時期，要湊幾個大夫都難如登天，因此官府對大夫的態度還算不錯。

然而鄭凡的脾氣可沒那麼好，他冷臉看著面前的中年男子，語氣有些急躁。「之前沒人給他處理傷口嗎？」

羅哲興低頭一看，倒是沒惱怒，只道：「你們來之前，臨岳城大多藥店與醫館皆被沖毀，藥品與大夫缺得很，很多傷者連安置的地方都找不到，有些則只是做了簡單的包紮後便無人照看了。」

這番解釋固然缺乏責任感，卻是讓人不得不承認的現實。

少年聽著，忍不住再度蹙眉。

他四、五歲便被家人送進京師醫學院，那時家裡窮得揭不開鍋，恰巧玄明醫館招學生，他爹便用他換了幾錠銀子，他從此便成了玄明醫館的學生。

聽說他爹原本打算將他送進宮裡當個宦官，雖然沒了傳宗接代的能力，可好歹能解決溫飽問題，只要不捲入宮中的爭端，跟個好主子，便能安安穩穩度過一世。

「鄭」是後來徐牧州給他挑的姓。

少年自幼接受玄明醫館的薰陶，根本不知道自己學的基本上是後人經過數千年立論、實踐出來的醫學成果。他萬萬沒想到，旁人口中富庶的江南，在行醫方面竟然如此隨便。

其實江南也有一間江南醫學院，但不是每個大夫都受過那裡的訓練。

鄭凡頂著一張冷淡的臉對趙瑾道：「有可能是疫病，這裡所有人都需要隔離。」

瘟疫，最容易產生大量死者，傳播速度快、發作時間短、可治癒機率小。

趙瑾是在場人當中身分地位最高的，鄭凡對著她說話無可厚非，只是旁邊的衙役，還有從京城跟來保護趙瑾與唐韞修安危的侍衛，此時卻是臉色大變。

「殿下，此處不宜久留，不如……」一名侍衛說道。

趙瑾轉頭看著他們。「現在走，走去哪裡？若是真的，整個臨岳城的人都躲不過。」

瘟疫的可怕，不親身經歷一次，誰也不知道是什麼樣。

趙瑾看著其中一名衙役道：「你立刻去找林大人或是何大人，讓他們即刻封城，不許任何人出入。」

衙役一頓，說道：「殿下，只憑鄭大夫一己之言便下定論，是否有些過於草率？」

趙瑾還沒開口，旁邊的唐韞修便看了過去，語氣有些冷。「怎麼，你是想教殿下做事嗎？」

衙役猝不及防地對上駙馬的目光，隨即低下了頭。駙馬之前看起來溫文爾雅，眼下在這昏暗的房子裡，卻顯得有幾分駭人。

「不敢。」

「既然不敢，那還留在這裡做什麼？」

「是。」衙役轉身飛快離開，衝入雨簾裡。

趙瑾看著那人的背影遠離之後，便收回了視線。

鄭凡不解地看著她，說道：「殿下現在出城回京，應該還來得及。」

趙瑾反問道：「你不怕嗎？」

即便在這麼糟糕的環境裡，鄭凡眸裡依舊閃爍著光彩。「草民不怕，若人人都怕，疫病便會越來越囂張。」

趙瑾愣了一下，想起自己在鄭凡這個年紀時，還在和爺爺吵著說以後要去學西醫，而眼前的少年，卻已成長為能獨當一面的醫者。

「既然不怕，」趙瑾斂下眼眸，也斂下複雜的思緒，她輕聲道：「那便忙你的吧。」

趙瑾走在前面，身後幾人都緊緊跟著她。這裡還有幾個同樣高燒不退、渾身忽冷忽熱的傷者，相同之處是身上都有潰爛流膿的傷口，情況看起來並不樂觀。

鄭凡已經快速聯合幾個大夫將這些人用簾帳隔離，房子裡很快就出現了幾個白色的小帳篷。

趙瑾抬步往裡面走，觸目所及，是好些迷茫又無助的眼神，在昏暗的光線下顯得特別明亮。

忽然間，趙瑾的衣物不知被什麼勾住，她低頭看過去，便瞧見一個年幼的小姑娘，她穿著粗布麻衣，衣物並不合身，像是大人穿的，一雙圓滾滾的眼睛裡滿是懵懂。

「貴人，您可以幫幫我娘嗎？」

這孩子是突然出現的，趙瑾旁邊的侍衛見狀就要上前將她拉開，趙瑾抬手制止，隨後轉身看向還跟著她的衙役。「不是說沒受傷跟受輕傷的婦孺都撤到山上的寺廟了嗎？」

衙役面露難色道：「殿下，這孩子的娘快臨盆了，走不了，她爹則是不知所蹤，實在沒辦法往山上去。」

趙瑾再次低頭看向臉蛋髒兮兮的小姑娘，問道：「妳娘在何處？帶我去見她。」

小姑娘見找到了救星，忙在前面帶路，越過地上一片雜亂後，趙瑾看見了一個腹部高高隆起的婦人，她的衣物看起來比小姑娘的還單薄，面部削瘦、憔悴，顯然是營養不良加上思慮過重。

方才大夫分發了一件被褥給這位婦人，只是蓋在她身上依舊不夠。

「小雨，妳跑去哪兒了？快到娘這裡來。」

小姑娘馬上跑了過去，小聲道：「娘，我給您找了大夫。」

聞言，那婦人抬頭看向面前一行人——為首的是兩個年輕男女，剩下的不是衙役就是帶刀侍衛，哪裡有大夫。

「傻丫頭，」婦人抬手摸了一下女兒的臉。「妳怎麼亂將人拉過來？」

隨後她看向趙瑾等人，臉上露出了歉意。「幾位大人，實在抱歉，我的孩子給你們添麻煩了。」

趙瑾走近兩步，目光落在婦人臉上，只見她正將自己的女兒往被褥裡裹。

「夫人懷有幾個月的身孕了？」趙瑾問道。

婦人見趙瑾衣料高貴，頭上又綰了髻，猜測她應是官家夫人，於是回道：「回夫人，草民如今八個月有餘了。」

趙瑾問道：「夫人可否讓我把脈看看？」

婦人沒想到這年輕女子居然懂醫，她伸出手，還不忘道：「剛才也有大夫過來替草民把過脈，說是沒什麼事。」

趙瑾將手搭在婦人的手腕上，片刻過後問道：「夫人近來可是時常腰痠背痛，偶爾呼吸困難，小腹隱隱作痛？」

「正是。」婦人道。她已經生過一胎，有了經驗，只不過眼下的狀況實在比之前嚴重許多。

趙瑾收回了手，安撫道：「夫人不必憂心，這是正常現象，只是夫人需要多吃些東西補補。」

說著，趙瑾吩咐旁人給這對母女多送一些吃食。

等到走出房子後，趙瑾對衙役道：「給那對母女換個地方，最好能接來衙門。」

衙役聞言愣了一下，還沒等他發問，趙瑾便道：「那位婦人可能這幾天就要生了。」

新生兒的免疫系統還未發育好，若繼續留在那髒亂的環境裡，容易感染，加上那裡有疑似疫病的案例，不管怎麼想，將人接出來都更為妥當。

衙役原本還想說什麼，但想到方才趙瑾的表現，不禁覺得她似乎真的懂醫，即便心中有再多困惑，也選擇先壓下。

「遵命。」

雨勢漸漸變小，但臨岳江潰堤之處還沒得到解決，眾人正四處打撈災民，可很多時候撈起來的都是已經被泡得發白的屍體，有些小小的屍體旁邊是哭得聲嘶力竭的親人——幾歲的孩子沒抓住樹枝，猛然被水流捲了進去，就這麼消失在旁人的吼聲裡，再見面時已陰陽兩隔。

何大人跟林知府領著上百人思考如何堵住臨岳江的缺口，這江，既是他們富庶的根源，同時也是索命的漩渦。

趙瑾回去後蹲在衙門發了很久的呆，雙眼無神，誰也不知道她在想什麼。

衙門內的人各自忙碌，她這安安靜靜的模樣，更像是哪家不諳世事的千金小姐，而非高高在上的嫡長公主。

過了許久，趙瑾的身後蹲下一個人，那人將手放在她的腦袋上，輕而易舉地將她整個人都罩住。

「殿下，」那人的氣息湊近了些。「在想些什麼？」

趙瑾像是回過神一般，轉頭看向唐韞修。她的駙馬嘴邊帶著淺笑，那張臉怎麼看都動人心魂，然而現在實在不是神魂蕩漾的時候。

「殿下想回京了嗎？」

趙瑾搖頭道：「此事解決後再回去。」

聖上當時的命令並非如此，他給趙瑾的任務是送東西，東西一送到，若趙瑾想回京，暗衛便會想方設法將她與唐韞修送回去。

想來，聖上完全沒想過趙瑾跟唐韞修在賑災這件事上還能發揮什麼作用。

到達臨岳的第一日，何大人帶著軍隊幾乎徹夜未眠，趙瑾與唐韞修兩個廢物皇親國戚沒派上用場——說實話，也沒人敢讓他們倆派上用場。

寅時一刻，趙瑾被一陣急促的拍門聲與喧鬧聲吵醒了，恍惚間，似乎聽見外面有人在叫她，她睜開眼，旁邊的唐韞修已經走去開門。

打開門以後，趙瑾聽見鄭凡的聲音，他似乎被人給攔著，大聲呼喊道：「殿下，真的有瘟疫！」

最壞的預想成真了。

趙瑾披著長袍，還沒走到門口，就聽見門外的少年被人制止，有人斥責道：「就算是有要事，你深夜來叨擾公主殿下休息，是何居心？」

有事找當官的才是，找公主有什麼用？

唐韞修見狀，神色冷淡地說道：「放開他。」

聞言，侍衛鬆開了少年，趙瑾這時候走了過來，看到少年渾身濕透，臉頰有雨水滑過，身形顯得格外單薄。

趙瑾對鄭凡的印象不錯，像這種十幾歲便能治病救人的天才，古今難得，趙瑾願意為他開一條路。

「鄭凡，」趙瑾緩緩問道：「你方才說，瘟疫一事為真？」

「千真萬確，今夜已有不下二十人高燒不退、嘔吐不止了，草民仔細看過他們身上的症狀，有人白日時還好好的，今夜就忽然發作了。」

趙瑾蹙眉。「可通知了何大人、林大人他們？」

鄭凡點頭道：「已經派人通知。」

趙瑾沒有片刻遲疑。「帶本宮去見他們。」

方才還硬闖著要稟報公主的少年張了張口，似乎想說什麼，然而唐韞修這時候也開口了。「帶路吧。」

第四十章　瘟疫爆發

沒多久，公主夫婦便出現在幾位大人的議事廳上，旁邊還跟著個削瘦的少年。

在場的除了何大人、林知府，還有幾位縣令，看見趙瑾和唐韞修時，有人下意識地蹙眉。

何大人神色如常，耳邊有侍衛小聲說，趙瑾與唐韞修是那位名為鄭凡的少年請來的。

鄭凡，對於這位天才少年，幾位大人都有印象，這次的瘟疫也是他第一時間發現的，只是這種時候，找趙瑾和唐韞修過來有什麼用？

「殿下怎麼過來了？」何靳坤站起來將趙瑾迎到首座上。

面對著幾張陌生面孔，趙瑾表情平淡。「何大人，本宮今日吩咐的封城一事，可照辦了？」

「回殿下，臨岳城已封，多虧殿下有先見之明，只是……」何靳坤道：「臨岳城洪水還未完全退去，如今又有瘟疫，臣懇請殿下與駙馬爺先行返京，否則事態若變得嚴重，臣怕……」

「怕什麼？」趙瑾抬眸道：「就不怕本宮與駙馬已經染了病，到時候回京城再死一群人？」

饒是何大人這樣見過世面的，也被趙瑾設想的情況嚇得有些腿軟。京城是天子住所，若趙瑾真中招了，回去傳染疫病，那情況就不是隨便哪個人能控制得了的。

想勸趙瑾和唐韞修離開的話在何大人喉嚨裡滾了一圈之後，又嚥了下去。

有位縣令卻不這麼想，他站起來說道：「殿下此言差矣，眼下不過是剛發現疫病，只要控制得當，想必很快就能解決，可殿下千金之軀，如何能受此風險？」

說到底，就是怕趙瑾跟唐韞修兩個死在這裡，他們沒辦法和皇帝交代。

「這位大人，照你這麼說，若本宮與駙馬回京後導致疫病傳播，這個後果，你承擔得起嗎？」

自然是不能。

華爍公主與駙馬似乎打定了主意不回京，這些深知皇親國戚和各種權貴想法的官員都看不懂了，這世上難道有不怕死的人？

當然沒有，尤其是皇親國戚，他們的命寶貴得很，寧願他人死也不可能讓自己亡，若趙瑾是個皇子或王爺，他們倒還能理解，這類人需要聲望跟收買人心，更需要讓聖上看到自己的能力，可華爍公主圖的是什麼呢？

被寵著長大的公主甘願留在這烏煙瘴氣的災區不回京，連駙馬也一樣。拋去駙馬這個身分不說，他還是唐家的公子，若在臨岳城出了什麼意外，唐世子到時候會怎麼發瘋可說不準。

這兩個任性的祖宗決定留下，偏偏這裡又沒管得住他們的人，何大人愁著臉，已經在想到時該如何向聖上請罪了。

趙瑾跟唐韞修可以不回去，何大人卻還是要將在臨岳城發生的一切如實稟報給聖上。臨岳城已封，蒼蠅也飛不出去，好在何大人算是有先見之明，臨岳城之外還有他的手下負責讓百姓往高處撤離。

即便是快馬加鞭，臨岳城的消息傳回京城時也是兩天之後的事了，此時外邦使臣已經離開武朝的領土範圍。

值得一提的是，禹朝的聿坤世子在返程途中，於禹朝邊境離世。是突發的重疾，死的時候還趴在女人身上，並不光彩。禹朝很快就立了新一任世子，是聿坤的一個弟弟。

江南水災的消息沒能再繼續瞞下去，朝堂上的人針對此事議論紛紛時，有一部分朝臣彷彿老僧入定，不開口搭腔，也不參與任何爭端，直到龍椅上的趙臻開口。「行了，水災一事朕已經派人去管了，你們現在吵翻了天也沒用。」

這話成功地讓朝臣們安靜了下來，齊齊看向聖上。

方才他們議論的，除了事情竟被隱瞞這麼久，就是猜測究竟是誰偷偷被聖上外派了。

「聖上，這麼大的事為何不事先與臣等商量便做決定？」丞相蘇永銘上前一步，眉頭緊皺。

在朝堂上，丞相這個位置稱得上是一人之下、萬人之上，而且丞相還是皇后的父親，有不少年輕的官員都是他的門生。如今丞相已是七十高齡，與太師一樣，都是武朝的股肱之臣。

賑災這樣的大事，居然沒讓丞相參與，朝中眾人的想法各異，最直接的猜測便是聖上是否與丞相有了嫌隙。

聽聞近日後宮是皇后獨得專寵，其他年輕的妃嬪打扮得再花枝招展，也不如皇后半分得聖上的心。少年夫妻，光是憑這點情分，聖上也不該冷落丞相才對，可就算沒有皇后這層關係，丞相依舊是丞相啊。

「當時情況緊急，朕不過是權衡情況後即刻處理，丞相還有其他問題嗎？」趙臻淡淡道。

「敢問聖上指派了哪位大人前去臨岳？」蘇永銘問。

「朕派了何靳珅。」趙臻道。

何靳珅，在外待了幾年，不久前才攜家帶眷回京的巡撫，聖上甚至還沒給他升官，就又將人給派出去了。

派何靳坤沒什麼問題，可細想一下便會發現，就在聖上派何靳坤出發賑災的那兩天，似乎還有另一件事，當時原本是讓人覺得荒唐，現在回頭一看卻是透著蹊蹺。

晉王趙承上前一步，低頭道：「聖上，敢問華爍公主目前身在何處？」

一語驚醒夢中人。

是啊，華爍公主與駙馬當時不是鬧著要去江南遊玩來著？眼下江南一帶水患嚴重，公主與駙馬到底去還是沒去？

有大臣還在思考這個問題，結果又有人站出來道：「聖上，敢問華爍公主當日離京隨行的隊伍與行李有些什麼？」

話都問出來了，還是有人不懂，明明在說賑災的事情，怎麼扯到一個公主身上了？

上次在朝堂上提到華爍公主，還是因為她出行時過於鋪張浪費，以及提出要住行宮一事實在太過沒規矩。

現在呢？

朝臣們抬頭看向龍椅上的聖上，等候答案。

聖上沒開口，杜仲輝便上前一步道：「公主殿下與駙馬爺正在臨岳城。」

原本只是猜測，現在卻被證實。

思前想後，眾人很快便明白了，原本大張旗鼓前去遊玩的公主卻出現在災區，意味著什麼？

這表示何大人幾時帶著賑災隊伍離京這個問題，終於獲得了解答。

他是跟著華爍公主的隊伍出發的，他們彈劾公主出行鋪張浪費，可那長長的車隊裡裝著的，都是賑災的物資。

這麼一看，當時的彈劾，彈早了。

「胡鬧！」此時太師顧允仁開口了，他看著龍椅上的聖上道：「聖上，華爍公主乃是我朝嫡長公主，怎可讓她去這麼危險的地方？」

太師，聖上與華爍公主的親舅舅，眼下這朝堂之爭，似乎成了家庭糾紛。

趙臻道：「朕派了人保護她，而且駙馬也在……」

顧允仁打斷他。「我朝從來沒有讓公主以身涉險的先例，聖上此番決定是否欠妥？」

若是其他人敢在朝堂上這麼和聖上說話，他早就站起來怒斥了，然而太師不行，一來是親舅舅，二來太師年事已高，若是氣出了個好歹，就不好收場了。

這次早朝以聖上與太師、丞相等人不歡而散收場，下朝後太師與丞相更是同時求見聖上，結果都被拒絕了。

密報加急送入京城，聖上打開看了片刻後頓時有些急火攻心，上面的內容簡直讓他血壓飆升。

「趙瑾呢？她說不回來，你們便隨她？傳朕旨意，綁也要將趙瑾給朕綁回來！」

明明在瘟疫發生初期離開便極可能平安無事，可她卻不這麼做，真是反了！

聖上沒想到自己那個平日沒什麼用的廢柴妹妹竟敢留在臨岳城，就算洪水來臨，手底下的人能護住她，那瘟疫呢？這東西根本防不勝防！

明知道現在再派人去接趙瑾，也已經過去了好幾天，但聖上還是這麼做了。

他是天子。天子也有自私的時候，就像現在坐著的這個位置，他不想如其他人所願，將它交給皇室宗親當中的任何一個人。

眼下，江南水災的事情傳出來，他也不想將趙瑾留在那裡。

瘟疫是極大的災難，皇室再尊貴，也無法和病魔抗衡。

「將此事壓下來。」趙臻的聲音漸冷。「公主回京之前，誰敢將此事傳出去，格殺勿論。」

「屬下遵命。」暗衛垂著腦袋跪地，不敢多窺聖顏。

連續幾天幾夜，何大人帶著軍隊與工部的人冒著生命危險在臨岳江邊搶救，終於暫時將決堤之處給堵住了，接下來只等天公作美，若雨徹底停下，這場洪水危機便到此為止。

然而，就算洪水退去，事情也沒那麼簡單。

瘟疫爆發，短短幾天內便死了二十幾人，也就是說，最先被發現染病的那群人都死了，而免疫力差的，又陸續有幾十人染上。

上到老人，下到幼童，救治的速度根本趕不上染病與死亡的速度。

臨岳江下游持續撈起許多泡得發白的屍體，這麼多屍體堆積在一起，也是問題。

趙瑾下令讓人趕製了一批口罩跟防護衣運來——就連林知府都不知道，這位公主如何在這麼短的時間內弄來這些東西。

條件有限，口罩與防護衣的樣式都與趙瑾前世用的有所不同。

誰都想不到，這位一直養在京城的公主，在江南一帶也有產業。

人命關天，趙瑾懶得計較太多，隨便找了個由頭，這批物資，算是「江南一帶的富商」捐贈的。

何大人他們不得不接受一個事實：在他們眼中一無是處的公主，竟然真的懂醫術，甚至不是一知半解的程度，而是連京城來的那群大夫也對她馬首是瞻。

即便如此，每次看見公主親自步入患者群中，諸位大人仍舊心驚膽戰，若聖上知道他們讓公主幹這種事，別說是烏紗帽了，項上人頭都保不住。

駙馬也想跟著進去，結果被公主罵了兩句，只能套著並不好看的防護衣，戴著口罩委屈地蹲守在警戒線外，一雙好看的丹鳳眼望眼欲穿，活生生成了一尊望妻石。

因為這瘟疫，公主甚至與駙馬分房。

即便努力做得周全，可在糧食與衣物並不缺少的情況下，民怨還是發生了，起因是趙瑾下令焚燒所有屍體。

痛不欲生的親人自然不願意，有人不知從何處聽聞是公主下的令，不管不顧地跑到衙門抗議，嘴裡喊著身體髮膚受之父母，怎能一把火便了卻？

駝背髮白的老人在衙門外哭喊；披麻帶孝的垂髫小兒和年輕婦人跪在地上不斷啜泣；女

人嚎天喊地吼著死去孩子的名字，他們始終不願意承認自己的親人就此離世。
趙瑾被眾多怨恨的目光盯著，彷彿她才是這場災難的源頭。
這裡山高水遠，洪災之後是瘟疫，整座城被死亡與絕望籠罩，哪怕她是皇親國戚，是尊貴的公主，此時也阻擋不了民憤。
「我兒屍骨未寒，你們怎麼能一把火燒了他？染病的是活生生的人，我兒已死，你們怎麼能將責任推給一個死人?!」頭髮花白的老嫗惡狠狠地盯著衙門外的衙役與官員。「你們這些當官的解決不了問題，便如此推卸責任？」
一個男人直接開口嚷道：「這麼多大夫和官員，為何聽她一介婦人之言？是公主便能草菅人命嗎？」
草菅人命？好像燒的不是屍體，而是活生生的人一般。
衙門外的華爍公主看著眾多百姓抗議，一言不發。
旁邊的林至謙抹著腦袋上的冷汗。「殿下，刁民無禮，您千萬不要和他們一般見識。」最怕就是這位主兒暴走，到時賑災未果，反而招致百姓與官兵對立。多少起義，便是在這種天災中爆發。
臨岳城內雖然死了不少人，但活著的人更多，剩下的人當中，只要有一個人想反，就會有第二個、第三個……
華爍公主絕不能成為動亂的起源，這點何大人和林知府看法一致。

要知道，華爍公主與聖上一母同胞，華爍公主某種意義上代表聖上——儘管她本人也許沒意識到這點。

眼下，他們如何證明屍體必須被燒毀，方能稍稍遏止疫病迅速擴散呢？

何大人看著面無表情的趙瑾，正想開口，被她抬手止住。

面對那些怨恨的目光，趙瑾緩緩說道：「諸位怕死嗎？」

沒等眾人反應過來，這位態度沈穩的公主繼續道：「我怕死，我是公主，若能安然無恙地離開此地回到京城，必是榮華富貴過完這一生，何須理會你們的死活？」

她並未自稱「本宮」。

「諸位看看自己還活著的親人，你們確定要讓他們承擔這個風險嗎？」趙瑾冷冷地盯著鬧事的百姓。「若是你們不怕瘟疫，或抱有僥倖之心，覺得自己跟親人不會染病，儘管一試。」

正當眾人不知這位公主葫蘆裡賣的是什麼藥時，趙瑾又道：「大家去看看染上疫病的人是什麼模樣，再來想想自己究竟怕不怕死。」

趙瑾說著，轉身對旁邊的侍衛使了個眼色，侍衛立刻走上前去。

高大魁梧的侍衛一到趙瑾身邊，原本大喊著不服趙瑾決定的男人下意識地往後退了一步，只見侍衛道：「請諸位隨我來。」

眾人不明所以，但還是跟著侍衛走，走到那個前幾日還收留各種傷者與患者的房子外面——這裡已經被封住了，裡面堆放著屍體。
那日發現疫病之後，染病的人被留下，沒染病的人全被轉移到另外一處隔離。
自從臨岳江的缺口被堵住，山上便有一部分人下來尋親，尋到親人時，見到活著的，喜極而泣；瞧見死去的，聲嘶力竭。如果是從這房子裡蓋著白布抬出去的，即便是自己的親人，連見最後一面的機會也沒有。
見到這屋子，有人驚恐地止住了腳步，可那侍衛都敢站在前面，他們似乎也沒什麼好怕的。
此刻，有蓋著白布的人被抬了出來，放在房子門口，全身蒙得嚴實的大夫將白布掀起，下一瞬間，婦人們立刻將孩子的眼睛蒙住。
他們看到了染疫之人的死狀。
該如何形容呢？臉部削瘦、蒼白得可怕，裸露在外的手臂與腿部潰爛了一大片，幾乎沒有一處皮膚完好，即便隔著一段距離，他們都能聞到那股腐爛的味道。
有人受不住，第一時間就吐了。
另一個侍衛的聲音在他們身後響起。「若是沒能研製出對應瘟疫的藥，我們所有人都得困在此處等死，你們若是不怕，便摟著親人的屍體過完頭七吧。」
趙瑾這個當公主的，沒再理會將她當作仇人的百姓，幾位大人走在她後面，有人念叨著就該強制執行。

「殿下，這些刁民懂什麼，不如就讓何大人下令，直接將所有屍體聚在一起燒掉算了。」一個縣令說道。

嘴上說得好聽，其實他想的是另一回事——女人果然沒有魄力，那些百姓一鬧便不敢說話了。

第四十一章　刮目相看

趙瑾猛然停住了腳步，回頭看著對方，輕笑了一聲。「急什麼？」

那位縣令沒能看懂趙瑾的表情，也沒能聽懂她的話。

反轉很快就來了，原本死活不願意燒毀親人屍身的百姓，到了夜裡，竟然有多數人倒戈了，含淚同意官府為親人火葬；不僅如此，他們甚至還自動自發地呼籲其他人同意焚毀親人的屍體。

焦慮這種情緒是會傳染的，當一個群體裡有人開始進行某項舉動，並引得旁人跟風時，就會帶動更多人參與這項活動。只要有人領頭，只要有第二個做出相同決定的人，就會有更多人將少數人贊同的觀點轉化成必須遵守的規定。

只需要一點點心裡暗示跟小小的推波助瀾，甚至不費一兵一卒，就能達到目的。

若有人還想堅持，其他人就會加入勸說的行列，他們都同意不領回親人的屍體了，其他人怎麼可以？

見到染疫屍體的那一幕，成為許多人的噩夢。怕死是人之常情，死得體面與否也很重要，何況就算完整地埋到地下，數十年後不過是一抔塵土。

各種因素交互影響下，換來了現在的成果。

那些官員目瞪口呆地看著神態自若的華爍公主，只見她輕輕吹去茶杯上的熱氣，對他們說道：「諸位大人，本宮說過了，沒有人想死，只是很多時候，硬來解決不了問題。」堵不如疏，便是這個道理。

趙瑾的話讓人一知半解，幾位大人想不明白，華爍公主究竟在其中扮演了什麼角色。是哪個環節導致了眼下的局面？

原本讓眾多百姓抗議的決策，就這麼順利地進行了。

所有人的抗拒心理，消失在見到屍體的震撼，以及來自周圍的無形壓力中。沒人能躲過疫病威脅，也沒人能逃過親人被火葬的下場。

在這種情況下，輿論壓力便會從官府那邊，轉移到所有想讓親人土葬的人身上。

人心，從古至今向來是一門值得鑽研的學問，只要趙瑾有心，她就能利用人心達到自己的目的，畢竟受過數千年後的傳播心理學薰陶，這方面她可是領先整個時代。

有鑑於趙瑾的表現實在太過於胸有成竹、運籌帷幄，以至於何大人都忍不住懷疑，聖上是不是早就預料到今日這個局面，特地派公主來幫他的。

一個公主，自幼便生長在皇宮的爾虞我詐中，懂得玩弄權術尚可理解，可是這一身醫術呢？

才華與氣質能靠一些小技巧提升，然而在治病救人這件事上，靠的是真才實學，還能假裝不成？

趙瑾絲毫不在意別人的揣測，只要聖上人不在這裡，面對所有人，她都不心虛。

況且，臨岳城危急一事，千真萬確，容不得趙瑾花費更多精力面對百姓的不滿，這種事應該由當官的解決。

即便是在醫學發展繁榮的現代，一碰上大規模的突發傳染性疾病，都要死上不少人，更何況是在古代。

在這種時候，趙瑾實在顧不上隱藏自己的技能，生死交關，誰都不想讓自己的生命停在這一刻。

同行的百名大夫，當然不是每個都是鄭凡這般的天才，但行醫這方面，很多時候都是經驗取勝，因此趙瑾起初著手治病救人時，隊伍裡不少人頗有微詞。

直到跟著華爍公主好幾日的鄭凡承認公主的醫術遠勝於他時，眾人看向趙瑾的目光才真正發生了翻天覆地的變化。

焚屍一事的後續處理得很好，趙瑾吩咐人設置了一個臨時的焚屍爐，屍體焚燒殆盡後會剩下骨灰，她便命人從城裡搜刮來一批瓷罐裝骨灰，再讓活著的人拿著親人的骨灰罐回去安葬。

這個舉動有一股難得的人情味，因此焚燒染疫的屍體這件事便推廣得更加順利了。

在這段時間裡，趙瑾派人接去衙門的那位婦人生了個男孩，由於在娘胎裡營養不良，加上早產，導致那孩子格外瘦弱，但幸運的是還算健康。

其他方面就沒那麼幸運了。瘟疫爆發的第七天，隨行的大夫裡有一個染上了疫病，從發作到重病臥床不到兩日的時間，人就這麼沒了，救不回來。

趙瑾和其他大夫研究了一道又一道藥方，雖然沒到死馬當活馬醫的程度，但也差不多了。

染疫人數與死亡人數持續上升，趙瑾身為直接接觸病患的人之一，已經有幾天沒見到唐韞修了，她不許他靠近自己。

堂堂公主，在這時候毫無嬌氣，就這麼每日廢寢忘食地鑽研著藥方。

另一邊，聖上派來接公主與駙馬回京的暗衛早已抵達，然而讓他們萬萬沒想到的是，原本應該受眾人保護的公主，竟然泡在患者堆裡。

駙馬雖然沒跟著公主，但眼下也不是閒閒沒事做。

江南一帶富庶且人口眾多，如今正值天災肆虐，誰也不敢保證在這種時候會不會從哪個角落裡蹦出一個「梟雄」，若真讓他出頭了，天下便會跟著大亂。

於是，這對原本「一無是處」的夫妻，一個在救人，一個在守城。

暗衛看到時都呆愣了片刻，然而即便表明身分，他們也沒辦法將人帶回去，瘟疫爆發，患者的死狀有多淒慘，大夥兒有目共睹。

這些暗衛確實是聽令於聖上，但他們也不全是一根腸子通到底，公主與駙馬究竟能不能綁回京，他們心裡還是有把尺的。

於是，暗衛們被迫留下來，成為趙瑾的另一批侍衛，隔著老遠站在屋頂盯梢，沒人敢上前去搭訕。

第十日，死於瘟疫者已達到三十人，染病送來治療的患者情況也不樂觀，即便努力控制，但每日都有人死去。

趙瑾許久沒有這種無力感了。從前跟著爺爺學中醫，上門求診的人抓副藥回去煎，好了便好了，不好的就送去醫院接著治療。

那時候趙瑾沒直接面臨生離死別，後來去醫院實習時，每日看著各種送親人離世的場面，不管是悲痛萬分地趴在病床邊哭，或是無聲落淚，都是面對生命落幕時最無奈的儀式。

從開始的共情，到後來的麻木，等趙瑾混到了能主刀的資歷時，生死在她眼前已變得稀鬆平常，她也成了人人稱讚的天才。

等大夫接二連三地倒下後，終於有人爆發了。「我不想死，這該死的臨岳城，我不待了還不行嗎?!」

身為最靠近病患的人，大夫的處境是最危險的。雖然想走，卻不能說走就走。

趙瑾花了幾日時間，也只是弄清楚瘟疫的傳染途徑，讓家家戶戶注意防護。

瘟疫防護的主要事項來來回回不過是那些，但有一點不容忽視。臨岳剛剛遭逢天災，正是需要重新建設與修繕的時候，然而天氣依舊陰沈，地面也很黏膩，最容易滋生細菌。

大夫跟官兵們幾乎是家家戶戶每天都在檢查，但凡出現了相關症狀，立刻將人帶走隔離，可這樣的做法畢竟只能減緩傳染的速度。

趙瑾明白在這種時候，需要的是疫苗或是能發揮類似作用的東西。

巧婦難為無米之炊，這句話就這麼困住了她。

第十五日，研製出來的藥方終於能減緩發作的速度，眾人從中看到了希望，趙瑾的眉目卻依舊緊鎖。

另一邊，京城那裡終於壓不住瘟疫的消息了。

聖上與朝臣們商量對策，徐太醫自請前往臨岳，聖上還在遲疑，聽聞消息的太后立刻派人阻攔。

「哀家不准，徐太醫乃是聖上的御醫，豈能輕易離京？」

徐硯跪在下面，垂著腦袋恭敬道：「稟太后娘娘，臣的父親在醫術上的造詣比臣略勝一籌，可讓他入宮。」

顧玉蓮沒回答他，反而看向聖上道：「這天下需要君主，你不能出任何差池。」

「母后，」趙臻的語氣裡帶著說不出的疲倦。「瑾兒還未回來。」

「你糊塗啊，當初便不該隨她任性。」不用多想，顧玉蓮便知道那是女兒自己提出來的主意。

兒子、女兒，手心手背都是肉。可這不是二選一的問題，太后根本不需要選擇。國不可一日無君。徐太醫擔任聖上的御用醫師已久，如果沒有任何意外，聖上在位期間，徐太醫都會是他的人。

聖上最終沒派出徐太醫，被派出去的是另一位資深的太醫羅濟東，還有一支軍隊與一批物資。

上次的暗衛被派出去之後便沒回來。臨岳城如今封城，說句不好聽的，現在那裡就是只進不出，就算死在裡面，也只能自認倒楣。

瘟疫爆發第十七日，度日如年。

臨岳城裡曾接觸過被洪水泡發的屍體的人當中，有一部分染了病，同樣染病的還有少數的官兵與大夫，這批人由新研製出來的藥方吊著命。可即便傳染速度有所減緩，每日依舊不斷新增感染與死亡病例。

趙瑾仍密集地接觸病患，看得那些官員心驚膽戰，林至謙忍不住向何大人道：「公主殿下每日身處險境，萬一哪日……」

剩下的話林知府沒說出來，但何大人卻聽明白了，公主若在這裡出事，他們全都擔不起這個責任。

「可如今……」何斬坤嘆了口氣，頗為無力地說道：「除了殿下，還有誰能擔起如此重責大任呢？」

事發到現在，他們將一切都看在眼裡。從趙瑾接手患者開始，拿出手的藥方一次比一次管用，也就是說，原本除了身分地位以及一張臉外一無是處的嫡長公主，算得上是神醫般的存在。

別說刮目相看了，趙瑾簡直是脫胎換骨一般。

「這趙瑾究竟是什麼來路，一個公主怎麼可能懂醫術？」

臨岳城內某處隱秘的閣樓裡，傳來了這樣的談話聲。

針對這件事，有人提出了這樣一個猜測。「我聽聞華爍公主前兩年離宮去一座寺廟清修，會不會是有人將她……」

昏黃的燭火下，那人抬手在脖子上做了個動作。

「你的意思是說，如今我們看見的華爍公主是個冒牌貨？」

「實情是否真的如此，不得而知，但我們能讓她成為冒牌貨。」有人輕聲道。

「這次天災本是個不錯的機會，只要朝廷反應慢些，我們便有機會了，只可惜，死的人還是不夠多。」說著，那人頓了一下，又道：「總之，華爍公主不能留，做得乾淨些，將責任推給那些刁民，屆時朝堂上推波助瀾一番，讓臨岳眾人以為自己大難臨頭，我們再推動他們加入起義軍……」

臨岳城一反，他處蓄謀已久的起義軍便能順勢揭竿，讓百姓們知道聖上已失去民心。

此時，臨岳城還無人察覺危機來臨，趙瑾帶著鄭凡以及幾個資歷不淺的大夫沒日沒夜地持續研製新藥方。

感覺上還差了些東西……趙瑾蹙眉，一遍遍在紙上寫著旁人看不懂的化學方程式，鄭凡就站在她身旁，幾次想開口詢問那是什麼意思，話到嘴邊又嚥了回去。

「殿下，駙馬爺在外面等了許久，您不出去看看他嗎？」有人問道。

他們這些日子幾乎時時刻刻和公主待在一起，襯得望妻的駙馬爺越發可憐。

即便是這種時候，趙瑾也冷靜得不像一般人，外面是好些日子沒見面的夫君，她眼裡卻只有此時此刻應該幹的正事。「既然駙馬願意站在那裡，與你我何干？」

兒女情長，哪裡比得上一城之人的安危？

這些日子裡，鄭凡一直跟著趙瑾，從起初半信半疑地聽從其吩咐，到現在的言聽計從，他想法上的變化可說是極大。

鄭凡自認是精通醫術的人，他自能認字起捧的便是醫書，學的也是治病救人的道理，這麼多年來，他聽徐老口中頻繁提起一個醫師的名字——玄明。

玄明醫師現身京師醫學院那日，鄭凡正好不在，後來聽旁人說，玄明身形瘦弱，極可能是一名女子。

即便如此，鄭凡也沒懷疑趙瑾便是玄明。就算玄明是女子好了，可趙瑾貴為公主，怎可能隨便出宮？更何況，十年前她才幾歲？

只能說，華爍公主與玄明之間絕對有關係，至於是什麼關係，便不得而知了。

瘟疫爆發第二十日，死亡的人數明顯降了下來，朝廷派來的新一批人力與物資也到了，這次的來人當中有太醫，也有一位欽差大人，顯然何大人與公主、駙馬一同出發卻沒能將人送回去的舉動，招致了聖上不喜。

被派來的太醫羅濟東原本覺得自己此番凶多吉少，甚至已寫好遺書留在家中，然而當他們進入臨岳城之後，才發現這裡的狀況和他們預料中有極大的不同，一切井然有序，患者與一般人的分隔做得極好，環境也算乾淨。

羅太醫前往隔離患者之處，心想自己是太醫，必然要在此處擔任領頭的角色，於是做足了心理準備，打算好好了解一下情況。

等羅太醫到了地點後，便發現這裡所有大夫都將自己套得嚴嚴實實的，連臉都看不清楚，除此之外，他們每個人都在自己身後黏了一張寫著名字的紙。

羅太醫想再往前走一步，卻被人攔了下來。「來者何人？」

攔下他的人是侍衛，侍衛瞧見眼前這個簡單蒙了面卻沒穿防護衣的人，蹙起了眉頭。

「在下乃聖上欽點的太醫……」

太醫？

侍衛愣了一下，隨後道：「您等等。」

於是一名侍衛留下來看著羅太醫，另一人則去稟報。

羅太醫有些訝異。臨岳城的防疫措施倒是出乎意料的嚴密，也不知是哪位大夫在主持大局。

沒多久，有人跟著侍衛走了出來，對方同樣身上套著防護衣、嘴上戴著口罩，讓人根本看不清那張臉究竟是誰。

羅太醫看著迎面走過來的人，身材不算高，身形削瘦，還有那雙眼睛，似乎格外熟悉……

「羅太醫？」

沒等他反應過來，來人已經喊出了他的身分，可這不是重點，重點是那是女子的聲音，就在這一刹那，羅太醫終於意識到，為什麼這道身影會這麼眼熟了。

這根本是熟人！

羅太醫萬萬沒想到，自己沒被臨岳城肅殺的氛圍震懾，也沒對接下來難以預測的命運感到恐懼，卻被一個本該被保護得仔細的公主嚇到了。

「公主殿下？」未來許多年裡，羅濟東都很難形容此刻的心情。

「羅太醫是皇兄派過來幫忙的？」趙瑾的聲音再度傳來。

這下羅太醫確定了，自己不是幻聽。

「殿下，您怎麼在此？」羅濟東沒注意到自己的語氣哆嗦了一下。「此處危險，您趕緊去沐浴更衣！」

羅太醫根本沒意識到，眼前的公主在此處扮演了什麼角色。

相對於羅太醫，趙瑾的表現則平靜許多，她朝旁邊的人吩咐道：「將羅太醫帶去領新的防護衣跟口罩，讓他穿戴上。」

第四十二章　蓄意煽動

羅太醫還沒弄清楚任何情況，便讓人給帶走了，為羅太醫帶路的人大致上說明了一下臨岳城的狀況，就見這位據說是皇宮裡出來的資深太醫似乎遭受了什麼重大打擊，久久沒回過神來。

這皇宮的太醫怎麼看起來不太聰明的樣子？

「羅太醫？」那人喊了他一聲。

「你方才說華爍公主如今是臨岳城裡的大夫？」

「對啊，怎麼了？」那人點點頭，像是想到了什麼一般，問道：「聽聞公主殿下之前久居深宮，想來醫術都是從太醫院學的吧？」

羅太醫一臉茫然。別問，問就是他也想知道。

此時羅太醫忽然想起華爍公主幼時有段日子一直往太醫院鑽，當時他與一眾同僚還覺得公主是為了躲懶才來的，在她翻醫書時還害怕這位祖宗一個不高興將書給撕了。後來才知道，殿下氣的人只有聖上與幾位老師，在太醫院時還算乖巧。

懷著一種極其複雜的心情，羅太醫再度出現在趙瑾面前。

趙瑾沒跟羅太醫囉嗦，直接道：「羅太醫既然來了，便先安心留下吧。」

羅太醫不知道自己到底該怎麼安心，他有些恍惚地開始跟著趙瑾接觸患者，也像其他人一樣經歷對趙瑾的能力感到震驚的時期。

然而，有一點不同，那就是羅太醫算是看著趙瑾長大的人之一，她到底是何時習得了這身醫術，簡直讓人百思不得其解。

只不過，此事也不是完全找不到線索，按照羅太醫的觀察，趙瑾行醫的手法與徐太醫有說不出的相似，或許徐太醫能解開這個謎題。

聖上派來的這批人，主要是為了支援臨岳城。這一帶並非什麼荒郊野外，好些富商甚至能用富可敵國來形容，每年上繳的賦稅占據全國極大一部分，不管從哪方面來看，江南一帶都是武朝的命脈。

來的這群人當中，有的還揹負著其他使命，那就是將趙瑾和唐韞修帶回去。只是這次的結果與上次一樣，如今已經不是趙瑾能不能離開臨岳城的事了，而是臨岳城離不開趙瑾。

這批暗衛的命運與之前那批沒什麼差別，真要說有什麼不同，那便是他們事先在城外留了人，事無鉅細地將城裡的情況盡快傳回京城皇宮裡。

然而，其中關於華爍公主當起了大夫的描述，卻讓聖上不得不懷疑起消息的真假，撇開這點不談，派了兩批人卻帶不回一個公主，聖上如何能不惱怒？

瘟疫暫時控制住了，沒從臨岳城擴散出去，但隔著十萬八千里，訊息流通終究有時差，焦慮漸漸蔓延整個朝堂，不斷有人提議再派人去賑災。

賑災背後，是多方勢力在朝堂上的較量，有人明哲保身，也有人逐漸表明了自己的立場，只是聖上膝下無皇子，沒人敢表露出自己是哪一方的人。

站隊皇子不過是拉幫結派，聖上畢竟也當過皇子，只要不鬧出太大的事情，即便招致聖上不快，也就是斥責幾句的事。

可在沒有儲君與皇子的情況下，能站誰的隊呢？無非就是聖上那些同父異母的兄弟或皇室宗親，但這等同於謀反！

臨岳城內逐漸出現了一些不和諧的聲音，起因是有人趁著夜色朦朧找到城牆想翻出去，結果被巡邏的官兵發現，一時心急踩空，從上面掉下來摔死了，死狀淒慘。這件事沒被隱瞞，反而在短時間內傳得滿城風雨。

每日都有人死去，也有新的病例，有人說這次的瘟疫治不好了，人只會死得越來越多，而且城中的糧食所剩不多，再這樣下去遲早彈盡糧絕。

在輿論發酵下，深夜翻城牆的人越來越多，有人因此被收押入獄，有的人就像第一個被發現的人一樣摔死了。

不出意外，趙瑾成為了這場鬧劇裡被討伐的對象。

她的醫術成為他人攻擊的焦點，離譜一點的謠言甚至說她不是皇室那位尊貴的嫡長公主，而是個冒牌貨，謠言還說得有理有據，差不多將所謂「真公主」是怎麼死的場景都描述了出來。

聽到這些話時，趙瑾眼睛眨都沒眨一下，反而很冷靜地看向何大人與欽差大人。「兩位大人可能需要查一下這城裡有沒有混進什麼亂七八糟的人了。」

「殿下此話是什麼意思？」欽差大人姓戚，比何大人年長些，他看著趙瑾，眉頭緊蹙，看不清在想什麼。

趙瑾道：「治療瘟疫的進展遲緩，民心浮躁再正常不過，可將矛頭指向本宮，與將矛頭指向聖上有什麼區別？」

這番話夠直接，意思是有人想趁著這次洪災與瘟疫的事情做些見不得人的勾當，如今已將矛頭對準趙瑾這個皇室成員。

百姓是最容易被恐慌煽動的人群，除非盡快研製出瘟疫的解藥，不然臨岳城遲早得亂。他們當初從京城帶出來的軍隊是救人用的，但若是某一天將刀劍揮向了百姓，便是正中有心之人的下懷。

臨岳叛亂會導致什麼結果，兩位大人用腦子一想都不禁窒息。

按照趙瑾所說的，還有第二種可能，未必是京城帶來的人有問題，而是臨岳城原本的人當中就有謀亂之意。

趙瑾無心理會城中的風向，但涉及自己，她便不可能坐視不管。

就算她自幼就有心避開一些風風雨雨，可當她以武朝嫡長公主的身分出世時，有些事就注定不可能全身而退。說她不在意聖上這個位置是誰坐的也不現實，因為她如今得來的所有自由，都是來自於她的聖上哥哥。

在這種情況下，任何小意外，都可能導致截然不同的後果。

後宮中不乏各家大臣的女兒或親族，就連太后的母族都塞了些太后的外甥女、姪女之類的角色，只是後來眾人都不將希望寄託在後宮妃嬪的肚子上了，以太后的母族為例，他們如今將主意打到了華爍公主身上。

正因如此，趙瑾若死在臨岳城，對某些人來說再好不過。

兩位大人再遲鈍都明白這個道理，心中頓時一凜。

新的藥方不斷被研發出來，迅速投入試驗中，在這種條件下，趙瑾無法保證每個步驟都是正確的，不過她向來冷靜，即便知道自己一睜眼就出現在一個完全陌生的朝代，她也只是放空了幾天幾夜而已，意識到自己什麼也改變不了以後，便認命了。

重生成為一位公主，親娘是太后，親哥是聖上，她充分享受了這個身分帶來的好處，然而出來混總是要還的，如今後宮沒能生出一個可以繼承大統的孩子，趙瑾啃完哥哥啃姪子的念頭，終於在無情的歲月中被消滅。

這次的臨岳之災肯定會令京城不太平，瘟疫一日不解決，趙瑾想活著回去繼續當她的公主都成問題。

然而凡事急不來，就算趙瑾有後世實踐出來的知識可供參考，她仍舊是個普通人，研製特效藥本來就是個循序漸進的過程，趙瑾若真能在短時間內解決瘟疫，前世早就拿到諾貝爾獎了。

趙瑾幾乎到了不休不眠的程度，就算是唐韞修也沒能干擾她，眾人除了感慨華爍公主那一身醫術以外，更對這醫術的源頭感到好奇，這就導致了另一個後果——趙瑾這個「假公主」的身分越傳越真，旁人看她的目光越來越奇怪。

雖然趙瑾熱衷於八卦，但是當八卦的主角是自己時，那感覺真是說不出的怪異。

動亂還是小範圍地爆發了，不知道從哪裡又傳出了謠言，說是喝純淨幼兒的鮮血就能治癒瘟疫，結果竟然真有沒腦子的人去綁孩子放血。這事一傳出來，家中有孩子的、沒孩子的，心情都有種說不出的驚恐與複雜。

層出不窮的謠言確實驚悚，但冷靜下來想想，目前藥有得吃、病也不見得治不了，糧食雖是少了點，但是以江南一帶富庶的程度，又豈是區區一場洪水就能全部毀掉的？

百姓當中不乏保持理智的人，只是人心終究容易被動搖，臨岳城就處在這種動盪不安的情況下，過了一天又一天。

趙瑾這晚睡不著，在書房裡挑著夜燈，一遍遍看著這些日子以來的藥方，還是沒弄明白到底是哪裡出了問題。

雖然目前沒有研究病毒的條件，但治療瘟疫按道理說不至於這麼難，這兩日餵了藥的患者明顯好轉，羅太醫與鄭凡等人都覺得希望就在眼前，今夜唸了許多次「老天保佑」。

趙瑾卻始終沒能安下心來，這世上不知道多少坎，就差在最後一步沒能跨過去。她在紙上寫下一種又一種藥材，其中有些甚至目前還未被記錄在冊。

這段時間，每日都有軍隊拿著華爍公主畫的圖紙上山找藥材，有時還得去深山野嶺裡挖，天天都挖了幾麻袋的花花草草供大夫挑選。

趙瑾沒隱藏自己的實力，在治病救人這方面沒必要這麼做，那是人命，不是兒戲。在這個過程裡，研製藥方的大夫們認識了許多新藥材，趙瑾的形象就這麼偉大了起來。

寫著寫著，眼前的燭火忽然被風吹得閃爍了一下，趙瑾抬頭看著晃了一下的蠟燭，再次低下頭去。

晃動的燭火終究在短短一瞬間擾亂了趙瑾的心，周圍安靜得嚇人，襯得風聲像是在嗚咽一般，仔細一聽，裡頭似乎還夾雜著其他聲音。

趙瑾站了起來，想叫侍衛去察看到底有什麼動靜，結果一開門就瞧見外頭火光一片，人聲嘈雜，隱約聽見有人在喊「開城門」之類的話。

她愣了一下，還沒反應過來，就聽到官府外有百姓在抗議——或許是，又或許不只如此。民心浮動的情況下，有點狀況是正常的，唯一不正常的是，如今城內有糧食、藥方研製順利，百姓不應該如此悲觀。

歷史上發生過的幾次瘟疫，運氣好的很快便研製出有效的藥物，運氣不好的則會一直封城，由軍隊看守，直到裡面的人死光；若疫發之地山高路遠，那就更狠了，官員會直接一把火燒個乾淨。

不過這種事幾乎不會出現在臨岳城，此地人口眾多，更是武朝重要的經濟區域，地理位置更是得天獨厚，都已經排除了那麼多不利的條件，百姓竟然還會認定官府要活活將他們困死在城內，若說沒人在背後煽風點火，誰信？

趙瑾原本想找個人問話，結果原本侍衛站著的地方，此刻竟空無一人。

她一頓，下意識想回過頭，卻還是遲了一步，房間內突然出現一張蒼白的臉，一個邋遢的男人惡狠狠地瞪著趙瑾。

「你是何人？」趙瑾盯著他問。

對方的神志似乎不太清醒的樣子，呼吸聽起來格外急促。

「就是妳。」男人開口了。「妳就是那個冒牌公主，是妳不祥，是妳帶來了瘟疫！」

趙瑾立刻往後退了一步，眼神直視對方，問道：「你是何人，剛才的話是誰教你說的？」

「沒人教我！」男人吼道：「你們來了才有瘟疫的，肯定是妳，是妳害了我！」

這聲音與語氣都讓人不舒服，趙瑾頓了一下，眸光漸冷，但儘量保持平靜。「你是不是哪裡不舒服，我給你把脈看看？」

「看什麼？衙門每天都有屍體抬去燒了，是不是打算把我也變成屍體?!」

那男人又走近了一步，死死地瞪著趙瑾，臉色不再蒼白，似乎是因為方才的情緒波動，雙頰有些不尋常的紅。

趙瑾被迫往後退，那人卻抓住她的手腕，神情越發癲狂。「妳該死！」

下一刻，他掐住趙瑾的脖子，陡然收縮的力道讓趙瑾頃刻間無法呼吸，也說不出話來，她伸出手抓對方，試圖掙脫，眼尾餘光卻瞥見了角落處有衣襬閃過。

就在下一個瞬間，傳來刀刃穿腹的聲音，掐著趙瑾脖子的男人忽然沒了力氣，整個人直挺挺地倒地，趙瑾則癱坐在地上乾咳。

「臣救駕來遲，請殿下恕罪。」

眼前出現了一雙官靴，趙瑾的視線逐漸明朗起來。此人是縣令之一，趙瑾之所以對他有印象，是當初百姓抗議焚屍時，他曾經提到應該強制執行。

「黃大人，」趙瑾站了起來，沙啞著嗓子問道：「這是發生什麼事了？」

黃文秉說道：「稟殿下，今夜這群刁民不知為何集中在衙門前抗議封城一事，林大人與何大人他們正在處理，臣心繫殿下，便帶人過來看看，沒想到竟有人行刺殿下，此人實在死有餘辜。」

趙瑾一邊聽他說話，一邊觀察他的表情，突然問道：「此處的侍衛呢？」

黃文秉像是剛意識到這件事一樣，訝異地說道：「是啊，侍衛呢？竟置殿下安危於不顧，怠忽職守，來人——」

話還沒說完，便讓趙瑾打斷了。「駙馬在何處？」

被問到這個問題時，黃文秉立刻道：「臣立刻差人將駙馬爺找來。」

他轉身對衙役道：「還愣著做什麼？趕緊將屍體拖走，免得留在這裡髒了殿下的眼！」

趙瑾是第二次近距離看見有人在自己眼前被殺死，又是因為她碰上了刺客，有人救了她。

這個人是來殺她的……就這麼一瞬間，趙瑾多看了那男人一眼，她忽然一頓，說道：「等等。」

她走近了兩步，仔細察看那男人的臉色，還有他裸露在外的皮膚，隨後語氣平靜地道：「去將防護衣穿上再來，此人應該患有疫病。」

這句話讓黃縣令往旁邊跳了一步，臉色大變。

趙瑾沒看他，又道：「將人抬去停屍間。」

之後的一系列步驟趙瑾做得很熟練又自然，她回到自己房中，脫去衣裳，又仔仔細細將自己從頭到腳洗了一遍。

這是瘟疫爆發以來，她頭一回在沒有任何防護的情況下與患者直接接觸。

唐韞修在趙瑾洗澡時回來了，站在門外喊了聲「殿下」。

趙瑾立刻道：「別進來。」

唐韞修解釋道：「殿下，我方才在城門。」

動亂不只發生在衙門外面，城門那邊翻牆的人數也比平時多了不少。唐韞修好歹是駙馬，被人找上去看看情況也屬正常，至於原本應該在趙瑾身邊守著的暗衛，也很「碰巧」地在那一小段時間裡被些風吹草動勾走了。

趙瑾在浴間內說道：「這幾日不要來見我。」

唐韞修疑惑道：「殿下？」

趙瑾說明了一下情況，言明她需要幾天時間確定自己的情況。

接下來的時間裡，趙瑾幾乎沒出門，研製藥物的事自然不可能只靠她，還有鄭凡與羅太醫他們。

不幸的是，第三日時趙瑾發燒了。

也是，哪有這麼僥倖的事，自從瘟疫爆發以來，趙瑾就一直與患者接觸，即便防護措施做得好，她也不敢掉以輕心。然而那晚什麼防護都沒有，直接與患者近距離接觸，除非她是天選之子，不然中招也正常。

第四十三章　謠言擴散

趙瑾陷入了渾渾噩噩的狀態，她的腦袋和眼皮都沈重得很，有那麼一瞬間，她覺得自己應該要交代在這裡了。

心中還是有些惋惜的，感覺上這一世過得匆忙了些，二十年來的種種就像是走馬燈，快速在眼前閃過：高堂之上的太后，長兄如父的聖上，還有枕邊人……

迷糊之際，趙瑾聽見有人在喊自己。

「殿下醒醒。」

那嗓音很溫和，只是聽起來不太真切，彷彿隔著一層朦朧的紗，接下來，好似有什麼東西倏地將她從遙遠的地方拉回來，周圍的聲音漸漸變得清晰。

「殿下，吃完藥再繼續睡。」那道聲音的主人道。

趙瑾這才勉強睜開了眼，那一瞬間，她彷彿又回到了人間。

有人將她扶了起來，靠在胸膛上，小心呵護著餵藥，趙瑾乾澀的唇被餵到嘴邊的湯藥濕潤，舌頭被苦得一哆嗦，味蕾似乎重新活了過來。

趙瑾逃避似的偏過頭去，被人捏著臉頰轉了回來。「殿下，乖乖吃藥。」

半強迫、半哄著，一大碗藥就這麼被灌入嘴裡，趙瑾閉著眼睛皺眉，苦味快要將她的味蕾吞噬了。

「苦。」她沙啞著嗓子，吐出了這麼一個字。

唐韞修的聲音清楚地傳到她耳邊。「殿下要吃藥才能好起來。」

緊接著，一塊蜜餞塞入她嘴裡。

駙馬穿著防護衣，而她身上也被包得嚴嚴實實，這一切全在提醒趙瑾，她現在是什麼狀況。

她抬起無力的手為自己把了一脈，不出所料，狀況不怎麼好。

「你在這裡做什麼？」趙瑾說：「這裡應該讓大夫來，你快出去。」

唐韞修道：「大夫來也是伺候殿下喝藥，這種事我做更合適些。」

其實紫韻一直守在外面，只可惜自從公主成親以來，很多事情就輪不到她了，何況駙馬是主子，唐韞修說的話，她也要聽。

趙瑾曾想過，反正這條命是撿來的，就算要還回去也不算虧，只是活得越久，牽絆也越來越多、越來越沉重。

如今，她不太想死。

整個臨岳城裡，還沒有完全被治癒的案例，趙瑾這一中招，就真的是九死一生了。

那晚原本應該守在趙瑾身邊的暗衛全被問責，只是這對趙瑾的病情來說一點幫助都沒有。

種種跡象顯示，那件事不是巧合，那個患者是被人故意放進來的，趙瑾身邊的暗衛也被各種有的沒的動靜引走了。

即便後來暗衛們抓了幾個刺客出來，但趙瑾已經確認染疫了，眼下不急著追究那些。從趙瑾發燒起到確認病情，再到她清醒，前後不過兩天，事關公主安危，何大人他們絲毫不敢隱瞞，從她倒下那一刻，就讓城外的手下火速將消息送往京城。

眾人成天提心弔膽，此番公主會染疫，是被惡人刻意陷害的，若真治不好，聖上必然大怒，聖上大怒的結果，就是他們的項上人頭不保。

不用特別提醒，大夥兒也都明白，趙瑾這條命就是比其他人的要矜貴些。她一死，不知道多少人要陪葬。

「讓鄭凡和羅太醫來見我吧，」趙瑾的聲音聽起來有氣無力。「我有事吩咐他們。」

唐韞修聞言，給門口的侍衛使了個眼色，很快就有人將鄭凡與羅太醫請了過來。

兩人一踏進房門，鄭凡的雙眸一觸及趙瑾時，目光便暗了下去，眼神寫滿擔憂。

越是靠近病患的人，就越有染病的可能，趙瑾的防護措施絕對是這麼多大夫裡面最嚴密的，卻被人鑽了空下手。

鄭凡無論如何都想不明白，為什麼有人會這樣對待趙瑾，她明明在想方設法地救整座城的人。

這樣的公主，幾乎是前無古人、後無來者，怎麼會有人將算盤打到她頭上？

瘟疫究竟有多可怕，大家有目共睹，結果有人竟想將能拯救全城的公主給害死……

「羅太醫、鄭凡，那日吩咐送去停屍間的屍體還在嗎？」趙瑾問。

那具屍體害趙瑾變成現在這般模樣，按道理說就是千刀萬剮也不為過，然而因為趙瑾之前的吩咐，屍體便被妥善保存到現在。

「回殿下，屍體還在，聽您的吩咐用冰塊保存著。」羅濟東道，但顯然他也不知道趙瑾的用意。

趙瑾神色倦怠，但語氣依舊平靜。「你們去檢查一下，那個人似乎與其他人有點不同。」

每場瘟疫裡都有一些幸運兒，就算缺乏防護與藥物，依然能存活，就像趙瑾那日接觸到的男人，他的病狀儼然處於後期，卻比那些躺在病床上的人好上很多。

「殿下此話是什麼意思？」鄭凡問道。

趙瑾說道：「還記得本宮說過的實驗法嗎，用這具屍體去試。」

說完這句話，趙瑾的精神便有些扛不住了，她靠著唐韞修道：「下一次研製出新藥時，拿來給本宮試吧。」

「殿下，這怎麼可以？」羅濟東的反應極大。「殿下金枝玉葉，怎麼能以身試藥？」

趙瑾有點不耐煩。「讓你做什麼就做什麼，再磨蹭下去是想給本宮收屍嗎？」

在這種情況下，趙瑾不得不擺出公主的架子，不然對方不會聽她的。

這話雖然是狠了些，但她說得沒錯，再這麼拖下去，可能真的得給她收屍了。

鄭凡與羅太醫知道事情的迫切性與重要性，立刻出門往停屍間而去。

雖然還沒完全放棄希望，但趙瑾心想有些事先說清楚比較好，於是對唐韞修說道：「唐韞修，如果我死了，就一把火燒……」

趙瑾這句話還沒說完，嘴巴就被捂住了。

「殿下不要說這種晦氣的話，您一定會長命百歲。」唐韞修低下頭道。

隔著防護衣，無法仔細地感受到趙瑾的體溫，他的語氣有些悶。「是我沒保護好殿下。」

如果他早點有危機意識，就不至於到那晚才知道有人的手伸得這麼長了，竟從京城伸到了千里之外的臨岳城。

「此事真的不能怪誰。」趙瑾輕聲道：「想開些，我只是有些話要交代你，不然等我不清醒了，想說句話都難。」

唐韞修不自覺地握緊了她的肩膀。「殿下，您若是走了，我就會成為鰥夫。」

「鰥夫」這個詞一說出來，讓趙瑾不禁愣了一下，然後笑了。「你可以再娶。」

談感情這件事，在趙瑾看來倒也沒占去太多時間。與唐韞修成親之後的日子，確實比她想像中舒心很多，只是這段感情仍未達到刻骨銘心的程度，她偏偏又是個夠理性的人，還真生不出什麼獨占慾來。

「殿下如今便想著讓我再娶，」唐韞修聽了她的話後，聲音有些咬牙切齒起來。「是不是沒有眼下這種情況，您也打算找機會與我和離？」

針對這個問題，趙瑾沈默了片刻。她確實沒想過要與誰共白頭。

人心動搖的速度之快，她再清楚不過，她連自己都不信了，又怎麼可能相信別人的承諾？

「殿下，」趙瑾頭頂上方傳來這樣一句話。「殿下如果想和離，還不如讓我死了比較快。」

聞言，趙瑾又笑了一聲。年輕時說的某些話，的確會讓人感到幼稚，她的駙馬呀，還是個孩子。

趙瑾閉了閉眼，說道：「拿紙筆過來吧，我有些話想與皇兄跟母后說。」

唐韞修當然明白趙瑾這是在轉移話題，偏偏她如今這個模樣，實在讓人無法冷下臉來。駙馬就這樣替公主手寫了兩封家書，在公主心裡，她的兄長與母親占的比例不知比他多了多少。

鄭凡與羅太醫的動作很快，幾乎是整夜沒睡，第二日便給趙瑾端來了新藥，依舊苦得要命，但「良藥苦口」這幾個字並不假，她還是閉著眼睛喝下去了。

趙瑾本來就是大夫，藥喝下去是什麼感覺她最清楚，羅太醫與鄭凡再根據她的反應繼續研究新藥方。

現在用的藥，將趙瑾這條命吊個七、八日不成問題，可七、八日之後便不一定了。時間就是生命，每一刻都是在和閻王搶人。

趙瑾前兩日還能忍受染疫帶來的痛苦，後面便一日比一日更需要休息。

唐韞修守在床前看著她不說話，紫韻的哭聲偶爾會從外面傳進來，她與許覺得趙瑾不會聽見，然而事實上，很多細小的聲音都能傳入趙瑾耳中。

即便如此，趙瑾也沒批准紫韻進來伺候，唐韞修一人便已足夠，她還沒有到隨時會死的程度，只是逐漸沒了進食的胃口。

當一個人沒了想吃東西的慾望，並不是一件好事。不過趙瑾依舊配合著喝藥，就算是再苦，她也乾了。

華爍公主染病的消息已傳到聖上這邊，看完密報後，聖上在龍椅上安靜坐了許久，不知道在想什麼。

李公公進去奉茶時，就見聖上的身影在秋陽照耀下顯得有些蕭瑟，像是孤家寡人一般。

明明坐擁一切，又好像什麼都抓不住。

天子，是孤獨的王。

趙瑾這一病像是遭報應似的，過去為了逃課，好幾次捏造生病的謊言，現在是真的一病不起了。

羅太醫每天過來把脈時都唉聲嘆氣，似乎治不好趙瑾，他的職業生涯便到此結束。

趙瑾始終平靜地等候自己的死期，但又像是在期盼著什麼。

華爍公主病重將死的消息很快傳遍了整個臨岳城，在這種時候，倒是有人想起了她的好，主動來到衙門前為她祈福。

只是，公主將亡的消息裡還夾雜了這樣一個暗示——激化矛盾的時刻即將來臨。

華爍公主染上瘟疫的第十四日，已經快不行了，駙馬當日懲罰了幾個伺候公主的下人，看起來像是想為公主染疫找揹鍋俠一樣；第十五日，傳出公主離世的消息，衙門內的幾位大人跪在她房門外，低頭不語。

武朝嫡長公主為賑災趕到臨岳城，穿梭在患者之間拯救人命，非但沒受到應有的待遇，反而因為別有用心的人而白白葬送了性命。

以趙瑾的醫術，即便在民間當名平凡無奇的醫女，賺到的名聲也足以讓她安穩一世。身為一個女子，一個身分尊貴卻不爭不搶的公主，卻被迫捲入皇室的紛爭。

聰明一點的人都看得出臨岳城百姓動亂的背後有多骯髒，身為臣子，理所應當站在聖上那邊，但聖上之後會交棒給誰呢？

臣子也是上有老、下有小的人，必須為將來打算，可是如今局勢不明，誰都不敢太早站隊。

何大人他們明知華爍公主是這場權謀之爭的犧牲品，也無法站出來說句什麼，因為公主離世帶來的苦果，會直接由他們承受。

臨岳城的百姓不知道距離京城這麼遠的他們也會被捲入皇權之爭，根本沒人意識到這個問題，目前他們關注的焦點，是公主的葬禮。

公主的屍體原本應該運回京城，但她是染疫而亡，遺體必須馬上火化。

年輕的駙馬面無表情地看著跪在一旁的官員，一言不發，靜靜看著公主的遺體被送進焚屍爐裡，蓋著白布的公主就這樣被火吞噬，只剩下骨灰。

坊間有傳聞，華爍公主死前已經研製出治療瘟疫的藥方，只是來不及用在自己身上，她便撐不下去了。

「可治療瘟疫的藥方當真已經研製出來了？」一道低沈的嗓音問道。

「草民今日觀察了羅太醫一整日，根據他與鄭大夫談話的內容，確實是有人病情明顯好轉，至於那藥方……」

回話的聲音停頓了一下，似乎是猶豫了片刻，才接著道：「應當是在鄭大夫身上。聽聞華爍公主生前最為器重鄭大夫，兩人所用的醫術也相似，應當與京城的京師醫學院有關係。」

「既如此，想辦法將藥方弄來，先其一步公諸於眾，再大力宣傳華爍公主是冒牌貨，鬧得越厲害越好。」

死人有死人的價值，就算趙瑾是真公主，只要謠言傳得夠真，真的也能變成假的。

在公主身亡之前，就有她是冒牌貨的傳聞，而在公主屍骨未寒之際，關於她是冒牌貨的謠言已經傳遍滿大街了，說是真正的公主早在兩年前於甘華寺遇害，如今死在臨岳城的不過是個會些醫術的粗鄙女子，甚至還能描述出一些細節，是趙瑾聽見了都能氣到活過來的程度。

官府不可能針對此事發表意見，就算是華爍公主的枕邊人，也不會知道兩年前就「被掉包」的公主是真是假。

謠言的根據，是趙瑾的醫術相當高明。試問，一個久居深宮且養尊處優的公主，面對瘟疫時怎麼可能如此冷靜，而她一身醫術又是從何而來？

身為貼身伺候華爍公主的侍女，紫韻在聽聞謠言之後，一雙眼睛還哭得沒消腫，便忍不住要出門與亂嚼舌根的人理論。

華爍公主是真還是假的，她會不知道？那些振振有詞的人，親眼瞧見了所謂「真公主」被殺害的現場嗎？怎麼有臉說出這種話？

然而，謠言的力量就在於此，傳播的範圍越廣，聽過的人越多，就會變得越來越有可信度，許多人更會在這個過程中自動將細節「補充」完整。

每天依舊有人染病，也有人死亡，像趙瑾一樣被送入焚屍爐，就此成為一把灰。

華爍公主過世後的第三日深夜，衙門內某個房間裡仍舊明亮，但燈火很快便被熄滅。

少年躺到床上，沒多久，窗紙被捅出一個小口，一根細細的竹管伸了進來，迷香被輕輕吹入，房內沒多久便陷入一片沈寂。

「吱呀」一聲輕響，門被緩緩推開了，一道幾乎與夜色融為一體的身影走了進來，動作極輕。

那人一進來便直奔書桌前，他點亮了一盞昏黃的燈，翻找著桌上的藥方，找過桌面又找抽屜，最後在書架上的一本醫書內找到想要的東西。他將東西往袖子裡一塞，很快便出了房間。

那道身影避開衙門的眾多衙役從後門離開，迅速走進一條黑漆漆的巷子，最後推開一扇門。

「大人，草民將您要的東西帶來了，請大人過目。」

那人將袖子裡的東西呈了上去，語氣極為恭敬。「還望大人日後多提拔草民。」

書房內坐著的人看著手上的藥方，狐疑道：「你確定這藥方是真的？」

「千真萬確，草民今日看到他們就是對照這張藥方抓藥來煎的，上面還有滴落的藥汁痕跡，請大人明察。」

那人頓了一下，目光落在有些皺巴巴的紙上——看起來確實是寫好一段時間、也被人拿過了很多次的模樣，而且字跡像是出自華爍公主之手，也就是說，這真有可能是已經研製成功的藥方。

「羅太醫與鄭大夫他們真的有治好人？」

「真的有，草民可以發誓，昨日便有人能下地了，若不是他們還沒探清楚這藥方的副作用，今日白天便公布了！」

第四十四章　引蛇出洞

聞言，那人捏緊了手中的藥方。

副作用？副作用什麼的完全不重要，只要能治好瘟疫，一點點副作用算得了什麼？一群刁民的死活與豐功偉業比較，根本無足輕重。

他看著手中的藥方，嘴角扯出了個弧度，目光重新落在面前的人身上，道：「行了，本官知道你近日辛苦，會在殿下面前為你美言幾句，日後有沒有本事成為太醫、加官晉爵，就看你的本事了。」

這番話雖然描繪了一個不錯的未來，但說到底什麼也沒承諾，然而利慾薰心的人，又怎麼有心思辨明對方說的話？

待那偷來藥方的人退了出去，房內的人便對一旁侍衛使了個眼色，眸子裡帶著些許狠絕。

侍衛領命而去，就跟在那人的身後。

座位上的人看著藥方，腦海中已經浮現自己成為開國功臣的風光一幕，不覺哼笑一聲。

他站了起來，將拿到手的藥方抄了一份，正想召人將東西送出去時，一陣冷風吹來，將門窗吹得吱呀作響，窗戶還被吹開了。

「這妖風真是……」

話沒說完，房內角落忽然響起一個陰冷的女聲。「黃大人。」

黃縣令猛然回過頭，只見視線範圍內出現了一道長髮披散的純白身影，他像是見鬼了般雙腿發軟、眼睛瞪大，接著跪倒在地，身體不自覺地哆嗦著。

「殿、殿下……」黃文秉跪著說道：「冤有頭、債有主，您的死乃瘟疫所致，與臣無關，您該找誰便找誰，別找臣……」

「黃大人，本宮的死既然與你無關，為何縱人破壞本宮的名聲，你究竟聽命於何人？」

黃文秉張了張嘴，正在考慮該不該說，結果這時注意到眼前之人有影子，便恍然大悟地脫口道：「妳沒死?!」

趙瑾見他反應過來，不但不失望，反而輕笑一聲道：「黃大人，本宮還活著，你好像很失望？」

「殿下這說的什麼話？」黃文秉是個人精，很快就露出了諂媚的神色。「殿下活著，是武朝之幸！」

「既然是武朝之幸，那黃大人命人偷藥方、殺人滅口甚至吩咐他人散播本宮的謠言，是何居心？」趙瑾低頭俯視著他，緩緩問道：「需要本宮猜猜你背後的主子是哪位嗎？就這麼想坐上龍椅？」

此話一出，黃縣令便明白，這一齣是引蛇出洞。

公主過世為假，焚屍也是假的，包括讓人偷藥方一事，也是將計就計，他們所有人都被反將了一軍。

趙瑾是當今聖上的親妹妹，她自然以兄長為尊，計謀被她拆穿，就代表他會被聖上問罪，一想到自己接下來的命運，黃縣令不禁遍體生寒。謀逆之罪，是要誅九族的！

見黃縣令臉上血色盡失，趙瑾不禁冷笑。就算她無意摻和權力之爭，也不代表她是什麼聖人，想要她的命，哪能全身而退？

趙瑾在瘟疫縱橫的臨岳城策劃了這樣一場大戲，心眼極多的官場老油條也折在她手下了。

黃縣令被抓這一晚，臨岳城的局勢發生了翻天覆地的變化，原本在公主過世之後按兵不動的京城軍隊，以雷霆之勢包圍臨岳城幾處民眾聚集之地，將鬧事的領頭人全抓了起來，同時放出消息：公主未死，瘟疫已有解方。

趙瑾面無表情地看著黃縣令被帶走後，身體頓時有些支撐不住，手往旁邊的桌子上撐了一把。

唐韞修及時從身後扶住她，輕聲道：「殿下大病初癒，今夜應當好好休息。」

趙瑾順勢靠在唐韞修身上，緩緩道：「讓人連夜提審黃文秉，將他背後的主子還有在這裡的同夥撬出來。」

引蛇出洞是真，趙瑾染上瘟疫也非作假，如今她的身體還沒徹底恢復，不過可以治瘟疫的藥確實研製成功了。趙瑾讓自己當試藥的小白鼠，幾天與閻王爺賽跑下來，終究是賭贏了。

整個計劃只有唐韞修、鄭凡以及羅太醫知情，就連紫韻這個貼身侍女都被蒙在鼓裡，更別提何大人他們了。

趙瑾原本還想說點什麼，誰知唐韞修直接將她打橫抱起，往外面走去。「殿下先休息，有什麼事明日再說。」

唐韞修有點強勢，趙瑾對上那雙丹鳳眼，一時忘了本來想說的話。

不過片刻而已，唐韞修就已經快要將趙瑾送回衙門，她便放棄了掙扎。

確實，有些事並不急。

只是對於駙馬迫不及待地想要同床共枕這件事，趙瑾略微遲疑地說：「唐韞修，治療瘟疫的藥物才剛研製出來，況且那並不能讓人免疫。」

唐韞修一邊鋪著床，一邊道：「既如此，若是殿下傳染給我，便設法治好我，如何？」

趙瑾無語。換成以前，她肯定會將他罵個狗血淋頭，但現在……算了，她的職業道德越來越低了。

趙瑾身子虛弱，幾乎一躺下便睡了過去，完全不知道自己睡熟後枕邊人便起身了。

年輕的駙馬動作放得極輕，就這樣走入了夜幕中，前往衙門內審訊犯人的地方。

正在受審的黃文秉嘴硬得很，見遲遲未用刑，便囂張地對侍衛道：「勸你趕緊將本官給放了，沒有證據，你們要給本官定什麼罪？」

黃府已經被上上下下搜查了一遍，他敢這般大放厥詞，是因為深信自己沒在府內留下任何把柄。只要他背後的主子沒暴露，說不定還會助他脫困，這條命能不能保住，就看自己的嘴夠不夠嚴實了。

被趙瑾揭穿時，黃縣令還心驚膽戰，可冷靜下來一想，他又覺得自己尚有生機。唐韞修進來時，侍衛還沒能從他嘴裡撬出任何有用的東西。

相較於侍衛，唐韞修的權力大上不少，他們一看見他，便立刻讓出了位置。

黃文秉看著唐韞修，挑釁道：「駙馬爺怎麼這個時間來這種地方？」

唐韞修微微一笑道：「過來與黃大人說說話。」

黃文秉卻是冷笑。「駙馬爺一介閒散之人，卻操了當官的心。」

「黃大人在官場之上倒是有見解，便是淪落至此，還想著自己能從這兒走出去？」唐韞修緩緩說道，語氣平靜。「謀害公主，死罪；意圖謀反，誅九族。就是不知黃大人被送至京城受審時，還能不能再說出這樣的話來？」

黃文秉似乎被唐韞修的話給刺激到了，他冷聲道：「你不過一介駙馬，權勢比不上華爍公主，能做什麼決定？難不成是像後院女子一般吹枕頭風不成？」

尋常男子聽到此話，心中必定不甘，但權勢的誘惑之於唐韞修，比不上與趙瑾時時刻刻相守的念想。

「黃大人認定自己能嘴硬到最後，就是不知道你背後的主子是不是也這麼想。」唐韞修嗤笑了一聲。「畢竟這個世界上只有死人才能真正保守秘密，不是嗎？」

黃縣令還沒來得及回話，唐韞修便提醒他道：「黃大人今夜想殺人滅口時，不也是這個想法嗎？」

唐韞修的話點醒了黃縣令，他猛然瞪大了雙眸，嘴唇囁嚅了兩下，可仍舊沒開口。

「羅大夫沒死，」唐韞修開口道，眸色不帶任何情緒。「他如今就在離你不遠的地方。」

聽到這句話之後，黃縣令的神情終於有了一絲慌亂，但也只是片刻而已。

羅大夫羅哲興，是臨岳城本地人，也是最初接觸臨岳城傷者的人之一。在這裡行醫多年，依舊默默無聞，黃縣令提出一定的條件，他便上鈎了，為黃縣令偷藥方。

只是羅大夫沒想到，剛剛還為自己畫大餅的人，竟然沒想過讓他活著見到明天的太陽。

羅太醫也沒料到，今夜來偷藥方的人竟是與自己同姓的那位大夫，若不是沒半點血緣關係，此番他羅家懸壺濟世的名聲都得跟著遭殃。

「黃大人大可繼續對你的主子忠心耿耿，且看看有沒有人管你的死活。」唐韞修說完這句話後便轉身離去。

臨走之前，他語氣冷漠地吩咐侍衛道：「不許讓他睡著，什麼時候老實開口說話了，便什麼時候給他休息。」

對於黃縣令，唐韞修的想法大致上與他背後的主子一樣，不會讓他活得太久。

趙瑾這次純粹是命大，若是少了那麼點幸運，如今是什麼光景都不得而知。敢傷害她的人，他絕不會放過。

「給我看好他。」走出監牢之前，唐韞修似乎對空氣說了一句話。

夜深了，看不出裡頭是否有什麼動靜，只有呼嘯的晚風回應了唐韞修。

這件事收網收得突然，何大人與林知府等人都是半夜在被窩裡被人吵醒，告知公主不僅活了過來，甚至還抓到謀逆的反賊，此人正是這些天來一直跟在他們身邊的黃縣令。

幾個大人哪裡還睡得著，深夜爬起來想去公主那裡問個明白——主要是想知道她究竟是真死還是假死。

結果人到了院落前，發現好些侍衛把守著不讓他們進去，也不通傳。

「駙馬爺說了，有什麼話明日再說，幾位大人請回吧。」

這……事情不弄明白，哪裡睡得著啊？

於是他們決定先去監牢審訊黃縣令，誰知到場的時候，唐韞修安排的侍衛直接將他們攔了下來。

林知府真的說不出話了。這衙門，如今究竟是誰的地盤？

如今要弄清楚的事，首先是華爍公主是否真的還活著，其次是黃縣令謀逆到底是怎麼回事。

最重要的是，治療瘟疫的藥物是否確實研製成功？

前兩樣需要等到明日才有解答，最後一樣卻能從別人口中得知，於是今夜鄭凡與羅太醫都別想睡個好覺了。

眼下瘟疫的確能夠治癒了，趙瑾本人就是個活生生的例子，臨岳城終於要告別一場滅頂之災，重新建設。

翌日。

趙瑾睜開雙眼時還恍惚了片刻，前幾日被死亡籠罩的陰影仍在，昨夜夢裡又是自己奄奄一息的模樣。到了生命的盡頭，她才發現自己留戀的比想像中的多。

身邊忽然有人將手收緊，趙瑾察覺有一隻手沒隔著任何布料輕輕地摩擦著她的肌膚。

頭頂響起略微沙啞的嗓音。「殿下醒了？」

趙瑾「嗯」了一聲。「什麼時辰了？」

唐韞修稍稍頓了一下，片刻後回道：「應該是巳時了。」

趙瑾在聽到這句話後清醒了，她立刻坐起身來，可起得太猛，頭重腳輕，不免暈了一下。

見趙瑾起來，唐韞修自然也沒再繼續躺著的意思，在趙瑾要召人進來伺候時，他便表明自己想幫她梳妝打扮。

趙瑾輕聲喊道：「唐韞修。」

「殿下？」

「有些事不必你做的，可以不做。」她的語氣有些無奈。

昨日紫韻已經在趙瑾跟前哭過一場了，若是讓她知道，駙馬如今連伺候公主梳妝打扮的機會都不給她，定又要對自己的職業生涯產生懷疑了。

「殿下說的這是什麼話？」唐韞修絲毫沒有反省的意思。「伺候殿下，不就是我的分內事嗎？」

兩人的目光在鏡子中交會，頓時曖昧橫生。唐韞修口中的「伺候」與現在的「伺候」，似乎不應該是同一件事。

總之，等趙瑾穿戴整齊走出去時，便看見了一排等著召見的官員，幾位大人的臉色看起來不是很好，像是昨晚熬了夜的大冤家。

這樣活生生的趙瑾出現在眾人面前，堪稱頂級驚嚇。她竟然真的沒死，那前幾日焚的屍體又是誰的？

瘟疫肆虐之下，染疫者身亡再自然不過，那日焚屍時完全沒人想到，趙瑾居然耍了這樣的心眼。

一個向來只知道吃喝玩樂的公主為了引出陷害自己之人，竟不惜籌劃了這樣一場假死的戲碼。

「幾位大人一早在本宮門前守什麼？」趙瑾輕輕挑眉，不像是明白他們意圖的樣子。「有事？」

這話問得……倒是天真。

幾位大人一時之間神情恍惚，看不懂這位公主到底是真傻還是假傻。

「臣恭賀公主殿下。」沈默片刻後，何靳坤率先上前一步道。

「賀本宮什麼？」趙瑾反問道：「賀本宮大難不死，還是賀本宮差點被區區一介縣令當成平步青雲的棋子？」

這話聲音並不大，但威懾力十足。畢竟是公主，就算是只知道醉生夢死的皇室成員，那也是待在皇宮二十年的人，聖上尚且看得通透，他的妹妹又怎會一竅不通？

又或者，如今這一齣，背後的人正是聖上也說不一定。

想到這裡，幾位大人不禁心底生寒，齊齊跪倒在趙瑾面前。

「請殿下明示！」

趙瑾冷眼看著這些人，正想說點什麼，話到嘴邊又換了個說法。「幾位大人不必如此大驚小怪，此事與你們無關。只不過臨岳城雖遠離京城，卻是武朝極其重要之地，此處竟出現像黃文秉這樣的亂臣賊子，想來臨岳城也該查一下了。」

這番話並非是威脅恐嚇。趙瑾雖然不接觸朝堂之事，但前世好歹讀過歷史，雖然待在上書房那段時間沒學多少正經東西，不過太傅他們反覆強調的君臣之道，她也算是耳濡目染，說兩句像樣的話還是不成問題的。

林至謙身為地方官，此事他算是首當其衝，他抬頭道：「敢問殿下，黃文秉究竟所犯何罪？」

趙瑾神色平淡道：「黃文秉意圖謀害本宮，那晚百姓動亂時，將患者放入本宮所在的院子，又設法將本宮的護衛們引開，若不是本宮命大，早已死於瘟疫。昨夜，他又縱人前去偷取藥方，人贓俱獲。」

聞言，何靳坤問道：「殿下的意思是，此次瘟疫，真的可解？」

趙瑾點頭道：「若何大人不信，可以去看看。羅太醫他們還在繼續鑽研，但如今的藥方已足以治好患者，本宮就是活生生的例子。」

臨岳此番災禍，終於要落下帷幕了，只是另一個遮蓋了許久的陰謀也逐漸浮出水面。

趙瑾假死與黃縣令意圖謀逆的消息是一同傳回京城的，這幾日一直被禮部追著要為公主追封的趙臻盯著手裡的奏摺看了許久後，開口道：「來人，給朕去上書房找少傅借一根教鞭，朕過些日子要清理門戶。」

聖上說這句話時語氣很平靜，平靜到李公公根本分辨不出他的心情，他忐忑地抬眸問了一句。「聖上，這教鞭是為哪位小殿下準備的呢？」

這皇宮哪有什麼小殿下啊，退一萬步說，就算現在有了，也用不著這麼早就開始準備吧？

李公公沒看到密報上的內容，只知道華爍公主離世對聖上來說是一大打擊，還以為他如今是傷心過度，有些失常。

他這句話問出來以後，趙臻卻是冷笑一聲道：「為一個二十歲的小殿下準備的。」

二十歲……華爍公主不就二十歲？難道是……鞭屍？

聖上，華爍公主就算犯了什麼錯，也罪不至此啊！李公公不禁愁眉苦臉。

第四十五章　遠離朝堂

接下來，聖上似乎像是將此事揭過了一般，讓人將丞相與太師等人召入宮，之後的談話內容，就不是李公公能聽的了。

在李公公退出去之前，趙臻吩咐了他兩件事。「去仁壽宮給太后報安，說華爍公主還活著；還有讓禮部那幾個給朕聽著，再拿追封的事來煩朕，小心他們的烏紗帽。」

李公公領命而去，走到半路才猛然反應過來。

華爍公主沒死？那先前傳回的死訊，豈不是欺君?!

如此說來，公主殿下挨打……應該的、應該的。

太后自從聽聞女兒的死訊後便一病不起、天天以淚洗面，數次埋怨聖上將自己的妹妹派去如此危險之地。明知道那是女兒的意思，她仍舊責怪聖上這個兄長太過縱容，才導致這個悲劇。

身邊的人都小心翼翼伺候著，太后如今茶飯不思，長久下去也不是辦法，若有個好歹，他們的腦袋可得小心搬家。

李公公來到仁壽宮時，等了好一會兒才被通傳進去。

隔著簾帳，太后躺在床上，李公公恭敬地行禮道：「奴才參見太后娘娘。」

顧玉蓮的聲音傳來。「可是聖上有什麼事？李公公但說無妨。」

李公公低著腦袋，低聲道：「稟太后娘娘，聖上讓奴才轉告您，華爍公主染瘟疫去世一事是假的，公主殿下確實染了瘟疫，但如今已經治好，相信不日便可返京。」

「李公公，你說的可是真的？」簾帳被太后一把扯開，身邊的劉嬤嬤連忙上前伺候。

李公公抬眸，發現向來端莊得體的太后這幾日憔悴了許多，這麼看來，華爍公主玩得實在太大了。禮部那幾位大人若是知道自己追著聖上說了幾日公主葬禮的事，最後卻發現人根本沒死，還不知道會怎麼想呢！

公主殿下呀，您可真是……

臨岳城用了幾天時間便治癒了大多數染上瘟疫的患者，接下來要注重的便是城中的建設，還有臨岳江的治理。

朝廷賑災的力度撐得起，臨岳又是江南一帶有名的富庶之鄉，封城這麼久以來終於能解封，重新找回過去的繁榮面貌，百姓們頓時爭相敲鑼打鼓，歡欣不已。

這麼些天來，趙瑾算是成了衙門半個主人，林知府有事都會過來找她商議。

不知是不是錯覺，這位本應該無所事事的嫡長公主，渾身的氣勢竟不輸任何大權在握的男人。

何大人每每看見她，就會想起皇室目前的困境，數次在心裡搖頭。若這是聖上的親弟弟，立下了這次賑災的功績，成為儲君便是順其自然的事。

只可惜，是個公主啊。

「殿下，臣今日收到一批捐款，由此地出名的胭脂水粉店鋪老闆所贈，看那老闆的意思，是想當皇商……」

當皇商的好處有什麼，不需要細說。

趙瑾先是頓了一下，才緩緩說道：「若是東西夠好，也不是不能給宮裡的娘娘們用，錢，林大人可以先收下，一個皇商的身分，想來不是什麼難事。」

有了趙瑾這話，林至謙不禁鬆了一口氣，不過他還是多說了幾句。「那位丁老闆過去並不常出現，聽聞各處都有產業，這次賑災倒是積極。」

趙瑾沒答腔，戰略性地喝了一口茶，便轉移了話題。「林大人可還有其他事？」

林至謙道：「臣此番前來，是想問一下，如今臨岳已經解封，黃文秉等人不日也要隨何大人他們到京城受審，殿下打算何時回京？」

這個問題，算是問到點上了。

黃縣令死鴨子嘴硬，誓死不認自己有謀逆之心，對於偷藥方一事，只說自己不過是想出個風頭。

那位羅大夫的嘴就好撬開得多了，尤其是得知自己險些被滅口之後，便全盤托出。只是他知道的內情實在有限，就算全部吐出來，也是些表層的訊息。既然沒有證據，趙瑾也不可能讓人動刑，一介公主，手確實不該伸得這麼長。

查謀逆的事輪不到她，可若說要回京……趙瑾遲疑了。之前為了將戲演得逼真，趙瑾可是毫不保留，如今死而復生，也不知道對她那便宜大哥來說，是驚喜還是驚嚇多點。然而不管怎麼說，現在回去，跟找死有什麼區別？

安靜了片刻後，林知府聽見嫡長公主說了這樣幾句話。「本宮覺得臨岳城風景優美、民風淳樸，想在此處多住些日子。」

林至謙絲毫沒意識到趙瑾話裡的意思，甚至受寵若驚地說：「殿下要住下？那臣為您準備住處。」

疫情危機已解除，公主又想要住下，那當然不可能再委屈她窩在衙門內。

「林大人不必操心，本宮之後會自己找住處，你們近日應該很忙，不必理會這些瑣事。」

這一系列的事件下來，林知府只覺得華爍公主身為皇室女子，卻絲毫沒有嬌氣，著實平易近人。

等他忙裡偷閒地問起公主的狀況時，手底下的人告訴他，公主殿下已經在臨岳城買下一座新宅子了。

趙瑾的新宅子目前還在修繕，但這種事向來只有一個道理：有錢能使鬼推磨。

何大人這段期間也來詢問過趙瑾回京的事宜，畢竟公主是和賑災的隊伍一起來的，自然也該一起回去，只是一樣被趙瑾忽悠過去了。

對於趙瑾此般行徑，駙馬完全沒意見，甚至還主動承擔起了看房以及督促修繕的工作。沒多久，在何大人他們啟程回京時，趙瑾也差不多能住進自己的府邸了，門口的牌匾上寫著「趙府」兩字，不知道的還以為是哪個趙員外的家。

此時距離瘟疫結束大約是一個月後了，趙瑾恢復得不錯，臉色紅潤、身體健康，沒什麼後遺症。

她是沒什麼毛病，就是不愛回家這件事愁人。

何大人畢竟不是趙瑾的親哥，他還真使喚不動趙瑾，她不願意回去，何大人也無可奈何。

然而，趙瑾沒跟著那支隊伍返回京城，反而成了件好事，因為隊伍遇上了刺殺，有人員受傷，最嚴重的是，他們押送的犯人黃文秉被當場斬殺！

就算刺殺之人一身山賊打扮，但現場這麼多人，偏偏就是死了頭號犯人，這背後的水有多深，傻子都能想到一二。

黃縣令到死也沒想到，自己口風再嚴都無用，正如唐韞修之前警告他的那樣，只有死人才能真正保住秘密。

消息傳回臨岳城時，趙瑾與唐韞修一點都不驚訝。
唐韞修說道：「殿下若是喜歡臨岳風光，我們可在此處多住些日子。」
趙瑾點點頭道：「聽駙馬的。」
表面上是遊山玩水，心裡則是想遠離朝堂之爭。
待賑災隊伍千辛萬苦地回到京城，準備論功行賞時，聖上從何大人手中收到冤家妹妹的手寫信。
這歪歪扭扭又龍飛鳳舞的字，是出自趙瑾沒錯。她這一手字，屬於模仿高手也很難達到的程度。
聖上花了些時間拜讀華爍公主的「大作」，看完了長篇大論，就只有這麼一個意思：皇兄安好，妹妹要去遠航啦！
「混帳！」趙臻將信一把拍在桌面上，氣到立刻站了起來。
「聖上息怒。」何靳坤不明所以，但還是先跪下。
這時候，聖上終於不得不懷疑，這個妹妹是不是上天送過來添他堵的？
何大人一回來，聖上就能從他口中聽見自己妹妹在臨岳的所作所為，大概除了外貌以外，其餘的都不是聖上印象中的妹妹。
聖上不信邪，又召來了太醫羅濟東，羅濟東沈默了片刻，最後道：「公主殿下的醫術，在臣之上。」

原本聖上當華爍公主被掉包一類的謠言是鬼話，現在想想，他可能還是要好好調查一下，這個公主到底是不是他的廢柴妹妹。

帝王多疑，在得知親妹這麼多年來背著自己學會這一身醫術時，趙臻有了決斷。「來人，將徐太醫請來。」

李公公俯身領命，隨後前往太醫院。

沒多久，徐太醫來了，羅太醫一直沒得到要自己退下的命令，所以也還在原地站著。

徐太醫不明所以，看到同僚就站在一旁，彼此的眼神都一片迷茫。

「臣參見聖上。」徐硯行過禮後，試探性地問了一句。「聖上可是龍體有恙？」

趙臻面無表情地冷笑了一下。他這哪裡是龍體有恙，是心裡有恙了。「徐太醫，你等等，朕有事吩咐你跟羅太醫。」

徐太醫領命，卻始終看不明白聖上葫蘆裡賣的是什麼藥。

片刻後，御膳房來了人，徐太醫與羅太醫見他們端來了一整排湯。

很久之前，聖上其實沒那麼喜歡喝湯，這習慣似乎是十幾年前，由年幼的華爍公主培養起來的。

那孩子有事沒事就拉著她日理萬機的親哥喝湯，也不知道有什麼毛病。

「徐太醫、羅太醫，你們給朕嚐嚐這些湯，看看有什麼問題。」

御膳房的人還沒來得及出去，一聽到這句話，全部腿軟跪下，大聲嚎著。

「聖上，奴才們可不敢在湯裡動手腳啊！」

「請聖上明察！」

「聖上，這些湯絕對沒問題！」

見狀，李公公開口道：「殿前失儀，還不趕緊出去?!」

如果不是聖上現在想的都是華燦公主的事，這些奴才少不了一頓皮肉之苦。

徐太醫與羅太醫至此還不明白聖上的意思，但聖上既然讓他們嚐湯，那麼湯肯定沒毒，應該只是想了解一下有什麼成分而已。

兩人分別將湯都嚐了一遍，細細品味裡面可能添加的藥材或食材。

趙臻問道：「可是看出了什麼？」

羅濟東先拱手作揖道：「回聖上，恕臣愚昧，這幾盅湯裡加入了靈芝、人參、三七、天麻等名貴藥材，分別有潤肺平喘、養心安神、抗衰防老、活血補氣、安定神經、抗驚厥、治療眩暈與頭痛等作用，算是尋常的補湯，並無不妥之處。」

相對於羅太醫，徐硯的神情有些晦暗不明，他似乎有話要講，但出口時卻是：「臣與羅太醫看法一致。」

好一個「看法一致」。

趙臻盯著他們兩個人看，片刻後才道：「行，朕知道了，羅太醫，你賑災有功，朕允你回家休息幾日，陪陪家人吧。」
平白無故掉下假期？
有那麼一瞬間，羅濟東的嘴角不受控制地上揚，但他很快就想起來，這是在御書房，面前的人還是聖上，可不能笑出來。「臣謝主隆恩。」
羅太醫離開之後，李公公也被打發出去了，御書房裡只剩下聖上與徐太醫。
「好了，如今沒有其他人了，徐太醫，給朕說說，你方才發現了什麼？」
徐硯低頭道：「稟聖上，臣學識淺薄，但家中有不少醫書，臣年少時曾看到一本有關飲食醫學的書，裡面有個詞叫做『以食代療』，意思是透過藥膳來治療疾病。自從臣進入太醫院，為聖上診治以來，聖上的龍體已好轉不少，臣從前還覺得僥倖，直到今日看見這些湯，才明白何為食療，以及食療的功效。」
趙臻問道：「什麼意思？」
徐硯道：「敢問聖上是何時開始服用這些湯的？」
「大約十五年前吧。」
當時還沒他腿高的小丫頭喘著氣地跑來送湯，說是御廚煮的。聖上喝完以後才知道，湯是御廚煮的沒錯，但往裡面加什麼都是小丫頭說了算。御廚原本還當她是自己鬧著玩，後來得知這湯要給聖上喝時，可謂大驚失色。
徐硯露出了然的神色，道：「臣從前沒試過這種法子，但聖上體內毒素已清得差不多，想必與這些湯脫不了干係。

「還有，」徐硯遲疑了片刻才又道：「這湯與臣這幾年給聖上開的藥沒有絲毫衝突，敢問聖上，這湯譜究竟是從何而來？」

聖上沈默了。別說了，他現在需要好好冷靜一下。

都過了這麼多年，如今才發現自己那個一天到晚鬧事、被人抱怨個沒完的妹妹，居然是個神醫般的存在。

這湯是趙瑾四、五歲時弄出來的，也就是說，宮牆之內有人教了公主什麼。

趙臻的目光落到徐太醫身上。「朕聽聞，你父親曾去過華爍公主的府邸看病是嗎？」

徐硯顯然不明白話題為何轉了個方向，但聖上問話，他自然沒有隱瞞的道理。「是，臣聽家父提起，是給唐世孫看病。」

身為君王，一旦生出懷疑，就會剝絲抽繭，自各種細枝末節中找到聯繫，從而產生其他懷疑。

「好了，朕問完了，你退下吧。」

徐太醫深知聖上不回答問題自有道理，於是不敢多問，只是臨走前還眼巴巴地看著那幾盅湯。

趙臻無奈地說道：「直接去御膳房要。」

徐硯拱手作揖。「謝聖上。」

聖上在徐太醫走後陷入了沈思。作為九五之尊，本就該居安思危，他根本不知道這個妹妹是不是如自己所想的那般單純，或者說，有沒有被人利用。

如果趙瑾是個皇子，聖上這時候就該猜測她的心思了。假設是他同父同母的親弟弟，想要他如今這個位置，聖上願意給，但也得等到他百年之後。

總而言之，這個位置他能給，但對方不能伸手要。

就在這個時候，之前被派去臨岳的其中一個暗衛求見，呈上一封信道：「聖上，這是華爍公主親筆。」

聖上心道：又來？

儘管聖上有些不情願，但他還是接過信打開了。這封信長得很，配上華爍公主獨有的字跡，看得聖上心浮氣躁又不得不接著往下看。

這封信寫了某人幾歲在宮中遇見一位誤入深宮的江湖人士，對方看她筋骨清奇便收她為徒，這些年來一直偷偷摸摸地傳授她醫術。那幾盅湯，是師父看出他這個當聖上的龍體抱恙，於是讓小徒弟整的這麼一齣。

信中甚至提及那位師父與京師醫學院有些淵源，正好對上了聖上如今的打算——他要調查京師醫學院的院長徐老，徐牧洲。

趙瑾的意思是，可以查，但希望他這個當哥哥的不要動徐老。

聖上看完這封信，又冷笑了一聲。這信半篇都是混話，半真半假，這死丫頭就是料到自己瞞不下去了，躲在臨岳不肯回來。她不僅猜到這點，還算準自己剛剛立了大功，他就算再生氣，也不會拿她開刀。

這一刻，聖上還真被氣笑了。這天花亂墜的一封信裡就只有這麼個意思：我錯了，但我不改。

跪在聖上跟前的暗衛問：「聖上，需要屬下請公主殿下與駙馬爺回京嗎？」

這個「請」字，值得推敲。

「不用。」趙臻咬牙切齒道：「朕倒是要看看，她想在臨岳城躲多久，還能一輩子不回京不成？」

真別說，聖上「一語成讖」了。

誰都沒想到，華爍公主說的在臨岳「多待一會兒」會這麼久，一轉眼，年關將近。

第四十六章　有孕在身

幾個月的時間足以發生許多事，從黃縣令謀害華爍公主一事為起點，大理寺著手調查了他的一切，包括晉升之路、掌握的人脈，就連他處理過什麼案子都查得清清楚楚。

黃縣令死前深信自己將一切都隱藏得極為完美，然而很多事根本禁不起推敲。

這段時間內，不斷有官員落馬、遭到抄家，也陸續有人接下他們的位置，而新上任的官員，不知道在什麼時候就成了某個陣營的人。

聖上不是聖人，順者生、逆者亡是最基本的準則。那陣子京城死了哪些人都能偶爾傳到趙瑾耳中，殺雞儆猴，永遠是一個帝王威懾天下最直接有效的辦法。

在這種情況之下，聖上顯然更親近丞相、太師這些絕對擁戴君主的家族，提拔了不少蘇、顧兩家的年輕人。

值得注意的是，聖上兩個女兒當中的一個，安華公主似乎犯了什麼錯，被罰禁足一個月。

這樣的小事趙瑾原本不會多想，可她卻不禁憶起自己曾在皇宮內撞見姪女的風流韻事，心道此番會不會是便宜大哥給女兒的警告。

這段時間以來，趙瑾與唐韞修非常成功地刷新了林知府乃至眾臨岳城百姓對這對皇室夫妻的看法——從剛開始的救世菩薩，到後來的「這對紈袴夫妻」。

公主與駙馬平常喜愛聽曲、去茶樓聽八卦，到了晚上，更是喜歡到青樓欣賞美色。只是這兩位主兒的口味很刁，不喜歡那些一看就俗氣的，論姿容相貌，他們自身都算是上乘，如果那些人不脫俗出塵，哪裡用得著看？

當然，難免有些人想攀高枝，甚至向公主或駙馬薦枕席，只是這兩位真的是單純來送錢的，因為他們的闊氣，臨岳的青樓逐漸都變了味，賣藝不賣身的情況成了一股潮流。

臘月十八這一日，算是駙馬的受難日。

一大早就被公主一腳踹下床不說，在接下來的幾個時辰裡，他都沒得到公主一個好臉色。

華爍公主性格算是溫和，起碼不愛生氣，可今日公主明顯發怒了，源頭就是駙馬。

駙馬反省了許久，卻怎麼想都不知道自己做錯了什麼事才招致公主厭棄，胡思亂想一個早上後，終於忍不住找公主誠心發問了。

趙瑾這幾天格外畏寒，江南這一帶到了冬日便是這種陰冷的天氣，雖不一定下雪，但灌進來的冷風能讓人打哆嗦，要是下起綿綿細雨，就讓人直接不想動了。

嬌生慣養這麼些年，趙瑾少有這樣的體驗，後來找人在宅子裡裝了炕之後，出門成了一項要命的活動，在炕上窩著才是王道。

眼下趙瑾在自己的房內獨自抑鬱，紫韻懷疑她是不是身體不適，想請大夫過來診治，結果趙瑾卻說不用。

唐韞修走了進來，緩緩走近躺在被窩裡的人，他坐到床邊，探手連人帶被子環了起來，語氣裡多了幾分曖昧。「殿下，可是怎麼了？」

聞言，趙瑾抬眸看了他一眼，想起了這幾天來的放肆。新婚燕爾又身強力壯的年輕人，夜裡纏綿得多一些也算正常，但真的很耗體力跟精神。

趙瑾是在春天出生的，距離她二十一歲的生辰只剩幾個月，唐韞修則已經過了十九歲的生辰。

這個年紀的男子，最是熱衷纏綿，尤其這些日子以來，他們遠離京城，沒有太后的眼線在旁邊盯著，算是很自由地談了一場戀愛，今天早晨之前，趙瑾都默認他們還處在熱戀期。

唐韞修，就像是她在這父權社會裡開到的一個盲盒，趙瑾從沒想過自己能在這裡碰上這麼乾淨的人。

是的，她用上了「乾淨」這個形容詞。

當有人在趙瑾面前用「乾淨」來形容一名女子時，她會覺得冒犯，可用來形容封建朝代的一名男子，感覺又不同了。

沒人能拒絕這樣一個滿心滿眼都只有妳的男人，有些事裝得來，但有些事裝不了。

「殿下身體不適的話，我去喊大夫來。」

「我也是大夫。」趙瑾忽然開口道。

「那我今日做錯了什麼?」唐韞修在被窩裡抓住了趙瑾的手——這手倒是冰涼，連唐韞修這樣剛從外面走進來的人，手也不似她這般冰涼。

因為這點，駙馬冬日裡算是得到了一個會主動貼貼抱抱的公主。

「你沒做錯什麼，是我們做錯了。」

什麼叫我們做錯了?唐韞修一臉困惑。

趙瑾盯著生了一張勾人臉龐的男人，輕嘆了口氣道:「沒什麼，我有身孕了。」

這句話說完，面前的人身子僵了一下。趙瑾意識到喜當爹這件事對一個十九歲的年輕男人來說，還是略微沈重了些。

「殿下懷有身孕了?」唐韞修的目光落在趙瑾被蓋住的小腹上，手覆了上去。「多久了?」

不能怪唐韞修沒有概念，這也是趙瑾鬱悶了一個早上的原因。

說到底，這就是個避孕失敗的故事。

封建朝代，基本上提倡「多子多孫多福氣」，大家族裡不管是妻生子還是妾生子，只要不涉及宅鬥或其他利益，懷了孩子都會選擇生下來。若選擇避孕，就是女子吃藥，只是按照現在的醫學水準，就別提避孕藥有多傷身了。

至於公主與駙馬的避孕方式——趙瑾畢竟不是會委屈自己的人，她花點時間研製出了些以前還沒機會用的東西。

關於生理需求這方面，現代社會的女人基本能自給自足，因此趙瑾從沒想過在繁忙的工作中找一個男人——直到撿來的這一世。

成親後避孕成了小麻煩，前面都好好的，誰知突然翻車了。

「一個月左右。」趙瑾的聲音悶悶的。

說起來，趙瑾是有那麼點後知後覺，雖然月事不準是常有的事，但直到拖延太久了，她才生出了「事情不對勁」的念頭，一把脈，有了。

當時唐韞修就躺在身邊摟著她，人都還沒醒，趙瑾就下意識地踹了過去。

唐韞修終於明白自己今日為何有這種不幸的遭遇了，原來是因為公主肚子裡面的小東西。

「殿下，」唐韞修摸了一下趙瑾的小腹。「抱歉，是我的疏忽。」

趙瑾不太想生孩子，這點唐韞修早就知道，本來想著日後偶爾借親哥的孩子過來玩玩便算了，誰能想到還是懷上了，他明明很小心的……

「殿下如今是怎麼想的？」

趙瑾毫不猶豫地說道：「生。」

「殿下從前不是不想……」

唐韞修這句話還沒說完，臉上就挨了一巴掌，力道不重，但還是將人給搧懵了。

「不生，難道要將孩子打掉？」趙瑾抬眸瞪了唐韞修一眼，彷彿對方說錯一個字，這孩子就得換個爹。

唐韞修道：「我不是這個意思。」

聽人家說孕婦喜怒無常，這麼快就開始了嗎？

趙瑾懷有身孕是一件大事，新手爹娘在短時間內惡補了許多懷孕期間的知識——當然，主要是駙馬單方面進行。

林知府就在這個時候上門了。

這段時間以來，公主與駙馬在臨岳城過得很舒心，甚至還有閒錢在這裡蓋學堂，收的學生男女不限，不但幾乎不用付學費，窮人家的孩子還能靠成績獲得補貼，就跟做慈善事業似的。

公主倒貼給家境不好的孩子唸書，學堂還發放制服，這就導致公主夫婦的口碑兩面倒——有人說他們揮霍無度，有人卻對他們感恩戴德。

不管怎麼說，這種或許是心血來潮的舉動，讓災後的臨岳城少了許多原本可能會餓死、凍死的人。

哪有當官的不喜歡這種有錢沒地方花的財神爺？林知府可太喜歡了。

只是如今狀況不同，聖旨都到他這兒了，催這兩個祖宗回家呢。

「公主殿下，年關將近，聖上甚是掛念殿下，您是不是該計劃返京了？」

這話說得委婉，暗示性又極強。

「皇兄都下旨下到林大人這裡了？」

林知府無語。公主殿下，有些事大家知道就好，說出來就尷尬了。

「行，本宮知道了，這幾日便啟程回京。」趙瑾捧著熱水喝了一口。自從發現有了身孕，她在飲食上就不得不注意點了。

生個孩子、養個孩子對趙瑾來說不是問題，她是帶著前世記憶從當朝太后肚子裡出生的公主，什麼事都不用管也能活得很好。既然這輩子注定要留在這個朝代，那麼生養個孩子不失為給自己找點事做的好辦法，但有一點她很在乎，就是她的孩子不能捲入皇權鬥爭。

回京，免不了會有一場惡戰。

要生下這個孩子，不可能瞞著所有人，趙瑾將手放在小腹上，心裡暗道：你最好是個丫頭！

如果是個丫頭，到時她就能一家三口繼續當啃哥族，這日子想想都美。

趙瑾這麼輕易就答應回京，林知府還有些沒反應過來。

這幾個月下來，林知府過得既忐忑、又不安，每隔一個月就過來看看這位主兒有沒有想回家的意思，可得到的結果都是「不回去」；現在她突然同意返京，他還真不是普通的意外。

不過既然這位祖宗願意回去，那便是好事。

趙瑾有身孕的消息原本只有她與孩子的爹知道，等趙瑾向紫韻提起時，小姑娘既歡喜、又失落。

「殿下，您有了身孕，怎麼不先跟奴婢說呢？」紫韻這一刻深深感覺到，自己真的不是殿下最喜歡的侍女了。有了小殿下，竟然不第一時間告訴她。

先不說趙瑾還能喜歡哪個侍女，紫韻小姑娘的情感之豐富，還得讓她主子反過來安撫。

趙瑾有身孕，加上又要返京，趙府上上下下可說是忙翻了。回京的路途原本就需要七、八天，顧及趙瑾的身體狀況，隊伍走走停停，動不動就停下來休息，等返回京城時，滿地都是大雪，趙瑾也被裹成了顆粽子。

公主府，終於迎回了自己的主人。

雖說公主府不會因為主人不在而衰敗，然而趙瑾回來，這座府邸才真正活了過來。

然而他們進屋還不到一個時辰，皇宮就來了人宣聖上口諭。「聖上宣公主殿下與駙馬爺進宮一敘，還請即刻隨奴才進宮。」

趙瑾心道，該來的還是來了。

華爍公主與駙馬回京這件事無法躲開聖上的眼線，這不，第一時間就來算帳了。是福不是禍，是禍躲不過。

趙瑾臉上的笑容不禁僵硬了些，可惜來宣旨的公公不知道內情，還滿臉笑意地說道：「殿下之前賑災功不可沒，想來聖上此番要補一些嘉獎給殿下。」

眼看趙瑾就要笑不出來了，唐韞修忙在一旁安慰道：「殿下，沒事，我陪著您。」

趙瑾當然得拉上唐韞修，到時候便宜大哥搞體罰，不得來個以夫代妻？

既然是打算一起養育孩子的合夥人，當然得承擔起責任。

「殿下若是沒其他事的話，便隨奴才入宮吧。」

趙瑾放棄掙扎，乖乖地上了馬車。

皇宮的氛圍與趙瑾前幾個月感受到的有所不同，蕭瑟了許多，問起旁邊的公公，公公瞄了一下周圍，才小聲道：「殿下前陣子不在京城，有所不知，聖上近日懲治了些宮人與妃嬪。」

趙瑾一聽便明白，便宜大哥開始動手清理別人的眼線了，這就意味著皇室的內鬥拉開了序幕。

她心頭一凜，不再言語。

到了御書房門外，公公差了人去通傳，幾個月不見便宜大哥的華爍公主在這個時候「犯病了」，她頓了一下，道：「要不，本宮還是先去仁壽宮給母后請安吧。」

宮人還沒反應過來，就聽見聖上的聲音從裡面傳出來。「怎麼出去一趟，就不敢來見朕了？」

趙瑾脖子一縮。這話都說出口了，她哪裡還敢開溜。

於是，華爍公主戰戰兢兢地走了進去。

再次見到便宜大哥，依舊還是那般有威嚴，只是這幾個月宮裡應該就像那公公說的，確實不太平穩，導致便宜大哥的神情有些憔悴。

趙瑾走得很慢，身後是比她還慢一些的唐韞修，依照夫妻兩個人走路的速度，腳底下的螞蟻不曉得踩死了多少隻。

「出去一趟把你倆的腿給鋸了？」趙臻頭都沒抬，但話裡一把刀接著一把刀地丟出來。

聞言，兩隻蝸牛稍微走快了兩步。

等兩人真正站到聖上面前時，他還在慢悠悠地批閱奏摺，直到告一個段落，他才抬起頭，目光緩緩落在那對夫妻身上，似是在端詳，又似是在想別的。

趙瑾近來畏寒，穿得圓滾滾的，看起來頗為喜慶，只是她大氣都不太敢喘一下。

過去趙瑾雖然放肆，但一向能掌握好尺度，欺君一事可大可小，說到底就是得打感情牌，然而聖上好像不是這麼想的。

「給朕跪下！」趙臻突然大喝一聲。

華爍公主火速跪下了，乖乖地低著頭。

旁邊的駙馬也迅速跪下，生動地上演了一齣「婦唱夫隨」。

見狀，趙臻不禁有些無奈地說：「唐韞修，朕讓她跪，你跪什麼？」

駙馬絲毫沒有要起來的意思。「稟聖上，夫妻同體，殿下的錯便是臣的錯。」

趙臻不再看他，而是盯著自己那個離家數月、貌似已經認不清家在何處的妹妹看。「趙瑾，妳可知欺君之罪是什麼罪？」

這會兒趙瑾倒是放棄掙扎狡辯了。「趙瑾知錯。」

「錯哪兒了？」

趙瑾有點不明所以。認就認了，還得當成報告總結出來不成？她只是一個混吃等死的公主，不是那些在聖上手底下打工的冤大頭朝臣。

「全都錯了。」這總行了吧。

趙臻忍不住怒道：「趙瑾，是不是朕之前太寵著妳，讓妳無法無天到這種程度了？欺君之罪，嚴重的話可是要誅九族的！」

不料趙瑾卻點頭道：「皇兄，您誅吧。」

她的九族誅完，也該滅國了。

回來三句話就能氣死聖上，趙瑾也是個人才。

趙臻顯然被氣得不輕，他猛然拍桌站起來吼道：「趙瑾，妳給朕跪出去，不跪滿兩個時辰不許起來！」

體罰這種小手段是上書房的老師們玩剩下的，如今外面風雪交加，出去跪兩個時辰，膝蓋可得廢掉。
趙瑾長這麼大，還是第一次受到這麼嚴重的懲罰，外面的宮人聽了都吃驚不已。
華爍公主可是一直被聖上捧在手心寵著的，最生氣的時候也不過是禁足加罰俸祿，什麼時候真正讓她受過體罰？
趙瑾還沒開口，旁邊的駙馬便抬頭張了張口。「聖上……」
「唐韞修，你給朕閉嘴，你的帳朕還沒空找你算呢！」
唐韞修看了趙瑾一眼，不知道在想什麼。
趙臻怒吼。「還愣著做什麼？給朕滾出去跪著！」
唐韞修再次張口。「聖上，殿下不能跪。」
「你倒是說說，她有什麼不能跪的，膝上鑲金了不成?!」
聖上氣不打一處來。從前氣他的人就一個，現在還多了一個，當初就不應該讓唐韞錦那個當哥的走什麼後門，簡直是給他自己找罪受。
唐韞修回道：「聖上，殿下懷有身孕，不能久跪。」
趙臻繼續吼道：「懷有身孕怎麼了？懷……懷有身孕?!」
趙臻猛然卡殼，目光落在趙瑾那還看不出弧度的肚子上。

第四十七章 人心浮動

趙瑾點頭道：「沒錯，皇兄，臣妹有身孕了。」

聖上居然從這句話裡聽出了一種「沒錯，我懷了個免死金牌」的感覺。

御書房就這樣陷入片刻的沈寂，聖上半晌後才反應過來。於是，原先那句「給朕滾出去跪著」，換成了「來人，傳太醫」。

太醫來的時候，趙瑾已經從跪著變成坐在有上等毛毯鋪著的椅子上，旁邊駙馬的待遇就沒這麼好了，他還站著——聖上對這個妹夫顯然沒那麼寬容。

來的太醫也是個熟人，徐太醫。

「臣參見聖上，參見公主殿下、駙馬爺。」

趙臻沒多說廢話，只道：「徐太醫，給公主把脈。」

徐硯不明白聖上的用意，然而當他將手搭上趙瑾的手腕後不久便懂了。

過了一會兒，徐硯鬆開手，後退兩步對著聖上行禮道：「稟聖上，公主殿下已懷有身孕將近兩個月，恭喜聖上，恭喜公主殿下、駙馬爺。」

聖上這下是不得不信，趙瑾確實是有了身孕。

原本還想好好教訓這個不知天高地厚的小丫頭，結果現在打不得、罵不得，直接「母憑子貴」了。

要說華爍公主有了身孕後最激動的人是誰，非太后莫屬。

太后本來還預備趙瑾回京後要狠狠說她一頓，卻在聽聞她有了身孕以後喜出望外，幾乎是第一時間就將不知多久前便準備好的嬤嬤推了出來。

「瑾兒，這兩位嬤嬤接生經驗豐富，以後便由她們來照顧妳。」

趙瑾臉上堆著笑容。「母后，如今尚未滿兩個月，您這般勞師動眾的，兒臣會有壓力，不如過些日子再說？」

公主府裡還有一個姜嬤嬤等著，再來兩個，趙瑾實在覺得有礙身心健康。

太后將女兒腹中的孩子當成皇儲看待，似乎沒想過那可能是個郡主。

好在趙瑾在她母后這邊還是有些分量的，顧玉蓮的態度並不強硬。「瑾兒既然覺得此時安排接生嬤嬤過早，那母后就過幾個月再給妳送過去。」

趙瑾在太后這裡坐了一會兒，回去的時候拿上了不少名貴藥材，就連首飾也有許多；想給趙瑾一個教訓的聖上，從最初的體罰，到後來賜下一堆好東西。

連吃帶拿，這一次回娘家打秋風，華爍公主將大夥兒拿捏得死死的。

從皇宮離開之後，下一件事大概就是去接一個被迫寄人籬下好幾個月的小朋友返家。

是的，不到三歲的小朋友記憶力並不算太好，即便一開始記著叔叔、嬸嬸，哭得委屈兮兮，但太保家中算得上是人丁興旺，孩子多，大家可以一起玩。

最大的缺點，就是太保本身。像唐煜小朋友這樣粉裝玉琢的小孩，也只有太保這麼個老古董捨得把他訓哭。

杜夫人看著唐煜圓圓胖胖的小臉上掛著晶瑩剔透的淚珠，抱著她要找叔叔、嬸嬸的樣子，心軟得一塌糊塗。

唐煜的魅力還不僅如此。

太保一個年僅五歲的小孫女，在唐煜小朋友來到杜府的第一天，因為覺得他的臉蛋實在過於可愛且饞人，忍不住上嘴啃，將人給啃哭了。

最後，太保的兒媳拉著自己闖禍的女兒，滿臉歉意地哄起了小世孫。

預定小住一番的唐煜小朋友在老師家住了好幾個月，估計連叔叔、嬸嬸長什麼樣都要忘記了。

馬車來到杜府時，趙瑾要下車，駙馬便將她給抱了下來。

趙瑾對太保的脾氣還是挺了解的，於是為唐韞修打了預防針。「杜大人的脾氣不大好，他說什麼你就左耳進、右耳出吧。」

畢竟那是連聖上都敢懟的打工仔。

唐韞修笑了一聲，道：「殿下，我脾氣還挺好的，您不知道嗎？」

趙瑾從他的語氣裡聽出了些不尋常，她看了周圍一眼，輕聲提醒。「駙馬，光天化日之下，注意言詞。」

太保絲毫沒辜負唐煜喊他的一聲「老師」。

趙瑾進去的時候，便瞧見書房裡一大一小兩道身影，太保在一旁處理自己的政務，旁邊的小朋友小身板挺得直直的，搖頭晃腦地唸著書，奶聲奶氣的模樣讓他的嬸嬸一陣欣慰，心想教育孩子這件事果然還是得交給專業人士。

太保這人雖然脾氣不好，但教導孩子確實有一套，孩子的家長表示很滿意。

管家通傳時，唐煜小朋友還沒什麼反應，直到自己被人拎著衣領懸空，對上一張莫名有些眼熟的俊臉。

大唐小唐，四目相對。

「怎麼，這就將叔叔給忘了？」

唐煜小朋友瞪著圓滾滾的眼睛看著面前的男人，終於意識到自己之前鬧著要見的人回來了，片刻間蓄滿眼淚，「哇」的一聲哭了。「叔叔！」

然後唐韞修就得到了一個抱著不撒手的小掛件，小傢伙委委屈屈地縮在他懷裡，臉上還掛著未乾的淚珠。

沒良心的叔叔還不忘嘲笑兩句。「怎麼哭得這麼可憐，跟個小姑娘似的。」

另一邊，趙瑾正在被她的便宜老師挖苦。「難為公主殿下還記得有個孩子養在臣這裡，前些時候，殿下鬧出來的動靜可謂朝野震驚。」

趙瑾無語。有些話大可不必說得這麼直接。

太保看著趙瑾這顯然吃好喝好的模樣，心裡不知道在想什麼，似乎是覺得眼前人似乎與自己印象中實在不同。

「從前只知道殿下不想聽臣講學，沒承想，殿下學其他東西倒是比臣幾個教得要好很多。」

趙瑾深吸了一口氣。來了來了，這些文臣最擅長的陰陽怪氣來了。

「老師……」

「殿下可別折煞臣了，臣哪裡擔得起您一聲老師？」

趙瑾乾笑一聲道：「老師，這不三百六十行，行行出狀元嘛。」

杜仲輝冷笑道：「歪理一堆。」

趙瑾本來還想說什麼，然而唐韞修已經抱著小傢伙過來了。

唐煜他爹雖然是個大將軍，但小朋友本人顯然很會撒嬌，看見叔叔時要叔叔，看見嬸嬸時便又伸手討抱，唐韞修將人放到趙瑾懷裡時，她一顆心都要化了。

果然，幾個月不見，孩子就會變得可愛很多。

「老師，人本宮已經接到，便先告辭了。」趙瑾說著就要起身。

唐韞修要將孩子提起來，誰知唐煜小朋友立刻抱緊嬸嬸，不肯與她分開。

這是誰的夫人啊，臭小子！

唐韞修儘量保持耐心道：「自己下來走，嬸嬸肚子裡有弟弟、妹妹，不能抱你。」

這話讓旁邊的杜仲輝愣了一下。「公主殿下有身孕了？」

趙瑾坦然接受孕婦這個身分，不過她顯然沒意識到，自己懷上的孩子究竟有多矜貴，原本看她眼不是眼、鼻子不是鼻子的太保瞬間換了個人。

「唐煜，老師平日是怎麼教你的？」杜仲輝對趙瑾懷裡的小傢伙說道。

於是，本來窩在趙瑾懷裡的小世孫乖乖下了地，眼睛看著她的肚子。「嬸嬸，是弟弟還是妹妹啊？」

趙瑾張了張口，卻看見太保也在盯著她。

她斂了神。「煜兒，你知道什麼叫做開盲盒嗎？」

幼崽神情迷茫地搖了搖頭。

「就是一個盒子，你不知道裡面是什麼，但是一直期待著，等到時機成熟了再打開看。現在也一樣，這是弟弟還是妹妹，得到明年中秋才能揭曉。」

幼崽點點頭，開始盼望中秋到來。

趙瑾糊弄完孩子，一家三口便啟程返回公主府。唐煜這個原本應該養在爹娘身邊的世孫，短時間送不回去了。

自從使臣回去之後，武朝與越朝、禹朝之間的關係陷入了詭異的狀態，小打小鬧不斷，但始終維持著一種平衡。

武朝發生水災與瘟疫的那個月，是武朝與禹朝關係最僵的時候，對方似乎不停地試探，只是前線那邊沒讓他們找到機會罷了。在這種情況下，孩子不適合送回唐世子那邊。

賑災一事，但凡出了力的臣子與大夫，都有封賞，趙瑾這個公主備受寵愛，又為賑災做出了重大貢獻，照道理說，聖上應該為她加封才是。

結果加封沒有，倒是像以往一樣賞下不少東西，一打聽才曉得，華爍公主有了身孕。

趙瑾懷有身孕這件事，說大不大，說小也不小，轉眼間，她就成了一個人人盯著的珍稀動物。

上門送禮的人可謂絡繹不絕，有那麼一瞬間，她還以為自己肚子裡這粒小豆已經是板上釘釘的儲君了。

針對皇儲，聖上還沒明確表示過意見，天子一言九鼎，而他有什麼打算，至今無人知曉。

不過趙瑾也明白，她肚子裡這個是預備軍。「紫韻，進宮找一下李公公，讓他幫忙問點事。」

紫韻低頭聽完以後，一臉遲疑地入宮，找上了李公公，接著換李公公一臉遲疑地出現在聖上面前。

「有事情就說，在這裡支支吾吾做什麼？」趙臻頭也不抬。

李公公道：「聖上，華爍公主託奴才問一句，那些送入公主府的禮品，她能不能照單全收？」

聖上挑了挑眉。

說句實在的，趙瑾只是一個公主，唐韞修也無一官半職，這連賄賂都算不上。

「朕礙著她收禮了？」趙臻問。

李公公哪敢順著聖上的話說下去。「聖上，公主殿下是將您這個兄長當作依靠，凡事以您的意見為先。」

趙臻嗤笑一聲道：「她這哪裡是將朕當依靠，還不是怕那些人送得太多，想收又怕朕之後罵她，才跟朕打招呼。」

長兄如父這話不假，聖上這些年將這個妹妹的本質看透了。

「聖上，那奴才這邊怎麼回公主……」

「讓她收。」趙臻語氣平靜。「若是良心不安，讓她上繳國庫。」

李公公就按照這個說法一五一十地回了紫韻，紫韻回到公主府，又轉述給趙瑾。

趙瑾正躺在美人榻上嗑瓜子，旁邊是幫忙剝水果的駙馬，駙馬畢竟沒有官職，妻子有了身孕，他連出門的慾望都沒了。

「皇兄說可以大方收下是吧？」趙瑾點點頭。「那行，將送來的賀禮都收進庫房。」

她讓紫韻去問聖上，的確是做做樣子，她可沒那麼多良心，送上門的，沒有不收的道理。

除夕當晚是宮廷年會，朝臣與皇室同樂。

大雪紛飛，華爍公主穿了極其張揚的紅衣，圍了件純白的毛絨大氅，手上端著小巧精緻的手爐；駙馬穿了一身黑，腰間掛著紅玉，左手食指上戴著琥珀扳指。

兩人看起來都不低調，只是嫡長公主有嫡長公主的架子與氣勢，再高調也不是旁人能指謫的。

原本已經夠惹眼了，他們還帶著一個小拖油瓶。

京城滿滿的過年氛圍，趙瑾夫妻倆不忍心將唐煜小朋友留在府上，橫豎這是個世孫，不出意外會是世子，可不是什麼阿貓阿狗。唐韞錦的功名足以為他自己掙得一個爵位，身為他的兒子，唐煜小朋友直接贏在起跑點上。

「嬸嬸，皇宮真的好大啊。」唐煜奶聲奶氣地說著。

他左邊牽著叔叔，右邊牽著嬸嬸，這麼看起來，還真有一家三口的味道。

其他一同進宮的勛貴人家看見這一幕，一時沒反應過來。趙瑾懷有身孕這件事對他們來說不太現實，之前還是遲遲未嫁的公主，一轉眼，孩子都懷上了。

公主大婚時，還有人在看笑話，畢竟兩個人當時在京城的名聲都不怎麼樣。

可誰知道，趙瑾嫁給永平侯府這個二公子，婚姻生活竟是出乎意料地讓人心生羨慕。試問，有哪個男子成婚以來總是圍著妻子打轉？趙瑾既不用打理各種繁瑣的人際關係，更沒有婆母刁難，堪稱逍遙自在。

不過這樣的情況並不完全是趙瑾嫁得好，嫡長公主的底氣可足了，只要當今聖上健在，她想休夫都沒問題。

「殿下，」唐韞修隔著唐煜摸了一下趙瑾的手。「冷嗎？」

趙瑾回道：「不冷。」

這幾日以來，趙瑾越發篤定自己懷的是個丫頭，沒有不適的孕期反應，更是吃好喝好，懂事到這種程度，是女兒無誤。

年會上的位置自然有區別，女眷們聚在一起談論的事情，無非是胭脂水粉與孩子，再高雅些的，聊琴棋書畫。

趙瑾顯然不是後者，加上正有孕在身，她那幾個平常見不到面的姊姊就拉著她傳授育兒經驗，其中更有在悅娛樓與太后拉近關係的公主。她的女兒剛嫁了個世家嫡子，那可是幾個待嫁郡主眼中的金龜婿，正是太后出面定下的親事，真是託了趙瑾的福。

「瑾兒妹妹這些日子可要注意安全，女人懷胎可不容易……」

趙瑾覺得自己再聽下去，就該恐孕了。

幾位姊姊熱心過度，甚至問起趙瑾婚前有沒有準備通房丫鬟。孕期不能同房，可是男人啊，不掛在牆上都不會有老實的一天，家裡養的通房丫鬟，總比外面那些花街柳巷的來得乾淨許多。

趙瑾還是第一次聽到幾位駙馬姊夫的八卦。她知道古代的男人確實很難找到幾個符合她要求的，只是她沒想到，幾位姊姊根本不在乎駙馬心裡是否裝著其他人，甚至還能在閒聊時拿出來當成笑話。

這番閒聊沒持續多久，馬上就要入席了，趙瑾聽八卦聽得上頭，還有點意猶未盡，結果一轉頭就看見她的駙馬牽著孩子一臉哀怨地看著她。

趙瑾心虛地坐到自己的位置上，唐韞修的聲音就幽幽傳來。「殿下方才聽什麼，如此著迷？」

大的就算了，小的也抬起頭問道：「嬸嬸，您在聽什麼好玩的事嗎？」

趙瑾微笑說道：「乖，你長大後就會明白了。」

唐韞修抬手捂住幼崽的耳朵，隨後湊到趙瑾耳邊輕聲道：「殿下，我聽見了，幾位公主殿下說以後會帶殿下去南風館找個貼心人，怎麼，是我平日伺候殿下還不夠貼心嗎？」

最後「貼心」兩個字語調拖得長了些，趙瑾不禁耳根一熱，抬手將人推開。

這場晚宴，在帝后到場後終於拉開帷幕。

又是一年過去，這對大多數人來說是喜事，然而對某些人而言未必如此，例如聖上就不太想過這個年。這種場合說得好聽一點是聚在一起歡慶團圓，說得難聽一點是相親跟推銷大會。

便宜大哥開場還是要說幾句場面話，皇后自然也是，後宮這麼多年來沒封貴妃，也沒有皇子誕生，無人能威脅皇后的地位。

趙瑾並不想關注這些雜事，身為一個無心權術的公主，既然她不能保證肚子裡的是男是女，就只能祈禱儲君的人選早日定下來。

她的位置比其他人要靠前些，旁邊是安悅公主一家，再過去是安華公主領著孩子。

皇室的席位上，不能忽略的大概還有晉王、宸王與瑞王，除了他們三個，其他王爺都領了封地在外。

瑞王喜歡持刀弄棒，但明顯是閒散王爺，另外兩位不見得都安分守己——或者說，原本是安分守己的，然而儲君之位空懸已久，若是儲君未定，聖上又駕崩，那麼下一任帝王必定是從幾個王爺裡面誕生。

聖上無子是真，可若要定下他的外孫或外甥，變數可不小，這麼小的孩子，夭折再正常不過，到最後是誰坐上去，還不一定。

說來說去，那個位置就是香噴噴的兵家必爭之地，一天沒結果，一天有戲瞧。

第四十八章　無處可藏

晚宴開始，眾人臉上皆是笑意，舞姬舞姿妖嬈、衣裙翩躚，絲竹之聲繞梁，不絕於耳。

趙瑾假裝自己看不見宴席上觥籌交錯之間的刀光劍影，安心用餐，直到宮女端來了一盤解膩的山楂。

「皤皤，您今晚胃口不好嗎？」唐煜小朋友問道，他的小嘴倒是一直沒停過，送去太保那邊幾個月，說話都流利了不少。

「這個果子好吃。」小胖手抓著一顆山楂遞給他心愛的皤皤。

趙瑾笑著接過了山楂，抬頭一看，發現每桌都上了一盤這樣紅通通的山楂，隨後她不動聲色地將山楂遞到唐韞修嘴邊。

駙馬一臉受寵若驚，但他還是順勢將山楂叼走了。

唐韞修其實不太愛吃這類酸甜的東西，反倒是趙瑾比較喜歡，他將山楂核吐出來後，就聽見趙瑾在他耳邊小聲道：「以往宮中設宴，少有山楂。」

這一刻，唐韞修意識到了什麼，眸色一凜。

孕婦不適合吃山楂，尤其是在懷孕初期。當然，吃一點不會怎麼樣，趙瑾也不想太多心，只是這盤山楂這時端上來，真的是巧合嗎？

有多少人不希望趙瑾的孩子平安降世，她心裡清楚，但這麼一想，與其待在京城，還不如窩在江南來得無拘無束。

只有唐煜小朋友不能理解，為何他給嬸嬸的果子，最後卻進了叔叔的肚子？真是委屈到想哭。

唐韞修順手給他塞了顆小的。「記得吐核，別噎到自己。」

在那盤山楂之後，趙瑾便少再進食，她讓紫韻出去打聽一下今年的晚宴是誰負責的。

紫韻很快就回來了，跪在趙瑾身側小聲道：「殿下，是賢妃娘娘與德妃娘娘。」

她打探到的訊息是這樣的：看起來相敬如賓的帝后，這些日子其實正在冷戰，聖上前幾月還專寵皇后，如今已經有一個月不入坤寧宮，連這次晚宴都交由其他妃子全權負責。

趙瑾不知道該說什麼才好。

雖然她這個小姑子沒必要插手兄嫂的感情，但便宜大哥這厚此薄彼的手段，實在是幼稚了些。皇后說不定早就想撂挑子不幹了，他居然還順勢成全人家？

晚宴上，除了宮裡的樂師與舞姬獻藝，按照以往的慣例，還會有妃嬪與幾位世家千金展示才華，後宮裡面有幾位妃嬪就是這麼來的，當然，不排除內定的可能，獻才藝不過是走個過場。

這種事與趙瑾無關，以她的身分，沒哪個不長眼的敢給她的男人塞女人。

趙瑾饒富興致地看著那些妃嬪與世家千金們表演。便宜大哥雖然已經超過五十歲，但相貌還是很出色，是同齡人中的佼佼者，有些十幾歲的小姑娘還真的會被老男人的魅力給迷倒。

不過今年便宜大哥似乎決定做個人，他沒收任何一名女子，反倒熱衷於當紅娘——說句難聽的，叫亂點鴛鴦譜。

趙瑾瞧見丞相與太師的臉色黑到像木炭。

晉王的表情也不好，因為聖上給他的嫡長子——安承世子指了個側妃。

趙瑾並不遲鈍，那個位置的爭奪戰快擺到檯面上來了，起碼現在晉王已經不太想再裝下去。

晚宴結束後，賓客們逐漸離場，趙瑾卻被留了下來。

她是被李公公在殿外喊住的。「殿下請留步。」

李公公道：「聖上召公主殿下覲見，還請殿下隨奴才來。」

趙瑾與唐韞修齊齊頓住，唐煜在席上便睡著了，如今正被唐韞修抱在懷裡。

「聖上只召見公主殿下一人，還請駙馬爺先行回府。」李公公道。

趙瑾聞言，對唐韞修道：「你先回去吧。」

唐韞修有些遲疑，直到對上了趙瑾的目光，他才妥協道：「是，聽殿下的。」

趙瑾跟著李公公緩緩走到御書房，便宜大哥似乎將那裡當成自己的居所似的，剛剛才從宴席上離開，眼下又在處理政務了。

「臣妹參見皇兄。」趙瑾規規矩矩地行了跪禮。

趙臻只抽空看了她一眼，便對旁人道：「賜座，換香。」

現在趙瑾揣著個孩子，懷有身孕是「弱不禁風」的代名詞，御書房中長年燃香，可趙瑾不太能聞。

「知道朕找妳來做什麼嗎？」

聖上問出這一句，趙瑾就睜著一雙無辜的眼睛看他，完全沒意識到原因。

李公公將椅子搬了過來，室內的香也被撤下，趙瑾在御書房裡坐著，扮演著一尊什麼都不懂的木頭人。

「朕之前花了不少工夫尋一個人，」趙臻抬起頭緩緩道來。「沒承想，這麼多年過去，才發現此人一直都活在自己的眼皮子底下，妳說呢，玄明神醫？想必和妳一起前往臨岳城的何大人也從未想過，他那三個孩子竟然是由當朝嫡長公主接生的吧？」

趙瑾深吸了一口氣。別說是面具，這下是皮都被扒下來了。

「皇兄不必這樣折煞臣妹，」趙瑾扯了一下嘴角。「臣妹哪裡擔得起您這一聲神醫？」

畢竟是一國之君，儘管趙瑾希望他不要調查這些事，但對君王而言，只有將一切都掌握在自己手上，才能真正高枕無憂。

趙瑾也不指望她這便宜大哥會聽她的，人貴在有自知之明，她對自己的定位倒是挺準確的。

「朕問妳還有什麼事瞞著，那所謂教妳醫術的師父究竟是何人，如今又在何處？」

趙瑾心道，該來的還是躲不掉。

之前那封信的內容稱得上是鬼話連篇，就算勉強說得過去好了，但她要騙的是已經當了二十多年國君的人，哪有那麼容易。

「皇兄，臣妹對天發誓，絕對沒其他事瞞著。」趙瑾露出了一個真誠的笑容。「臣妹平時除了做做小生意，便沒別的愛好了。」

哪個王孫公子沒點產業在手，不過是規模大小的區別。

「還有臣妹那師父，不知他老人家正在何處雲遊。」趙瑾一本正經地編鬼話。

「名諱呢？」趙臻挑眉。

趙瑾無辜地眨著眼睛回道：「不知。」

聖上頓了一下。

「宴席上的飯菜是不合口味，還是怕有人害妳啊？」趙臻又將頭給低下去了。「整場下來沒見妳怎麼動筷子，妳什麼時候這麼小鳥胃了，朕怎麼不知道？」

趙瑾無語。話說得太直接，真的不利於維持兄妹感情。

「雖然不是妳皇嫂操持，但總不會有人敢光明正大動什麼手腳……」

聖上隨口說著，還沒等他說完，那個不會看眼色的公主便耿直地發問。「所以為什麼不是皇嫂操持呢？」

什麼叫哪壺不開提哪壺，趙瑾示範得非常好，李公公在一旁都替她捏了一把冷汗。

這次年會的宴席不由皇后操持，還能是什麼緣由啊，不就是因為帝后吵架了。

只見趙臻沒好氣地說：「不是妳該管的事少管。」

趙瑾心道：行，九五之尊是吧，全身上下就是嘴巴最硬。

於是趙瑾不開口了，李公公不知什麼時候給她端來了熱騰騰的水餃。「殿下晚宴沒吃什麼東西，聖上特地囑咐奴才給您準備了吃食。」

趙瑾不過思考了片刻，便不再糾結，吃了起來。

她不是什麼有骨氣的人，有得吃就吃，於是前面大哥在幹活，這邊小妹吃得香。

李公公看著眼前的一幕也覺得詭異，一個讓吃，一個還真吃了，這可是御書房啊，哪有讓聖上看別人吃東西的道理？

「皇兄……」

「食不言、寢不語，妳的規矩被狗吃了？」

趙瑾閉嘴了，端著自己好不容易培養起來的淑女風範進食。

即便如此，聖上對這個妹妹依舊夠了解，華爍公主把大哥辛苦幹活的畫面當成背景吃起了水餃，直到吃完了才批評指教道：「御廚近來手藝有進步。」

趙臻冷哼一聲道：「也就妳一個嫌棄了御廚十幾年。」

是的，華爍公主，憑一己之力教御廚做人的奇女子，從四、五歲起便頻繁進出御膳房，起初點明御廚做得難吃，後來更下起指導棋，給御廚添了不少新菜譜。

華爍公主出嫁那時，御廚像是過年一樣，終於不用擔心自己的職業生涯了，所以這麼多年來，皇宮裡被華爍公主禍害了的人，可不只幾位負責講學的老師。

趙瑾道：「皇兄，有鞭策才能讓人進步，您看看御廚如今的水準，已非當年的吳下阿蒙。」

「誇個廚子還會引經據典了，以前氣太傅他們的時候若能有這麼點文化，還不至於讓他們那樣捶胸頓足。」

趙瑾，一個被上書房拉入黑名單的公主。

吃飽了以後，趙瑾心情愉悅得很，問起了正事。「皇兄讓臣妹留下來，所為何事？」

此話一出，還看著奏摺的聖上抬頭了，趙瑾下意識地瞥了上面的內容一眼。

得益於這些年的文化薰陶，趙瑾在看此類文書上已經沒有壓力，甚至覺得自己回到現代的話，起碼是半個古文專家了。

「看什麼呢，」趙臻的聲音響起。「能看懂？」

聞言，趙瑾立刻將腦袋搖成了個撥浪鼓。看不懂、看不懂，什麼工部侍郎跟什麼王爺的母族舅舅之間有什麼牽扯，她哪裡看得懂？

趙臻不在意趙瑾的反應，顯然桌上那奏摺並不是什麼機密，他低頭伸出自己的左手。

「給朕把個脈。」

在這一刻，趙瑾明白天下果然沒有白吃的宵夜，眼前不僅僅是她兄長的手腕，更是這武朝君主的。這麼多年來，趙瑾都是看著其他太醫給便宜大哥診治，今夜，她若是搭上了聖上的手腕，等同於間接捲入皇室之爭。

對於聖上選擇讓這個妹妹為自己看診這件事，趙瑾相信便宜大哥對她有那麼一點信任，但她更傾向於他是想將她拉上賊船。

唯有利益，才是永恆的朋友。趙瑾清楚這一點。

身為聖上胞妹，作為武朝嫡長公主，趙瑾的地位舉足輕重，明裡暗裡想拉攏她的人可不少，對趙瑾來說，在甘華寺那兩年才是真的清淨。

「皇兄怎麼不讓徐太醫來？」趙瑾問。

趙臻打量著自家親妹，說道：「朕記得那個叫玄明的神醫說年後進宮。」

那時候，聖上還不知道妹妹有這一身本事，玄明此人神出鬼沒，他花了極大的工夫找人，也就得來這樣一個相對確切的消息。

趙瑾記得她對徐老這麼說過，然而之前在臨岳城過得太舒心，她差不多忘了還有這回事。

「徐太醫……」

趙臻打斷她。「徐太醫很好，只是朕如今讓妳來，有問題嗎？」

誰敢有問題啊？趙瑾馬上回道：「不敢。」

「不敢還是沒有？」

非要聽實話是不是？趙瑾深刻體認到自己這個便宜大哥並不好應付。

事已至此，趙瑾了解便宜大哥這遭是給她一個考驗，通過考驗，平步青雲，她能繼續享有皇權帶來的至高榮耀；無法通過考驗，便宜大哥一死，她也許就會失去在京城橫著走的權力。

趙瑾終究將手搭上了眼前人的手腕，此刻御書房安靜得連一根針落地都聽得見，除了兄妹倆，其他人皆將腦袋埋得極低。

「如何？」趙臻問。

趙瑾沈默了。

聖上的情況她過去便有所了解，無非是爭奪皇位時的爾虞我詐讓他中了毒，毒素長時間累積，難以排出體外，導致腎臟衰竭。由於發現得太遲，影響了他的生育能力，這也是多年來後宮無所出的根源。

趙瑾相信那個給便宜大哥下黑手的人早在多年前便沒了，哪怕是手足，面對皇位之爭，一樣是成王敗寇。

順著生、逆者亡，這是成為一國之君後要遵守的準則。

「有話便說，這麼個表情，是朕要死了？」趙臻的聲音再度響起。

趙瑾終於說道：「皇兄不要說這種胡話。」

她看了左右一眼，李公公便適時地領著其他人退了出去，御書房裡只剩下兄妹兩人。

「皇兄，您體內毒素已清。」趙瑾道。

趙臻豈會不知事情沒這麼簡單，如果只是如此，趙瑾不會是這種表情。

「有話直說便是，在朕面前，妳何時也變得這樣畏畏縮縮了？」

趙瑾的神情還算是沈著，她道：「皇兄，毒素已清，但之前拖得太久，內臟損傷乃是不可逆的。」

「不能治」三個字，趙瑾終究沒說出口。

聖上的身體他自己清楚，這些年來朝臣不知情，但經常傳召的幾位太醫都曉得，趙瑾也看得出來。

「朕還能活多久？」趙臻終究問出了口。

換成是現代，腎臟衰竭這種情況，趙瑾會說「只要遵照醫囑，再活十年不是問題」；然而數千年的醫療水準進步不是趙瑾憑一己之力能拉近的，按照現在的條件，十年，起碼要折一半。

趙瑾不是個口出狂言的人，她起身跪了下去，垂首道：「皇兄，臣妹不敢妄下定論。」

沒人能肆無忌憚地與帝王談論他的生死，即便是親妹也不行，只是太醫不敢說的某些話，趙瑾敢說。

「皇兄，若讓臣妹來，只能抑制痛楚。」趙瑾說。

聖上久久沒開口，也沒叫趙瑾起來，整個御書房滿是讓人窒息的沈寂。

不知過了多久，趙瑾的視線範圍內出現了一雙黑緞方頭朝靴，聖上從自己的座位上走過來緩緩扶起趙瑾，兩兄妹目光一對上，趙瑾的呼吸便不自覺地停滯了片刻。

「朕問妳，若是要從宗室裡挑選儲君，妳想讓誰來坐朕的位置？」

這種問題無論如何都不該由趙瑾一個公主來回答。

「皇兄，」趙瑾勉強笑了一下。「這是您與諸位大人應該商討的事，與臣妹何干？」

壓迫感在這一刻遠離趙瑾，聖上的神色很複雜，不知是鬆了口氣，還是在嫌棄趙瑾這個妹妹沒用。

「連妳的姪女都對這個有看法，妳沒有？」趙臻的語氣忽然染上幾分涼意。

姪女？

趙瑾一頓，腦海裡忽然浮現出一個人影，只是沒等她有所反應，趙臻便道：「之後朕的藥都由妳負責吧。」

見趙瑾一臉不明所以，趙臻挑眉道：「怎麼，瑾兒不樂意？」

在這一刻，便宜大哥似乎又回到了趙瑾從前認識的模樣。

「皇兄，太醫……」

「再廢話，朕就不客氣了。」

「臣妹遵旨。」識時務者為俊傑，這個道理趙瑾向來明白，只要便宜大哥好，她便好。

「還有，唐韞修整日在公主府做什麼？」趙臻問道。

趙瑾突然覺得不妙，只是沒等到她開口，便宜大哥便自己接了下去。「既然這麼閒，朕給他個官職如何？」

這話聽著就是找冤大頭的意思。趙瑾不吭聲。

「工部侍郎如何？」趙臻又問道。

趙瑾保持沈默。她是裝傻，可不是真傻。

工部侍郎的位置不知道多少人盯著，這時候無論誰上任，都會成為某些人的眼中釘。

然而若是唐韞修便不同了，一個沒有才學，又與各方勢力沒有糾葛的皇親國戚，就算被安排在這個位置上，也不會有人將他當作一回事，頂多懷疑聖上葫蘆裡賣的是什麼藥而已。

第四十九章　父憑子貴

趙瑾知道，聖上問出這些話時，不是試探，而是真的考慮讓唐韞修當這個冤大頭。

「但憑皇兄吩咐。」趙瑾不掙扎了。

唐韞修每日在公主府裡沒做什麼正經事，甚至鑽研起了懷孕生子的各種注意事項，老是將趙瑾當成什麼易碎的瓷娃娃，如今找點事讓他煩惱，挺好的。

趙瑾在深夜風雪中被李公公護送著出宮時，身邊還跟了不少侍衛，只是她沒想到，都這個時候了，還能看見公主府的馬車停在皇宮外面。

唐韞修在等她。

「不是讓你先回府嗎？」趙瑾問。

唐韞修道：「我將唐煜送回去再過來的，殿下沒回來，我不安心。」

見狀，李公公笑了笑，說道：「辛苦駙馬爺這麼晚了還在等，聖上與公主殿下許久不曾相聚，這一聊便耽誤了些時間，既然駙馬爺來了，那奴才便不再相送，兩位殿下早些回去吧。」

唐韞修小心地將人扶上了馬車，馬車內比外面要暖和許多，趙瑾直到這時候才徹底放鬆下來。

伴君如伴虎，這句話一點都不假。

趙瑾在馬車沒走幾步的時候就睏了，很快就睡了過去。

馬車一個顛簸，將趙瑾顛入了一個懷抱，那人順勢將她抱緊了些，讓她一路上睡得安穩。

回到公主府的時候，紫韻第一時間迎上前去，結果瞧見駙馬懷裡抱著一個人，走近一看，是她家公主。

趙瑾已然熟睡，紫韻身為她的貼身侍女，在為她寬衣解帶這件事情上甚至沒派上半點用場。

「紫韻，去打盆水來。」

這是她得到的唯一的吩咐，之後駙馬為公主卸下胭脂水粉的一系列動作甚至熟練到讓紫韻自嘆弗如。

「妳還在這裡做什麼？」唐韞修問道。

紫韻啞口無言。

除夕深夜，公主府某貼身侍女失眠了。

自從公主找了個會伺候人的駙馬後，連她的位置都被頂替，紫韻每天都覺得自己實在閒得過分，但月例還是照領，實在令人良心不安啊……

趙瑾這一覺睡到了日上三竿，還是被外面的鞭炮聲吵醒的。

「殿下，」紫韻的聲音從屏風後傳來。「宮裡來人宣旨，您醒了嗎？」

趙瑾皺了皺眉。還能不能讓人好好過年了？

等趙瑾梳妝打扮完畢，宮裡來的張公公已經坐了幾盞茶的時間。

試問，哪家來了聖旨不是恭恭敬敬迎接的，只有這位年輕的駙馬能說出公主還在休息的鬼話，然後就這麼讓聖旨等著。

只是華爍公主的地位就擺在這裡，那可是聖上都寵著的主兒，更別提駙馬了。

趙瑾如今有孕未滿三個月，腰身看起來依舊窈窕，她對著來宣旨的張公公笑道：「張公公久等了。」

張公公看見她時便「哎喲」了一聲道：「奴才參見華爍公主，殿下今日的氣色光彩照人，這臉蛋真是羨煞人了。」

這些公公們的嘴本來就很甜，大過年的，更是得說些好話。

趙瑾很滿意地說：「張公公可以宣旨了。」

她正打算跪下，張公公立刻攔住她，滿臉笑容道：「殿下，聖上掛念您有身子，特地免除殿下的跪拜禮。」

聖旨面前，連皇后都得下跪，何況是一介公主？免除跪拜禮，這可是難得的殊榮。

趙瑾淡淡地笑了聲道：「張公公客氣。」

唐韞修方才與張公公聊了好一會兒，張公公言詞間表示有喜事，卻不提是什麼，然而接下來唐韞修就知道了。

「奉天承運聖上，詔曰：華爍公主之駙馬唐韞修，品行良正、性情穩重，臨岳賑災立下大功，甚得朕心，今特命其為工部侍郎，望之……」

大年初一，下到華爍公主府的一道聖旨引起了軒然大波。

一個身無功名的駙馬一躍成為新晉工部侍郎，讓那些原本對這個位置有想法的人不解之餘，還多了些思慮。

眾所周知，趙瑾這個公主一直相當受寵，她懷有身孕的消息傳出來沒多久，唐韞修就從一個閒散駙馬成了工部侍郎。

工部侍郎不是什麼閒職，這可是正三品的官，有的人在官場摸爬打滾幾十年都未必能升到三品，一個駙馬就這樣輕而易舉地將它拿到手，如何不讓人眼紅？

別說朝臣，連唐韞修自己都想不通。

工部，掌營建之政令與工部庶務，掌天下田墾，掌山川水澤之利。

怎麼看，唐韞修都沒有能力勝任這個職務，那種讓人百思不得其解的感覺，就像是一個平凡無奇的民間女子，忽然被聖上封了貴妃一般。

對應華爍公主懷有身孕與皇儲之位空懸的現狀，便醞釀出了一個離譜的傳聞：駙馬此番是「父憑子貴」。

送走張公公之後，唐韞修依舊沒反應過來，他的目光落在趙瑾臉上。「殿下提前知道了？」

趙瑾點頭道：「昨夜皇兄說過。」

「殿下是怎麼想的？」

被唐韞修那雙丹鳳眼看著，趙瑾不禁有點心虛，但這種情緒很快就被她遮蓋過去。

她沒什麼想法，只想隨遇而安。

「既然聖旨已下，你不如先試試看，說不定工部侍郎這個職位不錯。」

唐韞修被安排到這個位置上，擺明就是用來擋槍的，這點趙瑾心知肚明。

她這駙馬雖然胸無大志，但唐家一門忠烈，唐世子手握重兵，又有她這個嫡長公主為妻，還有個疑似會成為皇儲的「兒子」，各方勢力都不可能輕舉妄動，由他擔任擋箭牌再合適不過。

不過趙瑾也知道，唐韞修這個工部侍郎注定做不久，便宜大哥估計早有屬意的人選，只是一時半刻不方便秀出來，這才來了一齣緩兵之計。

唐韞修不能認真做……或者說「不該」認真做，只有做得不好，再出點可大可小的錯處，才是眾望所歸。到時候聖上安排自己的人上位，便是水到渠成。

不管怎麼說，聖上此番算是將妹妹與妹夫都算計進去了，但君便是君，臣便是臣，沒有反抗的餘地。

正月初七一過，唐韞修便要上朝，他不太情願，初六夜裡摟著趙瑾不肯放手，黏人得很。

兩人一起躺在床榻上，蓋同一床被子，處在純聊天的狀態，但唐韞修向來有自己一套本事。

「殿下，我只想在家中陪您。」唐韞修語氣曖昧，像是在勾人。

趙瑾不是會委屈自己的人，她撐起身子，盯著旁邊年輕俊美的駙馬，片刻後低頭親了上去。

帳暖燭火明，人影浮動、青絲相纏，柔荑輕撫臉頰，再慢慢探入衣襟，最後心滿意足地躺下。

故事的結尾是，只負責撩但是不負責滿足丈夫的公主，與火氣旺盛的駙馬熄燈後雙雙睡下。

唐韞修在那一刻意識到，趙瑾肚子裡的小不點剝奪了他許多快樂，除了現在，往後他與趙瑾之間都會有個礙事的小傢伙，興許比現在的唐煜還更讓人操心些。

這個當爹的，忽然嫌棄起了還沒出生的幼崽。

翌日唐韞修起身時，趙瑾也迷迷糊糊地睜開了眼，身旁有人摟著她親了一口，又替她掖好被子，房內再度恢復寂靜，只是枕邊少了一個人。

工部侍郎原本就是不錯的官位，就是因為舉足輕重，導致盯著的人也多。

上一個工部侍郎正待在獄中，死罪逃不掉的那種，留下一個爛攤子沒人收拾，但這個爛攤子若是收拾好了，不知會牽扯到多少人的利益。

唐韞修雖是閒散的駙馬，但某種程度上，拉攏他就代表拉攏其背後的唐家軍與嫡長公主，更別提趙瑾現在還懷著孩子，地位還可能再往上爬一爬。

朝堂上的事牽一髮而動全身，本來就不是趙瑾一個女流之輩能妄議的，就算貴為公主也一樣。尤其是背後的利益影響巨大，動了誰的香餑餑，就可能倒大楣。

安華公主似乎是一個很好的例子，之前已經被罰過禁足，結果年會宴席之後又來一次，雖然不曉得是為了什麼事情被罰，但能看出她有一種不撞南牆心不死的執著，若她不是聖上的女兒，早就沒了腦袋。

對比之下，趙瑾與唐韞修這對夫妻可說是深得聖寵，只是明面上的寵愛誰都看得懂，卻不是誰都能參透聖上內心的想法。

趙瑾在初八當日入宮，主要目的是探望太后，但前往仁壽宮之前，她先去覲見聖上。

入宮時，有太監特地在宮門等著趙瑾坐上軟轎。聖上特令，華爍公主在宮中可以坐轎，這是大多數妃嬪都沒有的待遇。

趙瑾入宮時正好趕上了下朝的時間，身穿各色官服的官員一看見她，紛紛停下來行禮。

唐韞修身為剛上任的工部侍郎，下朝後便前往工部報到去了，趙瑾沒與他見上面，她直接去了御書房。

開門那一瞬間，趙瑾對上了好幾位大臣的目光，有太傅、太師、丞相以及太保，還有高祺越與莊錦曄。

他們的目光先是落在趙瑾臉上，隨後緩緩落到她的小腹上，只是此時尚未顯懷，看了也是白看。

這當中，太師與丞相的目光尤為複雜。這兩位在朝堂上向來不對盤，畢竟他們各自代表太后與皇后背後的家族，怎麼可能任由對方獨大？

趙瑾很清楚，便宜大哥身為聖上，需要權衡各方勢力，然而他若將希望託付在趙瑾肚子裡的孩子身上，那麼這兩家便必須握手言和。

丞相到底有多不甘心，趙瑾心知肚明。要是皇后膝下有皇子，又怎麼會走到今日這一步？

太師那邊倒是還好一些，儘管他們送進宮的姑娘沒能誕下子嗣，但他終究是趙瑾的親舅舅，還能寄望她的肚子。

聖上正在與臣子們商討政事，李公公將趙瑾引到一旁，為她端來桔子跟核桃仁，還有熱騰騰的牛乳，一旁的桌上擺著幾本話本，椅子上鋪著絨毛軟墊，令趙瑾格外愜意。

「聖上，這……」蘇永銘有些遲疑。
趙臻的表情絲毫不變。「丞相，怎麼了？」
蘇永銘拱手道：「公主殿下在此，是否有些不妥？」
誰知趙臻語出驚人道：「從前朕還抱著她上朝，也沒見她聽懂什麼，丞相毋須在意。」
趙瑾無語。她不僅身體健康，聽覺與理解力也都正常，這話是不是有點侮辱人了？敢怒不敢言的華爍公主默默給自己剝了顆桔子。
幾個男人的聲音在御書房內響起，偶爾還有爭論聲，華爍公主看話本看得漸漸入迷，看到精彩處還笑了出來。
趙瑾一笑，爭論聲便戛然而止，幾個人齊齊朝她看了過去，太保的目光尤其銳利，差點將她給射穿。
這下趙瑾收斂了一些，像隻小倉鼠一樣不斷進食，正在談事情的丞相抽空看了趙瑾一眼，忽然意識到自己方才的顧慮有多可笑。就算華爍公主日後誕下皇儲，肯定也不能將孩子養在膝下，否則皇儲遲早被養廢。
眾人談話期間，趙瑾將盤裡的水果跟零食吃得差不多了，還有些昏昏欲睡。冬日搭配孕期，最是好眠，若不是便宜大哥有召，她這個時候還沒醒。
等到幾位大臣離去，趙瑾仍舊沒反應，趙臻便在龍椅上喚了一聲。「瑾兒。」
趙瑾清醒了些，站起身來。這會兒沒閒雜人等在場，她立刻走到便宜大哥面前。「皇兄。」

今日趙瑾入宮是為了給聖上看病，順帶聽聽聖上與臣子商議政事，她並不關心他們聊了什麼，哪怕方才太保直言唐韞修不適合待在工部，她也懶得搭理。

本來就是便宜大哥鬧出來的事，與她何干？

「這麼久了，朕依舊有一件事想不明白。」趙臻開口道，視線落在趙瑾臉上。「按理說，高祺越與妳有同窗之情，不僅家世顯赫，又能文善武，模樣雖然不及唐韞修，但也算是上乘，為何不選他做駙馬？」

趙瑾隱約記得不是第一次有人問她這個問題了。

「皇兄，臣妹選駙馬不必像您選臣子考慮那麼多，模樣順眼、性格與臣妹相合便足矣。若論財與權，臣妹是公主，有您在，臣妹這輩子都不可能缺錢，也不會有幾個不長眼的來找臣妹的麻煩不是？」

趙瑾說得頭頭是道，就差沒直接對聖上說：哥哥，餓餓，飯飯。

聖上心道，還真有一套歪理。

「沒點志氣。」趙臻給了這樣一句評價。

趙瑾搖搖頭說：「皇兄此言差矣，有些人生下來便贏在起跑點上了，何須有什麼遠大的志向？」

聖上的目光落在趙瑾小腹上，這一刻，他與方才的丞相產生了同樣的想法：孩子真不能讓她養。

「行了，開始吧。」趙臻開口道。

在他的注視下，趙瑾從袖間掏出了一小包針。

「趙瑾，別告訴朕，妳要往朕身上扎針。」趙臻覺得血壓有點往上升了。

然而，事與願違，他的妹妹對著他真誠又鄭重地點了點頭。

趙瑾道：「皇兄不是說讓臣妹決定如何對症下藥嗎？」

在這一刻，聖上終於知道什麼叫搬石頭砸自己的腳，他就不該相信這個不著調的妹妹。太醫院的人不是不會針灸之術，但不是誰都敢往聖上身上扎針的。

趙瑾這膽子，不是一般的大。

聖上早就知道這妹妹不是尋常人，尋常人也幹不出那些荒唐事，不管是從小到大的離經叛道，還是出嫁後在京城鬧出的動靜，或是在臨岳城的膽大妄為……

話雖如此，那家悅娛樓生意好得很，在那裡賣藝者有不少人追捧；幾個月前她主動請纓前往賑災，發揮了醫術與權謀，這些都足以說明她有獨特的天賦。

「皇兄怕針？」趙瑾反射性地問了一句。

「朕豈會怕一根小小的針？」趙臻冷哼一聲。

天地良心，她會這麼問，全是從自己的醫德出發，絕對沒有挑釁便宜大哥的意思啊！

輕嘆了口氣，趙瑾道：「您不怕，臣妹就放心了。」

說完，她一次拿了好幾根針在手上，在聖上還沒反應過來時便將針扎進他腦袋上的穴位。

聖上一時說不出話，在旁邊伺候的李公公也是頭皮發麻。

趙瑾一邊扎針還不忘一邊解釋道：「皇兄，第一次只扎腦袋上的穴位，之後逐次增加。」

聖上意識到妹妹這句話不太對。「逐次增加是什麼意思？」

趙瑾回道：「扎的穴位越來越多的意思。」

聖上忽然覺得像從前一樣中規中矩地喝藥也不錯。

腦門上頂著針是什麼感覺？聖上心想，大概是如坐針氈換到頭上的感覺吧。

堂堂聖上，活像是被趙瑾拿來試驗的工具。

施針半個時辰下來，聖上背後濕了一片，這幾日在他胸口堵著的悶氣也隨之散去。

「皇兄覺得如何？」趙瑾一面收針、一面問道。

趙臻點了點頭，說道：「比方才好些。」

聽他這麼說，趙瑾又把了一次脈，效果與自己預想中相差無幾，看來針灸這個方案有用。

待她提出下次針灸的時間後，趙臻有些遲疑地問道：「非得針灸不可？」

趙瑾微笑道：「皇兄，針灸這個治療方案，一旦開始的話，最好持續下去。」

聖上打量著自己這個妹妹，似乎在判斷她說的話是真是假。

趙瑾幹完自己的活，便無心再逗留。「皇兄，臣妹去仁壽宮向母后請安。」

說完，她便腳底抹油溜了。

第五十章　爭儲工具

太后如今非常樂意見到趙瑾，一看到她來了，便立刻命人將吃食端上來。

「兒臣參見母后。」趙瑾膝蓋還沒彎下去，太后便開口賜座。

「瑾兒有了身孕之後，身體可還吃得消？」顧玉蓮關心道，又問起了趙瑾最近的飲食習慣。「近來是更喜吃酸還是吃辣？」

太后對趙瑾這胎是男是女的關注程度，與那些生怕武朝無後的大臣們一樣。

趙瑾淡淡笑了一下，說道：「母后不必憂心，兒臣酸辣都吃。」

顧玉蓮又繼續道：「哀家聽太醫說，懷胎七個月之後便可把脈知男女……」

「母后，」太后的話沒說完就被趙瑾打斷。「有些事不可強求，順應天意即可，您且放寬心。」

「瑾兒，母后聽聞民間有一偏方，孕期吃了可保誕下男嬰。」

此時她們母女身邊除了平日伺候太后的劉嬤嬤以外沒其他人，趙瑾不知道是誰膽子這麼大，敢把腦筋動到她這裡來。

趙瑾眼中的笑意逐漸冷卻，嘴角卻依舊輕輕上揚。「母后是聽何人說出這偏方的，兒臣想派人去查一下真假。」

太后顯然沒意識到女兒情緒上的變化，她對劉嬤嬤使了個眼色，劉嬤嬤便走了出去，不久後帶了一個中年婦人回來。

「民婦拜見太后娘娘、拜見華爍公主。」

「此人聲稱服用她手中的偏方，便一定能誕下男嬰。」顧玉蓮道。

趙瑾語氣冷靜。「母后可是親自看過那道偏方？另外，有沒有請太醫過目？」

聽完趙瑾說的話以後，太后的神色稍稍有些遲疑。

趙瑾當然明白自己的母后在遲疑什麼。用藥改變腹中胎兒性別，乃是宮中的禁忌，不管那藥有沒有用，都是禁藥，拿給太醫看，等同於告知聖上。

太后雖是聖上的生母，但她根本奈何不了聖上，皇儲之位如今空懸，恰好能說明這個狀況。

想來有些好笑，聖上從沒當眾明確說出想從哪裡挑選皇儲，可這一個、兩個的全都擅自替他做了決定，包括他的生母在內。

將心比心，趙瑾自然理解他的想法，不僅是她的孩子，就算便宜大哥日後隨便在宗室裡挑了個不起眼的孩子作為儲君，趙瑾也不會意外。

「母后，」趙瑾並未忤逆太后，她笑了一聲，道：「兒臣知道母后是為兒臣與江山社稷著想，只是有些事不能輕易做決定，這藥終究還是得檢查一下的，母后覺得呢？」

趙瑾這番話說得合情合理，即便是太后，也無法反駁。

見狀，趙瑾繼續勸說道：「母后，兒臣認識不少大夫，這藥是不是真的有用，可不能光聽別人說。這樣吧，母后將人交給兒臣，兒臣回去找人看看，若是藥用得不對，以後對孩子的身體造成什麼影響，相信母后也不樂見，對嗎？」

原本太后還想要恩威並施，讓女兒以大局為重，誰知趙瑾並未抗拒，只是擔心藥對孩子有不良影響，她頓時覺得自己不用逼得太緊。

太后曾在人吃人的後宮中生存，孩子不過是一些女人用來往上爬的工具，每年都有皇子與公主死去，沒能活到誕生那日看一看這世界的更多。

對自己的女兒，太后當然沒這麼嚴苛，但凡後宮有個流著聖上血脈的皇子，太后都不會考慮趙瑾。

只不過，那是別人眼中的榮耀，不是趙瑾這個即將為人母的。

太后還是在乎女兒死活，或者說，她更在意能不能得到一個健康的皇儲。

那位婦人被趙瑾的眸光盯著，頓時背脊生涼，只覺得自己的一切都被這位年紀輕輕的嫡長公主看穿了。

顧玉蓮絲毫沒察覺婦人閃爍的眼神，思索片刻後，她說道：「瑾兒的師父究竟是何方神聖？」

趙瑾神情平淡地說：「母后，兒臣已許久不見他老人家，這麼多年來，師父不透露去處，自然有他的道理，母后何必深究他的身分？」

關於這個話題，趙瑾全用同一套說詞糊弄過去，時間一久，她都要相信自己確實有這麼個師父了。

「說得也是，那母后便不說了，這婦人妳若是不放心，便將她帶回妳府上好生看著。」

婦人聽見太后將她交給趙瑾時，頓時惶恐不安，只是她告訴自己這時候絕不能自亂陣腳，這才穩住了情緒。

趙瑾站了起來，垂眸朝太后屈膝道：「既如此，兒臣便不打擾母后了，過些日子兒臣再入宮向母后請安。」

說著，她對那看起來有些膽小怕事的婦人道：「妳，隨本宮回去吧。」

華爍公主空手入宮，走的時候除了太后塞的補品以外，還帶走了一個人。

太后給公主送人不是什麼稀罕事，趙瑾如今正懷有身孕，加上那些關於皇儲的傳聞，讓她的肚子莫名受到高度關注。

雖然趙瑾自認平常並不高調，但性子絕不畏縮，那些屬於她這個嫡長公主應有的待遇，她向來不含糊。

馬車晃晃悠悠地回到公主府，趙瑾沒進房休息，反而讓人將那婦人帶到待客廳裡。

紫韻給趙瑾上了一杯熱騰騰的水，隨後便安安靜靜地站到一旁。

那婦人被帶上來後，小心翼翼地打量了這位爭議性極大的嫡長公主一眼。

「民婦參見華爍公主，公主殿下安康。」婦人正正經經地向趙瑾行了跪拜禮。

趙瑾垂眸，眼神似乎落在蒸騰而上的裊裊水氣中，並未將跟前的婦人放在眼裡，也沒讓對方起身。

半晌後，華爍公主的聲音從那婦人頭頂上傳來。「行禮行得不錯，比宮裡出來的行得都要標準。」

一句話，輕而易舉地讓婦人冷汗直流。

趙瑾淡淡笑了聲，說道：「抬起頭來讓本宮看看。」

聞言，那婦人緩緩抬起了頭，趙瑾這時候才仔細地觀察起她——雖然素面朝天，但五官還算清麗，就是生得黑了些。

「妳叫什麼名字？」

「民婦姓常，名絮，柳絮的絮，淮北人。」

趙瑾問道：「多大年紀，已經嫁人了？」

「是，民婦今年二十有五，夫家姓田，育有一子。」

趙瑾又道：「妳說服用妳手上的偏方以後，可使腹中胎兒必定為男，此事可是千真萬確？」

這話就像在說趙瑾其實對那所謂的偏方也十分動心。

常絮心下一喜，隨即道：「公主殿下，民婦絕不敢有絲毫欺瞞，這偏方是民婦祖上傳下來的，吃了這偏方的有孕女子，生下來的確實都是男嬰，殿下若是不信，可以派人去查。」

趙瑾垂眸道：「既如此，將妳這偏方拿出來給本宮看看。」

常絮眼中閃過遲疑，片刻後對趙瑾道：「殿下，民婦祖上便是靠這偏方發家的，祖上有訓，不得將偏方示人……」

趙瑾給了旁邊的侍衛一個眼神，下一刻，侍衛便從腰間拔出長劍架在婦人脖子上，鋒利的刀刃觸碰到她的頭髮，一縷髮絲便這樣斷了。

「妳新來乍到，可能沒在京城裡聽聞過本宮的名聲。」趙瑾慢悠悠地將果脯放進自己嘴裡，語氣讓人毛骨悚然。「妳的命在本宮看來並不值錢，太后關心則亂，但本宮可不是妳三言兩語就能帶偏的人，這藥方，妳不寫也得寫。」

這位名為常絮的婦人，是淮北一帶有名的穩婆，手裡捏著些偏方，原不是什麼大事，可是她不湊巧……或者說實在是倒楣，碰上了一個人前一套、人後一套的公主。

在趙瑾這番威脅下，婦人不得已手寫了一份藥方出來，趙瑾看著那藥方，神色不變，遞給紫韻道：「讓府醫照這藥方煎一碗藥過來。」

婦人不明白趙瑾是何用意，她仍舊跪在地上，趙瑾也沒有要讓她起來的意思。

早就聽聞這位嫡長公主不是什麼省油的燈，只是婦人萬萬沒想到，趙瑾竟然立刻對她下馬威。她頓時摸不清楚，這位嫡長公主到底有沒有野心。

趙瑾靜靜地坐著，直到那碗黑漆漆的藥被端了上來，府醫也跟著進門。

「老夫參見公主殿下。」府醫拱手行禮。

趙瑾的目光落在那碗隔著老遠就能聞到藥味的藥上，輕啟紅唇道：「這藥，可有什麼問題？」

府醫先是一頓，隨後才緩緩道：「回殿下，這藥不會致使孕婦小產，只是有幾味藥性較重，混在一起難免使人不適，還有幾味藥，老夫也聞所未聞，不知其用處……唯一可以斷定的是，此藥傷身，殿下最好不要輕易嘗試。」

趙瑾點頭道：「本宮知道了，你下去吧。」

等府醫離開之後，趙瑾再次看向那個婦人，沒等對方開口，趙瑾便道：「將這碗藥給她灌下去。」

話音一落，身邊的侍衛便立刻按住常絮的雙手，紫韻則將藥端在手裡，朝她走了過去。

面臨即將被灌藥的命運，常絮猛烈掙扎起來，嘴裡大喊著。「殿下，民婦沒騙您，這藥真的有用，傷身是真，但民婦早就向太后娘娘說過了，她老人家覺得沒關係，民婦才敢獻藥的啊！」

趙瑾一頓，視線朝婦人掃去。

一見到她這個反應，其他人的動作跟著停下，常絮彷彿看到了希望，忙繼續道：「殿下，民婦說的都是真話，太后娘娘親口說的，成大事者不拘小節，您……」

趙瑾從椅子上站起身，彎腰捏住了婦人的下巴，輕聲道：「常絮是吧？本宮方才說過，妳新來乍到，也許有些事不太明白，比如，本宮雖然只是一介養在深宮的公主，但醫術還算拿得出手，這藥究竟是怎麼一回事，本宮比妳還清楚；再比如，挑唆太后與公主之間的關係，可是重罪，妳覺得自己還能活多久？」

這番話，每個字都像在給婦人判死刑，她驚恐地看著趙瑾，終於不得不承認，這位嫡長公主不僅不像其他人想像中那樣好掌控，心機甚至深不見底。

「公主殿下，駙馬爺回來了！」

就在此時，外面響起通傳。

趙瑾一抬眸就瞧見唐韞修的身影，他身上紫色的官服還沒來得及脫下，便看見待客廳內這一幕。

「這是在做什麼？」

年輕的駙馬看起來溫文爾雅，那張臉本來就生得好，搭配一身正式服裝，俊朗得能迷惑人心。

常絮似乎見到了救星，一把掙脫旁邊的侍衛，跪倒在唐韞修身邊道：「駙馬爺救命！」

唐韞修不著痕跡地默默繞過那婦人，對趙瑾道：「殿下這是……」

趙瑾的表情一點都不心虛，她道：「此人自稱握有偏方，可使孕婦腹中胎兒必是男嬰，本宮讓她試藥罷了。」

有那麼一瞬間，唐韞修沒反應過來，等他看見那碗藥之後，眸光一閃道：「殿下吃藥做什麼？」

趙瑾搖頭道：「沒吃。」

唐韞修接著問道：「這藥能讓女嬰變男嬰？」

趙瑾剛張口想說點什麼，就看見原本還斯斯文文的駙馬轉身看向那獻藥的婦人，眸光冰冷、語氣不善地道：「妳受何人指使？」

「無人指使民婦，只是聽從太后娘娘的吩咐向公主殿下獻藥……」

駙馬聽到這話以後沈默了片刻，他盯著那碗黑漆漆的藥，又轉頭看了趙瑾一眼，毛遂自薦道：「想來殿下不擅長從別人嘴裡撬話，不如讓我來？」

常絜根本沒想到，這對夫妻非但不是什麼好人，心眼還比一般人多很多。

她還想為自己辯解，便聽到那位現在看起來有點瘋狂的駙馬說道：「不管殿下腹中胎兒是男是女，皆是您我的孩子。

「這種亂七八糟的藥……」唐韞修稍微一頓。「別吃。」

他還年輕，不想當鰥夫。這種藥，不管有沒有用，唐韞修都不會考慮。

趙瑾支著腦袋，靜靜地看著那婦人。平常碰上這種賣假藥的，她都有閒情逸致送對方去見官，只是這種扭轉性別的藥，觸碰了她的底線。

這藥是什麼，她清楚得很。

民間流傳的「轉胎藥」有兩種，一種是米粉與草藥混合而成的假藥，沒用也無害；而另一種，便是畸形兒的來源之一。

用現代的醫學用語來說，孕期服用大量的雄性激素會導致胎兒發育畸形，最後生下來的孩子多數會伴隨性器官上的畸形，也就是所謂的「陰陽人」。

在這種封建朝代，若有人生下這樣的孩子，絕對會捂得嚴嚴實實的，將其視為一種家醜，不是拋棄孩子，就是直接「解決掉」。

這個藥方，趙瑾只看了一眼，便知道不是什麼普通的假藥，或許這藥真有所謂「扭轉性別」的用處，然而生下來的是什麼東西，誰會知道呢？

面對這種情況，趙瑾絲毫不會心軟，更不會手軟。

「唐韞修，我想知道是誰將此人推到我母后面前的。」趙瑾輕聲道。

太后這個母親有什麼想法、抱著什麼樣的態度，趙瑾自然了解。

一個生活在父權社會下的女人，為家族興衰耗盡了一生，基本上沒有自我。在女人被嚴格規範言行舉止的時代裡，太后將自己活成了符合規則的模板，既然她是這麼一步步走過來的，便將趙瑾這個女兒也套入了相同的模板裡。

只是太后或許忘了，若按照父權社會那一套來，趙瑾也先是武朝的嫡長公主，之後才是她的女兒，而太后的母族與她這位嫡長公主的親緣，則更加疏遠。

若聖上知道太后這般行事，母子之間必定產生隔閡。帝王絕不允許任何人算計自己座下的位置，即便那是他的親生母親與親舅舅。

趙瑾前一世的父母都是極其「瀟灑」的人，婚內雙雙出軌，將她丟給爺爺、奶奶，多虧他們，趙瑾在面對太后的算計時，還算坦然。

常絮沒想到自己不僅沒有因為祖傳偏方而飛黃騰達，甚至還被關了起來。

趙瑾的心情不太好，畢竟這種事有一就有二，可是她的肚子，不應該這樣被人覬覦。

唐韞修換下官服進入房間後，趙瑾已經躺下了。

她碰到了一個棘手的問題，自從肚子裡多了這個小東西之後，她就陷入被窺伺、被干擾的困境中，可是她心裡也清楚，這種困境不是她的孩子帶來的，始作俑者是這個受皇權與父權統治的時代。

沒有人能憑一己之力改變一個時代，趙瑾深知這一點。

在清醒中沈淪是件痛苦無比的事，只有遊戲人間、置身事外，保持過客的心態，才能坦然面對這一切。

然而當她與這個時代的牽扯越來越深時，就意味著她已深陷牢籠。

「殿下，」被窩裡塞進了另一個人，唐韞修的聲音響起。「紫韻說您沒用午膳便回房了，有什麼事和我說一下？」

唐韞修已經打聽過那婦人是怎麼來的，他能體會趙瑾的心情。

「殿下心裡藏了不少事，」唐韞修輕聲道：「只是從來不與我說。」

趙瑾背對著他不說話，唐韞修的頭抵著她的背，右手環上她的腰肢。

「殿下若是不想說，便聽我說如何？」他的手覆在趙瑾的小腹上道：「殿下並不想生下一個皇儲，對嗎？」

——未完，待續，請看文創風1265《廢柴么女勞碌命》3

2024年4月出版

炊出好運道

文創風 1252~1254

鍾記小食肆暖心開張，一勺入魂，十里飄香~~

天馬行空的無國界創意料理不只暖胃，更能療癒身心。

裊裊炊煙中，煨煮出美味的幸福——

不負美食不負愛／商季之

穿越成富商養女，鍾菱的生活看似養尊處優，舒心快活。
誰知某天殘疾落魄的親爹突然找上門認親，
富貴轉眼成空，這劇情走向太曲折了吧！
不安之下，鍾菱選擇了不認祖歸宗，繼續當她的千金小姐，
豈料卻成為權力鬥爭下的犧牲品，淪落身首異處的下場。
人死了之後，她才看透誰是真心對自己好……
追悔莫及的鍾菱萬萬沒想到，
她的穿越人生竟能重新開局一次，回到命運分歧的那一日——
這一回，她選擇和老父回鄉，打算用一手好廚藝養家。
鍾菱憑藉敏銳的味覺和無限創意，嶄新吃法大受好評。
一手打造的小食肆便是她的小天地，
從街頭小吃糖葫蘆到經典國宴名菜雞豆花，
不論甜的鹹的，哪怕菜單上沒有，小食肆應該都點得到。
顧客品嚐料理時幸福的笑，彷彿能療癒一切——

若無相欠，怎會相見／茶榆

2024年4月出版

沖喜是門大絕活

看著書冊上筆畫複雜的字體，他確定自己一個字都認不得，
雖說他有心識這古代文字，可翻開書本才看幾眼他就覺得頭暈眼花，
他從不是個會委屈自己的，既不知該如何解釋秀才成了文盲，
那麼最好的方法就是趕緊棄文從商，先改善家裡的條件，
畢竟一個吃隻雞都要靠老人掏棺材本的農戶，賺錢才是當務之急吧？

文創風 1246 1

因為站錯隊，姜家在新皇登基後慘遭清算，一家子被流放北地，
流放路上，為了替生病的母親籌措診金，姜婉寧以三兩銀子將自己賣了，
她一個堂堂大學士家千嬌百寵的千金小姐，突然間成了替人沖喜的妻子，
夫君陸尚出身農家，年紀輕輕就中了秀才，若非病弱，或許早成了狀元，
除了身子不好，他還有一點不好，就是太過孤僻冷漠，對誰都少有好話，
想當然，她這個買來的沖喜妻更得不到他善待，每天只有無止盡的辱罵，
於是她忍不住想著，他怎麼還沒死？可當他真死了，她的處境卻沒改善，
相反地，因為沒了沖喜作用，她時時面臨著被陸家人賣去窯子裡的威脅！

文創風 1247 2

詐屍了！死去的夫君陸尚詐屍了！
夜深人靜，姜婉寧獨自在四面透風的草堂裡為病死的夫君守靈之際，
夫君他居然推開棺材蓋，從棺材裡爬出來了！
若是可以，她想頭也不回地逃出去，跑得越遠越好，最好一輩子不回來，
無奈她雙腿早跪麻了，只能邊哭邊四肢並用地往外爬著，
正當這時，身後一聲「救救我」讓她停下了逃跑的動作，
她擦乾眼淚，戰戰兢兢地上前查看，這才發現陸尚他居然復活了！
所以說，她這個沖喜妻莫名其妙發揮絕活，真把人沖喜成功了……吧？

文創風 1248 3

不對勁，真的很不對勁！陸尚自從活過來後，就像變了個人似的，
他不再是以前那個自私涼薄的人，不僅對奶奶好，對她這個妻子也好，
最令她不解的是，鄰人求他給孫子啟蒙，他嘴上應下，轉身卻丟給她教，
她學富五車，給孩子啟蒙實在是小事一樁，甚至教出個舉人都不是問題，
問題出在夫君身上啊，因為他復活後突然說要棄文從商，成立陸氏物流！
要知道，一旦入了商籍，之前的秀才身就不作數，且家中三代不准科考，
可他卻說，飯都快吃不起了，還想那麼多往後做甚？
……好吧，既然他這個真正有損的秀才都不著急，她急啥？要改便改吧！

文創風 1249 4 完

「我不識字了，妳能教我認認字嗎？」做生意得簽契約，文盲這事不能瞞。
姜婉寧錯愕地看著陸尚，每個字她都聽得懂，但合在一起她卻無法理解，
什麼叫不識字了？他不是唸過好多年書，還考上了秀才，怎會不識字呢？
他說，自打他重新活過來後，腦子就一直混混沌沌的，
隨著身子一天好過一天，之前的學問卻是越來越差了，
最後發現，他開始不認得字了，就連自己的名字都不會寫了！
因為怕說出來惹她嫌棄、不高興，所以他便一直瞞著不敢說，
看他低著頭一副小媳婦模樣，她不禁自責沒能早些發現，實在太不應該！

文創風 1264

廢柴么女勞碌命 2

國家圖書館出版品預行編目資料

廢柴么女勞碌命 / 雁中亭著. --
初版. -- 臺北市 : 狗屋出版社有限公司, 2024.06
冊 ; 公分. --（文創風 ; 1263-1267）
ISBN 978-986-509-527-7（第2冊 : 平裝）. --

857.7　　113006130

著作者　雁中亭
編輯　連宓均
校對　沈毓萍
發行所　狗屋出版社有限公司
地址　台北市104中山區龍江路71巷15號1樓
電話　02-2776-5889～0
發行字號　局版台業字845號
法律顧問　蕭雄淋律師
總經銷　知遠文化事業有限公司
電話　02-2664-8800
初版　2024年6月
國際書碼　ISBN-13　978-986-509-527-7

定價290元

狗屋劃撥帳號：19001626

網址：love.doghouse.com.tw　E-mail：love@doghouse.com.tw